Goldmann Science Fiction

Von Robert Silverberg
sind außerdem im Wilhelm Goldmann Verlag erschienen:

Jetzt Plus Minus. 0250
Der neutrale Planet. 0240
Die Schatten dunkler Flügel. 0203
Visum für den Sirius. 0212
Zeitpatrouille. 0125
Der zweite Trip. 0245

ROBERT SILVERBERG

Steinbock-Spiele

CAPRICORN GAMES

Science Fiction Stories

Wilhelm Goldmann Verlag

Made in Germany · I · 1110
 Umschlag: Jürgen F. Rogner. Satz: IBV Lichtsatz KG, Berlin. Druck: Presse-Druck Augsburg. bru/ho
ISBN 3-442-23257-0

Inhalt

Steinbock-Spiele

Nikki trat in das Kegelfeld der Ultraschalldusche und wand sich, damit das unhörbare Summen aus dem stumpfen Mundstück der Maschine ihre Haut wirksamer von abgestorbenem Gewebe, getrocknetem Schweiß, alten Duftspuren und Schmutzstoffen befreien konnte; nach drei Minuten trat sie heraus, sauber, frisch, bereit für die Party. Sie programmierte ihre Partykleidung: grüne Halbstiefel, zitronengelbe Tunika aus hauchdünnem Material, Umhang in Hellorange, weich wie ein Muschelmantel, und nichts darunter als Nikki – glatte, glänzende, seidige Nikki. Ihr Körper war eingestimmt und fit. Die Party wurde ihr zu Ehren gegeben, obwohl sie die einzige war, die das wußte. Heute war ihr Geburtstag, der siebte Januar 1999, vierundzwanzig Jahre alt, noch keine Anzeichen körperlichen Verfalls. Der alte Steiner hatte eine ungewöhnliche Gästeschar eingeladen: Er versprach einen Gedankenleser vorzuführen, einen Milliardär, einen authentischen byzantinischen Herzog, einen arabischen Rabbi, einen Mann, der seine eigene Tochter geheiratet hatte, und andere Wunder. Sie alle natürlich zweitrangig neben dem wahren Ehrengast, dem Siegerpreis des Abends, dem wahren Geburtstagskind, dem Gesellschaftslöwen der Saison, dem berühmten Nicholson, der tausend Jahre gelebt hatte und behauptete, anderen helfen zu können, es ihm nachzutun. Nikki... Nicholson. Wunderbarer Gleichklang, der enge Harmonie verkündigte. Du wirst mir zeigen, lieber Nicholson, wie ich ewig leben kann, ohne jemals alt zu werden. Eine behagliche, beruhigende Vorstellung.

Der Himmel vor der glatten Wölbung ihres Fensters war schwarz und schneegefleckt; sie glaubte, das Heulen des Windes zu hören und das Schwanken des frosterfaßten Gebäudes zu spüren, neunzig Stockwerke hoch. Dies war der schlimmste Winter, den sie je erlebt hatte. Beinahe jeden Tag fiel Schnee, ein planetarischer Schnee, ein globaler Schauer, der nicht einmal die Tropen verschonte. Eis, so hart wie Stahlbänder, bedeckte die Straßen von New York. Die Wände waren glitschig, die Luft wirkte schneidend. Heute nacht gleißte Jupiter grell in der Schwärze, wie ein Diamant an der Stirn eines Raben. Nur gut, daß sie nicht hinaus mußte. Sie konnte den Winter in diesem Turm überstehen. Die

Post kam durch die Rohrleitung. Das Penthouse-Restaurant verköstigte sie. Sie hatte Freunde in einem Dutzend Etagen. Das Gebäude war eine eigene Welt, warm und heimelig. Mochten die wilden Stürme kommen. Nikki betrachtete sich im Rundspiegel: sehr hübsch, sehr hübsch. Süße, hauchdünne gelbe Falten. Eine Spur Schenkel, eine Spur Brust. Mehr als eine Spur, wenn sie vor einer Lichtquelle stand. Sie leuchtete, strahlte. Sie bauschte ihre kurzen, glänzenden schwarzen Haare. Ein Hauch von Duft. Jedermann liebte sie. Schönheit ist ein Magnet: stößt manche ab, zieht viele an, läßt keinen unberührt. Es war neun Uhr.

»Aufwärts«, sagte sie zum Lift. »Zu Steiner.«

»Siebenundachtzigste Etage«, sagte der Lift.

»Das weiß ich. Du bist so süß.«

Im Flur Musik: Mozart, kristallen und geschmeidig. Die Tür zu Steiners Wohnung war eine Halbtonne Chromstahl, wie der Eingang zu einem Banktresor. Nikki lächelte in die Kamera. Die Tonne drehte sich. Steiner hielt die Hände wie Tassen, Zentimeter vor ihrer Brust, als Begrüßung.

»Wunderschön«, murmelte er.

»Ich freue mich so, daß du mich eingeladen hast.«

»Es sind praktisch schon alle hier. Eine herrliche Party, Liebes.«

Sie küßte seine bärtige Wange. Im Oktober waren sie einander im Lift begegnet. Er war über sechzig und sah aus wie unter vierzig. Wenn sie seinen Körper berührte, nahm sie ihn wahr wie ein Objekt, eingeschlossen in milchiges Eis, einem Mammut gleich, frisch aus dem sibirischen Eisboden. Sie waren zwei Wochen lang ein Liebespaar gewesen. Der Herbst hatte dem Winter Platz gemacht, und Nikki war aus seinem Leben getreten, aber er hatte sein Wort gehalten und sie eingeladen.

»Alexius Ducas«, sagte ein kleiner, breiter Mann mit dichtem, schwarzem Bart, der in der Mitte gescheitelt war. Er verbeugte sich. Ein schöner Schnörkel. Steiner verschwand, und sie war in der Obhut des byzantinischen Herzogs. Er führte sie sofort über den dicken, weißen Teppich zu einer Stelle, wo Ansammlungen von Scheinwerferspots, wie zornige Pilze aus der Wand sprießend, die Konturen ihres Körpers aufzeigten. Andere drehten sich um und starrten sie an. Herzog Alexius durchbohrte sie mit Blicken. Aber sie verspürte keine Erregung. Byzanz war lange vorbei. Er brachte ihr einen Kelch kühlen grünen Weins und sagte: »Kommen Sie je in die Ägäis? Meine Familie hat ihr Stammschloß auf einer Insel achtzehn Kilometer östlich von –«

»Verzeihen Sie, aber wer ist Nicholson?«

»Nicholson ist lediglich der Name, den er derzeit gebraucht. Er behauptet, während der Herrschaft meines Vorfahren, des Basileus Manuel Comnenus, in Konstantinopel eine Werkstätte besessen zu haben.« Ein herablassendes Schnalzen, Zunge auf Zahn. »Nur ein Ladenbesitzer.« Die byzantinischen Augen funkelten. »Wie schön Sie sind!«

»Wer ist es?«

»Dort. Am Sofa.«

Nikki sah nur eine Wand von Rücken. Sie bog sich nach links und versuchte etwas zu erkennen. Zwecklos. Sie würde ihn später finden. Alexius Ducas fuhr fort, ihr mit seinen Augen seinen Körper anzubieten.

»Erzählen Sie mir von Byzanz«, flüsterte sie träge.

Er kam bis zu Konstantin dem Großen, bevor er sie langweilte. Sie leerte ihr Glas, streckte es geziert aus und bewog einen gewandten jungen Mann, der vorbeikam, dazu, nachzufüllen. Der Byzantiner wirkte traurig.

»Dann wurde das Reich aufgeteilt unter –« sagte er.

»Ich habe Geburtstag«, erklärte sie.

»Sie auch? Meinen Glückwunsch. Sind Sie so alt wie –«

»Nicht annähernd. Nicht halb so alt. Ich werde sogar erst in einiger Zeit fünfhundert«, sagte sie und drehte sich nach ihrem Glas um. Der gewandte junge Mann wartete nicht darauf, gekapert zu werden. Die Party verschluckte ihn wie eine Lawine. Sechzig, achtzig Gäste, alle in Bewegung. Die Vorhänge waren zurückgezogen und zeigten die volle Wut des Schneesturms. Niemand beobachtete ihn. Steiners Wohnung war wie eine Filmkulisse: großartige Gartenhocker aus Porzellan, Ming oder sogar Sung; die Wände mit breiten Flächen aus Bronze und Scharlachrot bemalt; vorkolumbianische Fundstücke in beleuchteten Nischen; Skulpturen wie Spinnennetze aus Aluminium; Dürer-Zeichnungen; die Beute der Zeitalter. Gedrungene, kahlrasierte Diener, Mayas oder Khmer oder vielleicht Olmeken, kreisten ausdruckslos und boten Tabletts mit Delikatessen an: Kaviar, Seeigel, Stücke von gegrilltem Fleisch, winzige Würstchen, Burritos in verblüffender Chilisauce. Unentwegt zuckten Hände von den Tabletts zu den Lippen. Dies war eine Versammlung von Leben-Verschlingern, Welt-Verzehrern. Herzog Alexius streichelte ihren Arm.

»Ich gehe um Mitternacht«, sagte er leise. »Es wäre eine große Freude, wenn Sie mit mir gehen würden.«

»Ich habe andere Pläne«, sagte sie.
»Trotzdem.« Er verbeugte sich höflich, äußerlich unenttäuscht.
»Vielleicht ein andermal. Meine Karte?« Sie erschien wie durch Zauberei in seiner Hand: ein Streifen bräunlicher Pappe mit Stahlstichdruck. Sie steckte sie in ihre Handtasche, und das Zimmer verschluckte ihn. Augenblicklich nahm ein hochgewachsener Mann mit wilden Augen seinen Platz vor ihr ein.
»Sie haben noch nie von mir gehört?« begann er.
»Ist das Prahlerei oder eine Entschuldigung?«
»Ich bin ganz gewöhnlich. Ich arbeite für Steiner. Er fand es amüsant, mich zu einem seiner Feste einzuladen.«
»Was tun Sie?«
»Rechnungen und Schiffsentladungen. Ist das nicht eine erstaunliche Umgebung?«
»Was für ein Tierkreiszeichen sind Sie?« fragte Nikki.
»Waage.«
»Ich bin Steinbock. Heute ist mein Geburtstag, ebenso wie *seiner.* Wenn Sie wirklich Waage sind, vergeuden Sie Ihre Zeit mit mir. Haben Sie einen Namen?«
»Martin Bliss.«
»Nikki.«
»Es gibt keine Missis Bliss, haha.«
Nikki befeuchtete ihre Lippen.
»Ich habe Hunger. Würden Sie mir ein paar Appetitbrötchen bringen?«
Sie suchte sofort das Weite, als er sich auf die Suche machte. Ging durch den großen Raum – vorbei am Streicherquintett, vorbei am Barmixer-Thron, vorbei am Fenster –, bis sie den Mann namens Nicholson gut sehen konnte. Er enttäuschte sie nicht. Er war schlank, geschmeidig, nicht groß, mit kräftigen Schultern. Ein Mann von Präsenz und Autorität. Sie wollte ihre Lippen an ihn legen und Unsterblichkeit daraus saugen. Sein Kopf war ein flaches Dreieck, brutale Backenknochen, schmale Lippen, schwarze, gelockte Haare, kein Bart, kein Schnurrbart. Seine Augen waren scharfsichtig, elektrisch, unerträglich weise. Er mußte mindestens alles zweimal gesehen haben. Nikki hatte sein Buch gelesen, wie jedermann. Er war König gewesen, Lama, Sklavenhändler, Sklave. Stets bemüht, seine unwahrscheinliche Langlebigkeit zu verbergen, bot er sein schreckliches Geheimnis nun freigebig den Mitgliedern vom Klub ›Buch des Monats‹ an. Warum hatte er beschlossen, aufzutauchen und sich zu enthüllen? Weil dies der

notwendige Augenblick der Enthüllung ist, hatte er gesagt. Wo er vortreten mußte als das, was er war, so daß er seine Gabe anderen mitteilen konnte, damit er sie nicht verlor. Damit er sie nicht verlor. Beim Glockenschlag des neuen Jahrhunderts müsse er seinen Siegerpreis des Lebens teilen. Ein Dutzend Personen umringte ihn und fing sein Glühen auf. Er blickte durch eine Palisade von Schultern, und sein Blick blieb auf ihr haften; Nikki kam sich durchbohrt vor, erhoben, auserwählt. Wärme breitete sich durch ihre Lenden aus, wie ein Fluß von geschmolzenem Metall, wie ein Strom von heißem Honig. Sie ging auf ihn zu. Eine Leiche verstellte ihr den Weg. Totenschädel, Pergamenthaut, Alptraumaugen. Eine schuppige Hand streifte ihren nackten Oberarm. Eine schrecklich verbrauchte Stimme krächzte: »Für wie alt halten Sie mich?«

»O Gott!«

»Für wie alt?«

»Zweitausend?«

»Ich bin achtundfünfzig. Die Neunundfünfzig werde ich nicht erleben. Hier, rauchen Sie davon eine.« Mit zitternden Händen bot er ihr ein winziges Elfenbeinröhrchen an. An einem Ende befand sich ein Monogramm in gotischer Schrift – FXB –, am anderen eine durchsichtige grüne Kapsel. Sie drückte auf die Kapsel, und eine flackernde blaue Flamme züngelte hoch. Sie inhalierte.

»Was ist das?« fragte sie.

»Meine eigene Mixtur. Soma fünf. Schmeckt es Ihnen?«

»Ich bin high«, sagte sie. »Völlig high. O Gott!« Die Wände zerflossen. Der Schnee war zu Alufolie geworden. Sofortwirkung. Die Leiche hatte einen goldenen Lichtschein. Dollarzeichen tauchten wie Stigmata auf seiner zerfurchten Stirn auf. Sie hörte das Donnern der Brandung, das Brüllen der Wellen. Das Deck schwankte. Die Masten brachen. Frau über Bord, schrie sie und hörte ihre unhörbare Stimme durch einen Echotunnel verschwinden, boingg, boingg, boingg. Sie klammerte sich an seine zerbrechlichen Handgelenke. »Sie Bastard, was haben Sie mit mir *gemacht?«*

»Ich bin Francis Xavier Byrne.«

Oh. Der Milliardär. Byrne Industries, der große Konzern. Steiner hatte ihr für heute abend einen Milliardär versprochen.

»Werden Sie bald sterben?« fragte sie.

»Nicht später als Ostern. Geld kann mir nicht mehr helfen. Ich bin eine wandelnde Metastase.« Er öffnete sein Rüschenhemd. Etwas Grelles, Metallisches, einem Kettenhemd gleich, bedeckte seine Brust. »Lebenserhaltungssystem«, vertraute er ihr an. »Es hält mich in Betrieb. Wenn ich es eine halbe Stunde abnähme, wäre ich erledigt. Sind Sie Steinbock?«

»Woher wußten Sie das?«

»Ich mag im Begriff sein, zu sterben, aber ich bin nicht dumm. Sie haben das Steinbock-Funkeln im Auge. Was bin ich?«

Sie zögerte. Auch seine Augen funkelten. Selfmademan, phantastischer Sinn für Geschäfte, Energie, Arroganz. Steinbock, natürlich. Nein, zu einfach.

»Löwe«, sagte sie.

»Nein. Noch ein Versuch.« Er drückte ihr ein zweites Röhrchen mit Monogramm in die Hand und schritt davon. Sie war vom letzten Trip noch nicht zurück, auch wenn die auffälligsten Wirkungen nachgelassen hatten. Partygäste umschwirrten und umströmten sie. Sie konnte Nicholson nicht mehr sehen. Der Schnee schien sich in Hagel zu verwandeln, kleine, harte Teilchen, an die riesigen Fenster ratternd, wo sie weiße Radierspuren hinterließen; oder war nur ihre Wahrnehmung geschärft? Das Dröhnen der Unterhaltung schien an- und abzuschwellen, so, als drehe jemand an einem Regler. Die Lichter schwankten in kontrapunktischem Rhythmus. Sie fühlte sich schwindlig. Ein Tablett mit goldenen Cocktails schwebte an ihr vorbei, und sie zischte: »Wo ist das Bad?«

Den Flur entlang. Fünf Fremde drängen sich vor der Tür zusammen und unterhielten sich flüsternd. Sie schwebte durch sie hindurch, packte den kalten Rand des Beckens, schob ihr Gesicht an den ovalen Konkavspiegel. Ein Totenkopf. Pergamenthaut, Alptraumaugen. Nein! Nein! Sie blinzelte, und ihre eigenen Züge tauchten wieder auf. Fröstelnd unternahm sie den Versuch, sich zusammenzunehmen. Der Medizinschrank enthielt eine verlokkende Sammlung von Drogen, Steiners Allzweckmittel. Ohne auf die Etiketten zu sehen, griff Nikki nach einer Handvoll Fläschchen und schluckte wahllos Pillen. Eine flache rote, eine konische grüne, eine üppige gelbe Gelatinekapsel. Vielleicht Kopfwehtabletten, vielleicht Halluzinogene. Wer weiß, wen kümmert's? Wir Steinböcke sind nicht immer so vorsichtig, wie man meinen möchte.

Jemand klopfte an die Badezimmertür. Sie öffnete und sah das leere, hoffnungsvolle Gesicht von Martin Bliss in der Nähe der Decke. Die Augen ein wenig hervortretend, die Wangen gerötet.

»Es hieß, Sie seien krank. Kann ich etwas für Sie tun?« So nett, so süß. Sie berührte seinen Arm, streifte seine Wange mit ihren Lippen. Hinter ihm im Flur stand ein breitgebauter Mann mit kurzgeschorenen blonden Haaren, eisigblauen Augen, einem vollen, perfekten Gesicht. Sein Lächeln gleißte.

»Das ist leicht«, sagte er. »Steinbock.«

»Können Sie mein Zeichen –« Sie verstummte betäubt. »Erraten«, ergänzte sie ganz leise. »Wie haben Sie das gemacht? Oh.«

»Ja. Der bin ich.«

Sie fühlte sich mehr als nackt, ausgezogen bis auf die Ganglien, die Synapsen.

»Was ist der Trick dabei?«

»Kein Trick. Ich lausche. Ich höre.«

»Sie hören die Menschen denken?«

»Mehr oder weniger. Glauben Sie, es sei ein Partyspiel?« Er war schön, aber erschreckend, wie ein herabsausendes Samuraischwert. Sie begehrte ihn, wagte es aber nicht. Er kennt sich aus mit mir, dachte sie. Vor ihm hätte ich nie Geheimnisse. Er sagte traurig: »Das macht mir nichts aus. Ich weiß, daß ich viele Leute erschrecke. Manche stört es nicht.«

»Wie heißen Sie?«

»Tom«, sagte er. »Hallo, Nikki.«

»Sie tun mir sehr leid.«

»Gar nicht. Sie können sich selbst etwas vormachen, wenn es sein muß. Aber nicht mir. Außerdem schlafen Sie nicht mit Männern, die Ihnen leid tun.«

»Ich schlafe nicht mit Ihnen.«

»Sie werden«, sagte er.

»Ich dachte, Sie wären nur Gedankenleser. Man hat mir nicht gesagt, daß Sie auch prophezeien.«

Er beugte sich nah an sie heran und lächelte. Das Lächeln demolierte sie. Sie mußte kämpfen, um nicht zu fallen.

»Ich kenne mich wirklich aus mit Ihnen«, sagte er mit leiser, rauher Stimme. »Ich rufe Sie nächsten Dienstag an.« Als er sich entfernte, sagte er: »Sie irren sich. Ich bin Jungfrau. Ob Sie es glauben oder nicht.«

Nikki kehrte betäubt in den Salon zurück.

»...die Gestalt des Mandala«, sagte Nicholson gerade. Seine Stimme war dunkel, gebündelt, ein reiner Basso cantate. »Das Entscheidende, das jedes Mandala hat, ist eine Mitte: der Ort, wo alles geboren wird, das Auge von Gottes Geist, das Herz von

Dunkelheit und Licht, das Innere des Sturms. Gut: du mußt zur Mitte gehen, den Wirbel an der Grenze von Ying und Yang finden, dich genau in den Mittelpunkt des Mandala versetzen. *Zentrier dich.* Kannst du der Metapher folgen? Zentrier dich im *Jetzt*, im ewigen *Jetzt.* Sich von der Mitte zu entfernen, heißt, sich vorwärts zum Tod, rückwärts zur Geburt bewegen, stets die fatalen polarisierten Ausschläge; aber wenn du fähig bist, dich fortwährend im Brennpunkt des Mandala zu halten, genau im Mittelpunkt, hast du Zugang zur Quelle der Erneuerung, du wirst ein Organismus, der sich fortwährend selbst zu heilen, selbst zu erneuern, in Regionen jenseits des Selbst auszudehnen vermag. Verstehst du? Die Macht des –«

Steiner sagte sanft neben ihr: »Wie schön du in den ersten Augenblicken erotischer Fixierung bist.«

»Das ist eine herrliche Party.«

»Lernst du interessante Leute kennen?«

»Gibt es eine andere Sorte?« fragte sie.

Nicholson löste sich abrupt aus dem Kreis seiner Zuhörer und schritt durch den Raum, allein, in einem schnellen, entschlossenen Springerzug zur Bar. Nikki, die hineilte, um ihn abzufangen, prallte mit einem kahlrasierten, Tablett tragenden Diener zusammen. Das Tablett rutschte von den dicken Fingerspitzen des Mannes und erhob sich wie ein rotierender Schild in die Luft; ein Regen von aufgespießtem Fleisch in einer öliggrünen Currysauce bespritzte den weißen Teppich. Der Diener war völlig regungslos. Er stand einen langen, peinvollen Augenblick erstarrt wie ein mexikanisches Steinidol mit dickem Hals und platter Nase, dann drehte er den Kopf langsam nach links und betrachtete bedauernd seine starre, gespreizte Hand, die nun ihres Tabletts beraubt war; schließlich drehte er den Kopf Nikki zu, und sein normalerweise ausdrucksloses Gesicht nahm für einen vorbeizuckenden Augenblick einen Ausdruck tiefsten Hasses an, eine auffunkelnde Ausstrahlung von Verachtung und Ekel, aber sofort wieder verblassend. Er lachte: hu-hu-hu, ein wieherndes Kichern. Seine Überlegenheit war vernichtend. Nikki zappelte im Treibsand der Demütigung. Hastig entfloh sie, Zick und Zack, um die verstreuten Köstlichkeiten herum zur Bar. Nicholson, immer noch für sich. Ihr Gesicht wurde blutrot. Sie hatte das Gefühl, daß ihr die Luft ausging. Suchte nach Worten, die Zunge nichts als Gaumen. Schließlich stieß sie hervor: »Alles Gute zum Geburtstag!«

»Danke«, sagte er ernsthaft.

»Genießen Sie Ihren Geburtstag?«

»Sehr sogar.«

»Es wundert mich, daß sie Sie nicht langweilen. Ich meine, weil Sie so viele davon gehabt haben.«

»Ich langweile mich nicht so leicht.« Er war furchteinflößend ruhig, aus einem unerschöpflichen Reservoir an Geduld schöpfend. Er bedachte sie mit einem Blick, der gleichzeitig warm und unpersönlich war. »Ich finde alles interessant«, sagte er.

»Das ist merkwürdig. Mehr oder weniger dasselbe habe ich vor ein paar Minuten zu Steiner gesagt. Heute ist nämlich auch mein Geburtstag.«

»Wirklich?«

»Der siebte Januar neunzehnhundertfünfundsiebzig, bei mir.«

»Hallo, neunzehnhundertfünfundsiebzig. Ich –« Er lachte. »Es klingt ausgesprochen absurd, nicht wahr?«

»Siebter Januar neunhundertzweiundachtzig.«

»Sie haben Ihre Hausaufgaben gemacht!«

»Ich habe Ihr Buch gelesen«, sagte sie. »Darf ich eine alberne Bemerkung machen? Mein Gott, Sie sehen nicht *aus*, als wären Sie tausendsiebzehn Jahre alt.«

»Wie sollte ich denn aussehen?«

»Eher wie er«, sagte sie und zeigte auf Francis Xavier Byrne.

Nicholson lachte in sich hinein. Sie fragte sich, ob sie ihm sympathisch war. Vielleicht. Vielleicht. Nikki riskierte Blickkontakt. Er war kaum einen Zentimeter größer als sie, so daß daraus ein erschreckend intimes Erlebnis wurde. Er betrachtete sie unverwandt und konzentriert; sie stellte sich ihn umgeben von einem pulsierenden Mandala vor, angeschlossen durch strahlendrote und grüne Spinnennetzringe. Sie griff aus ihren Lenden hinaus und warf eine Schlinge des Begehrens um ihn. Ihre Augen waren beredt, die seinen verschleiert. Sie spürte, wie er sich ruhig zurückzog. Nimm mich mit, flehte sie, nimm mich mit in eines der Zimmer hier. Gieß Leben in mich. Sie sagte: »Wie werden Sie die Leute auswählen, die Sie in dem Geheimnis unterweisen?«

»Intuitiv.«

»Und weisen natürlich jeden zurück, der direkt fragt.«

»Weise jeden zurück, der fragt.«

»Haben *Sie* gefragt?«

»Sie sagten, Sie hätten mein Buch gelesen.«

»Oh. Ja, ich erinnere mich: Sie wußten nicht, was geschah, Sie verstanden nichts, bis es vorbei war.«

»Ich war ein schlichtes Gemüt«, sagte er. »Das ist lange her.« Seine Augen waren wieder lebendig. Er wird angezogen von mir. Er sieht, daß ich von seiner Art bin, daß ich ihn verdiene. Steinbock, Steinbock, Steinbock, du und ich, Steinbockmännchen und Steinbockweibchen. Spiel mein Spiel, Bock. »Wie heißen Sie?« fragte er.

»Nikki.«

»Ein schöner Name. Eine schöne Frau.«

Die Leere der Komplimente vernichtete sie. Sie erkannte, daß sie mit geheimnisvoller Plötzlichkeit an einem notwendigen Punkt des taktischen Rückzugs angelangt war; Rückzug war obligatorisch, aus Furcht, daß sie zu starken Druck ausüben und den so gespannt hergestellten, spärlichen Kontakt zerstören mochte. Sie dankte ihm mit einem Blick und huschte graziös davon, drehte sich um nach Martin Bliss und schob ihren Arm durch den seinen. Bliss erbebte bei der Geste, glühte, sprang in einen höheren Energiezustand über. Sie vibrierte mit seinen Schwingungen, immer höher und höher. Sie war im Herzen der Party, im Mittelpunkt des Mandala: flach auf den Sohlen stehend, die Beine ein wenig gespreizt, ihr Körper eine Polarachse, mit Kraftlinien, die aus der Erde heraufschossen, hinauf durch die Kellergeschosse des Gebäudes, hinauf durch die siebenundachtzig Stockwerke, hinauf durch ihr Geschlecht, ihr Herz, ihren Kopf. So muß es sein, dachte sie, wenn dir Nichtsterblichkeit verliehen wird. Ein Augenblick spontaner Gnade, das Entzünden eines inneren Lichts. Sie blickte voller Liebe auf den armen, tölpelhaften Bliss. Du liebes Herz, du wandelnder Kalauer. Das Streichquintett erzeugte geschmolzene Töne.

»Was ist das?« fragte sie. »Brahms?« Bliss erbot sich, das in Erfahrung zu bringen. Allein war sie Beute für Francis Xavier Byrne, der sie mit einem einzigen Kadaverblick niederstreckte.

»Haben Sie es schon erraten?« fragte er. »Das Zeichen.«

Sie starrte durch seinen zerfetzten, verkrebsten Körper, der im Verfall loderte.

»Skorpion«, sagte sie heiser.

»Richtig! Richtig!« Er zog einen Anhänger aus der Brust und legte die goldene Kette um ihren Hals. »Für Sie«, krächzte er und floh. Sie betastete das Schmuckstück. Ein glatter, grüner Stein. Jade? Smaragd? Auf seiner kuppelartigen Oberfläche war das Schleifenkreuz eingraviert, die *Crux ansata.* Das Geschenk des Lebens, von einem Sterbenden. Sie winkte ihm über einen Wald von Köpfen hinweg liebevoll zu und zwinkerte. Bliss kam zurück.

»Sie spielen etwas von Schönberg«, meldete er. »›Verklärte Nacht‹.«

»Wie herrlich.« Sie schnippte den Anhänger hoch und ließ ihn auf ihre Brüste zurückfallen. »Gefällt er Ihnen?«

»Ich bin sicher, daß Sie ihn eben vorhin noch nicht gehabt haben.«

»Er ist gesprossen«, erwiderte sie. Sie fühlte sich erhoben, aber nicht mehr so stark wie kurz nach der Trennung von Nicholson. Ihr Gefühl, Brennpunkt zu sein, hatte sie verlassen. Die Party wirkte chaotisch. Paare bildeten sich, lösten sich auf, bildeten sich neu; schattenhafte Gestalten stahlen sich zu zweit und zu dritt zu den Schlafzimmern; die Diener hielten ihre Tabletts mit Getränken und Imbissen den verbleibenden Gästen drängender hin; der Hagel war wieder zu Schnee geworden, und fedrige Massen prallten lautlos an die Fenster, blieben kleben, offenbarten ihre schimmernden Mandala-Strukturen für schmerzhaft kurze Augenblicke, bevor sie zerrannen. Nikki bemühte sich, ihre zentrale Position wiederzuerlangen. Sie gab sich einer anregender Phantasievorstellung hin: Nicholson kam zu ihr, berührte förmlich ihre Wange und sagte: ›Du wirst eine der Auserwählten sein.‹ In weniger als zwölf Monaten würde die Zeit für ihn kommen, sich mit seinen sieben noch nicht benannten Schülern zu versammeln, um das neue Jahrhundert zu begrüßen, und er würde ihre Hände in seine Hände nehmen, er würde die Vitalität seines Nichtsterbens in ihre Körper pumpen, mit ihnen das Geheimnis teilen, das vor tausend Jahren mit ihm geteilt worden war. Wer? Wer? Wer? Ich. Ich. Ich. Aber wohin war Nicholson gegangen? Seine Aura, sein Leuchten, der Kegel imaginären Lichts, von dem er umgeben zu sein schien – nirgends.

Ein Mann mit einer gelackten orangeroten Perücke begann, fast unter Nikkis Nase, mit einer viel jüngeren Frau heftig zu streiten, die Girlanden biolumineszenter Perlen trug. Offenbar Mann und Frau. Sie hatten beide scharfe Züge mit glänzenden, vorquellenden Augen, starren Gesichtern und lebhaft arbeitenden Backenmuskeln. Lebt man lange genug zusammen, wird man einander ähnlich. Ihr Disput hatte etwas Schales, Rituelles, so als hätten sie ihn vorher schon zu oft inszeniert: Sie erklärten einander die Ereignisse, die den Streit ausgelöst hatten, legten sie aus, rekapitulierten sie, färbten sie, rechtfertigten, griffen an, wehrten ab – du hast das gesagt, weil, und das löste bei mir diese Reaktion aus, weil... nein, im Gegenteil. Ich habe dies gesagt, weil du das gesagt hast – alles in einem leisen, scharfen Ton, anwidernd, quälend, der pure Tod.

»Er ist ihr biologischer Vater«, sagte ein Mann neben Nikki. »Sie war eines der ersten Kinder *in vitro,* und er war der Spender, und vor fünf Jahrer spürte er sie auf und heiratete sie. Eine Lücke im Gesetz.« Fünf Jahre? Sie klangen, als seien sie fünfzig verheiratet. Mauern von Qual und Langeweile sperrten sie ein. Nur ihre Augen waren lebendig. Nikki fand es unmöglich, sich die beiden im Bett vorzustellen, die Körper im Akt der Liebe ineinander verschlungen. Akt der Liebe, dachte sie und lachte. Wo war Nicholson? Herzog Alexius, mit rotem, schweißbedecktem Gesicht, verbeugte sich vor ihr.

»Ich werde bald gehen«, teilte er ihr mit, und sie nahm die Ankündigung ernsthaft, aber ohne Reaktion auf, so, als habe er sich nur zu den Schwankungen des Sturms geäußert oder griechisch gesprochen. Er verbeugte sich noch einmal und entfernte sich. Nicholson? Nicholson? Sie wurde wieder ruhig und fand ihr Zentrum. Er wird zu mir kommen, wenn er bereit ist. Es hat Kontakt zwischen uns gegeben, und er war echt und gut.

Bliss, neben ihr, gestikulierte und sagte: »Ein Rabbi syrischer Abstammung, ehemals Moslem, hochgeachtet bei jüdischen Theologen.«

Sie nickte, schaute aber nicht hin.

»Ein Astronaut, eben zurück vom Mars. Ich habe noch nie einen Menschen mit einer derartigen Bräunung gesehen.«

Der Astronaut war nicht von Interesse für sie. Sie arbeitete daran, wieder in Hochstimmung zu kommen. Die Party ging auf einen Höhepunkt zu, fühlte sie, auf eine Zeit, wo Verpflichtungen erfolgten und Entscheidungen fielen. Das Klirren von Eis in Gläsern, die dunstigen Dämpfe psychedelischer Präparate, die Berührung von warmer Haut rings um sie – sie war an alles angeschlossen, sie war lebendig und aufnahmebereit, sie trat ein in die zuckende Stunde, die Stunde galvanischer Zuckungen. Sie wurde wild und unbekümmert. Impulsiv küßte sie Bliss, reckte sich auf die Zehenspitzen, schob ihre Zunge tief in seinen erschrockenen Mund. Dann löste sie sich von ihm. Irgend jemand spielte mit der Beleuchtung: Sie wurde röter, dann gewann sie an Kraft und schwoll zu blauweißer Grellheit an. Weit drüben auf der anderen Seite des Raumes brandete und wogte eine Menge um die hingestürzte Gestalt Francis Xavier Byrnes, der schlaff an der Barwand lehnte. Seine Augen waren offen, aber glasig. Nicholson kauerte vor ihm, griff in sein Hemd, justierte die Regler des Kettenhemds darunter.

»Alles in Ordnung«, sagte Steiner. »Laßt ihm Luft zukommen. Alles in Ordnung!« Wirrwarr. Tumult. Eine Sturzflut wirrer Sinneswahrnehmungen.

»– heißt, daß sich die Wetterabläufe auf Dauer geändert haben. Von jetzt an kalte Winter, wegen der Staubmengen in der Atmosphäre, die die Sonneneinstrahlung hemmen. Bis wir um das Jahr 2200 völlig zu Eis erstarren –«

»– aber das Kohlendioxyd müßte doch einen Treibhauseffekt auslösen, der *wärmeres* Wetter bringt, dachte ich, und –«

»– der Vorschlag, Strom dadurch zu erzeugen, daß –«

»– die San-Andreas-Verwerfung –«

»– finanziert durch Obligationen, umtauschbar –«

»– Kapseln mit Botulin –«

»– zu verteilen im Maßstab eins pro tausend Familien in Grönland und des Hauptstadtbezirks Kamtschatka –«

»– im sechzehnten Jahrhundert, als man wirklich noch hoffen konnte, sein eigenes Imperium in irgendeinem unbekannten Teil der –«

»– ungelöste Konflikte der Steinbock-Persönlichkeit –«

»– starke Konzentration und Meditation auf das vollendete Mandala, so daß der Inhalt der Arbeit auf Geist und Körper des Betrachters übertragen und mit ihnen identifiziert wird. Ich meine, technisch gesehen handelt es sich um eine Wiederaufsaugung kosmischer Kräfte. Im Prozeß des Aufbaus sind diese Kräfte –«

»– Schmetterlinge, die man sonst nirgends mehr findet in –«

»– aus dem Chaos des Unbewußten projiziert worden; im Prozeß der Aufsaugung werden die Kräfte wieder hineingezogen –«

»– werfen ein Licht auf Verwandlungen der DNA im Lichtsammelorgan, das –«

»– der Schnee –«

»– tausend Jahre, können Sie sich das vorstellen? Und –«

»– ihr Körper –«

»– früher eine Kröte –«

»– eben vom Mars zurück, und mit einem *Blick* –«

»Halten Sie mich fest«, sagte Nikki. »Einfach festhalten. Mir ist sehr schwindlig.«

»Möchten Sie etwas trinken?«

»Nur festhalten.« Sie preßte sich an kühlen, duftenden Stoff. Seine Brust, unnachgiebig. Steiner. Sehr männlich. Er stützte sie, aber nur einen Augenblick lang. Andere Aufgaben verlangten ihn. Als er sie losließ, schwankte sie. Er winkte jemand anderem, blond, weiches Gesicht. Der Gedankenleser, Tom. Reichte sie weiter, die Kette entlang, von Mann zu Mann.

»Sie fühlen sich besser«, sagte der Telepath zu ihr.

»Sind Sie ganz sicher?«

»Sehr.«

»Können Sie jedermanns Gedanken hier im Raum lesen?« fragte sie.

Er nickte.

»Sogar *seine*?«

Wieder ein Nicken.

»Am deutlichsten von allen. Er gebraucht sein Gehirn schon so lange, daß alle Kanäle tief eingegraben sind.«

»Dann ist er wirklich tausend Jahre alt?«

»Sie haben das nicht geglaubt?«

Nikki zuckte die Achseln.

»Manchmal weiß ich nicht, was ich glaube.«

»Er ist *alt*.«

»Sie müssen es wissen.«

»Er ist ein Phänomen. Er ist absolut außergewöhnlich.« Eine Pause, knapp, zupackend. »Möchten Sie in sein Gehirn blicken?«

»Wie kann ich das?«

»Ich schließe Sie an, wenn Sie wollen.« Die eisigen Augen blitzten in plötzlicher mutwilliger Wärme. »Ja?«

»Ich bin nicht sicher, ob ich möchte.«

»Sie sind ganz sicher. Sie sind krank vor Neugier. Machen Sie mir nichts vor. Keine Spiele, Nikki. Sie wollen in ihn hineinsehen.«

»Vielleicht.« Widerstrebend.

»Sie wollen. Glauben Sie mir, Sie wollen. Also. Entspannen, lassen Sie die Schultern ein wenig hängen, machen Sie sich locker, aufnahmebereit, und ich stelle die Verbindung her.«

»Warten Sie«, sagte sie.

Aber es war zu spät. Der Gedankenleser teilte gelassen ihr Bewußtsein, wie Moses das Rote Meer, und rammte etwas in ihre Stirn, etwas Dickes, aber Körperloses, einen Schlagstock aus Nebel. Sie bebte und zuckte zurück. Sie kam sich geschändet vor. Es war wie das erstemal im Bett, in jenem Augenblick, als das ganze Herumtun endlich vorbei war, das Küssen und Nagen und Streicheln, und plötzlich dieser Gegenstand tief in ihrem Körper. Sie hatte dieses Gefühl des Aufgespießtseins nie vergessen. Aber es war natürlich nicht nur ein Eindringen gewesen, sondern auch eine Quelle der Ekstase. Wie hier. Der Gegenstand in ihr war das Bewußtsein Nicholsons. Staunend erforschte sie seine Oberfläche, starr und verwittert, zernarbt durch die vielen Abschmelzungen des Wiedereintritts. Fuhr mit ihren zitternden Händen über die bronzene Rauheit. Blieb außerhalb. Tom, der Gedankenleser, gab ihr einen Stoß. Weiter, weiter. Tiefer. Nicht zurückhalten. Sie schlang sich um Nicholson und drang in ihn ein wie Ektoplasma in Sand. Plötzlich verlor sie die Orientierung. Die unstete, undurchdringliche Grenze, die das Ende ihres Selbst und den Anfang des seinen trennte, wurde undeutlich. Es war unmöglich, zwischen ihren und seinen Erfahrungen zu unterscheiden, noch konnte sie die den Pulsschlag ihres Nervensystems von dem durch seines fließenden trennen. Phantomerinnerungen fielen sie an und verschlangen sie. Sie wurde verwandelt in einen Knoten reiner Wahrnehmung, ein stetiges, kühles, isoliertes Auge, das betrachtete und registrierte. Bilder zuckten. Sie mühte sich einen grellen, verschneiten Berggrat hinauf, mit gezackten Himalayagipfeln, die über ihr am weißen Himmel hingen, und einem Yak mit warmer Schnauze, das müde neben ihr hertrottete. Ein Zug dunkelhäutiger kleiner Männer begleitete sie, schräge Augen, dicke Mäntel, dicke Stiefel. Der Gestank nach ranziger Butter, die schneidende Schärfe eines unglaublichen Windes: und da, im plötzlichen Sonnenlicht schimmernd, eine Masse flammenden, gelben Mauerwerks mit tausend funkelnden Fenstern, ein Gebäude, ein Lamakloster auf einem Berggrat. Die nasalen Töne ferner Hörner und Trompeten. Das heisere Singen lotusbeiniger Mönche. Was sangen sie? Om? Om? Om! *Om*, und Fliegen summten um ihre Nase, und sie lag zusammengekauert in einem dünnen Kanu, lautlos auf einem mitternächtlichen Fluß im Herzen Afrikas fahrend, ertrinkend in Feuchtigkeit. Muskulöse nackte Männer mit purpurschwarzer Haut kauerten neben ihr. Schwitzende Wedel baumelten von wucherndem Gestrüpp; die Schnauzen von Krokodilen erhoben sich wie gezahnte Blumen aus dem dunklen Wasser; große, ekelerregende Orchideen blühten hoch in den glattstämmigen Bäumen. Und am Ufer fünf Weiße, in elisabethanischer Kleidung, breitkrempige Hüte, welke, verschwitzte Krägen, Spitze, Schmuckschnallen, krause, rote Bärte. Errol Flynn als Sir Francis Drake, die Donnerbüchse in der Ellenbeuge baumelnd. Die Weißen lachten, winkten, riefen den Männern im Kanu etwas zu. Bin ich Sklave oder Sklavenhalter? Keine Antwort. Nur ein Verschwimmen, und eine neue Vision: Herbstlaub, hereingeweht durch die offenen Eingänge strohgedeckter Hütten, fröstelnde Ochsen, in nackten Stoppelfeldern kauernd, grimmige, schnauzbärtige Männer mit kurzgeschorenen Haaren, die schräg dem Horizont entgegenritten. Kreuzfahrer? Oder ungarische Krieger, die den gefürchteten Mongolen entgegenziehen? Verteidiger des gefährdeten angelsächsischen Reiches gegen die normannischen Eindringlinge? Sie konnten dies alles sein. Aber immer das stete, kühle Auge, immer das unbewegte Bewußtsein im Mittelpunkt jeder Szene. *Er*, ewig, alles überdauernd. Und dann: der Richtung Westen rollende Zug, weißen Rauch ausstoßend, die Prärien dehnen sich bis in die Unendlichkeit, große, braune Büffel mit wilden Augen versperren den Weg, der Mann mit den dichten, langen Haaren lacht, er wirft ein Zwanzigdollar-Goldstück auf den Tisch, greift nach seiner Büchse – Springfield Kaliber 50, Hinterlader –, zielt beiläufig durch die Tür des fahrenden Zuges, drückt ab, noch einmal, ein drittes Mal. Drei zottige braune Kadaver neben den Gleisen, und der Zug rollt weiter. Ihr Arm und die Schulter prickeln vom Rückstoß dieser Schüsse. Dann: eine stinkende Hafengegend, Ballen von Gewürznelken und Pfefferschoten und Zimt; kleine, braunhäutige Männer mit Turban und Lendenschurz streiten unter einer unbarmherzigen Sonne. Winzige, unregelmäßige Silbermünzen glitzern in ihrer Hand. Das Geschnatter irgendeines Malabar-Dialekts im Kontrapunkt zu fließendem, spottendem Portugiesisch. Segeln wir jetzt mit Vasco da Gama? Vielleicht. Und dann eine graue teutonische Straße, winddurchfegt, und mittelalterliche, freudlose Lutheranergesichter blicken finster aus bleigefaßten Fenstern. Und dann die Wüste Gobi mit Reitern und Lagerfeuern und schwarzen Zelten. Und dann New York, unverwechselbar New York City, mit kantigen schwarzen Automobilen, die zwischen den stumpfen Wolkenkratzern wie glänzende Käfer dahinhuschen, eine Szene aus einem Stummfilm. Und dann. Und dann. Überall, alles, zu aller Zeit, allerorten, ein unzusammenhängender Strom von Ereignissen, aber stets die Klarheit des Sehens, die festgefügte Wahrnehmung, der massive Geist im Zentrum, die unerschütterliche Identität, das unwandelbare Selbst –

– mit dem ich unauflösbar verflochten bin –

Es gab kein ›Ich‹, es gab kein ›Er‹, es gab nur den einen, immerwährend erkennenden Standpunkt. Aber schlagartig spürte sie eine Veränderung des Brennpunkts, eine wegführende Wirkung, eine Trennung von Selbst und Selbst, so daß sie ihn anschaute, als er seine vielen Leben lebte, ihn von außen sah, deutlich verfolgte, als er die Persönlichkeit wechselte, wie andere seine Kleidung, Bärte und Schnurrbärte wachsen ließ, sie abrasierte, sein Haar kurz schor, sein Haar lang wachsen ließ, neue Moden übernahm, Sprachen lernte, Dokumente fälschte. Sie sah ihn in all seinen tausend Jahren von Verkleidungen und Tarnungen, sah ihn wirklich und vereinigt und konzentriert unter seinen notwendigen Masken –

– und sah ihn, wie er sie sah –

Augenblicklich riß der Kontakt ab. Sie taumelte. Arme fingen sie auf. Sie riß sich von dem lächelnden, blonden Mann mit dem vollen Gesicht los und murmelte: »Was haben Sie getan? Sie haben mir nicht gesagt, daß Sie *mich ihm* zeigen würden.«

»Wie kann es sonst eine Verbindung geben?« fragte der Telepath.

»Sie haben es mir nicht gesagt. Sie hätten es mir sagen sollen.« Alles war verloren. Sie konnte es nicht mehr ertragen, im selben Raum mit Nicholson zu sein. Tom griff nach ihr, aber sie stolperte an ihm vorbei, trat den Leuten auf die Füße. Sie zwinkerten ihr zu. Jemand streichelte ihr Bein. Sie zwängte sich durch unwahrscheinliche Laokoongruppen, drei Frauen und zwei Diener, fünf Männer und ein Tischtuch. Eine Glastür, ein schimmernder Silbergriff: Sie drückte ihn nieder. Hinaus auf die Terrasse. Die Reinheit des Sturms mochte sie reinigen. Hinter ihr ein schwaches Ächzen, ein paar schrille Schreie, verärgerte Vorhaltungen: »Zumachen!« Sie warf die Tür zu. Allein in der Nacht, siebenundachtzig Stockwerke über der Straße, bot sie sich dem Sturm dar. Ihre hauchdünne Tunika schützte sie nicht. Schneeflocken brannten auf ihren Brüsten. Ihre Brustwarzen wurden hart und richteten sich auf wie flammende Leuchttürme, bohrten sich in den dünnen Stoff. Der Schnee versengte ihre Kehle, ihre Schultern, ihre Arme. Tief unten wirbelte der Wind frisch gefallene Kristalle zu Spiralgalaxien auf. Die Straße war unsichtbar. Thermalwirren brachten Aufwinde, die den Rand ihrer Tunika packten und von ihrem Körper wegpeitschten. Glühende, kalte Hagelkörnchen wurden in ihre nackten, blassen Schenkel getrieben. Sie stand mit dem Rükken zur Party. Bemerkte sie dort jemand? Würde jemand auf den Gedanken kommen, sie wolle Selbstmord machen, und edel herausstürmen, um sie zu retten? Steinböcke begingen keinen Selbstmord. Sie mochten damit drohen, ja, sie mochten sich selbst ganz ernsthaft versichern, daß sie es wirklich tun würden, aber es war nur ein Spiel, nur ein Spiel. Niemand kam zu ihr. Sie drehte sich nicht um. Sie umklammerte das Geländer und kämpfte darum, sich zu beruhigen.

Sinnlos. Nicht einmal die bitterkalte Luft konnte helfen. Frost in ihren Wimpern, Schnee auf ihren Lippen. Der Anhänger, den Byrne ihr gegeben hatte, flammte zwischen ihren Brüsten. Die Luft war weiß, mit einem pulsierenden, grünen, inneren Glühen. Es versengte ihr die Augen. Sie war vom Mittelpunkt abgerutscht und fand sich nicht zurecht. Sie fühlte immer noch, wie sie durch die Jahrhunderte irrte, hin und her auf der Bahn von Nicholsons endlosem Leben. Was für ein Jahr ist das? Ist es 1386, 1912, 1532, 1779, 1043, 1977, 1235, 1129, 1836? So viele Jahrhunderte. So viele Leben. Und doch immer das eine wahre Selbst, unverändert, unveränderbar.

Mit der Zeit ließ der Nachhall nach. Nicholsons endlose Epochen füllten ihr Gehirn nicht mehr mit schrecklichem Lärm. Sie begann zu frösteln, nicht aus Angst, sondern nur vor Kälte, und zupfte an ihrer feuchten Tunika, versuchte ihre Nacktheit zu bedecken. Schmelzender Schnee hinterließ heiße, klamme Spuren an Brüsten und Bauch. Ein Glorienschein aus Dampf umgab sie. Ihr Herz hämmerte.

Sie fragte sich, ob das, was sie erlebt hatte, eine echte Berührung mit Nicholsons Seele, oder vielmehr nur ein Trick von Tom, ein simulierter Kontakt gewesen war. War es Tom denn möglich, eine Verbindung zwischen zwei nichttelepathischen Gehirnen herzustellen? Vielleicht hatte Tom das alles selbst fabriziert, mit Bildern, die er sich aus Nicholsons Buch geborgt hatte.

In diesem Fall mochte es für sie noch Hoffnung geben.

Eine Selbsttäuschung, das wußte sie. Eine Phantasievorstellung, dem verzweifelten Optimismus des Hoffnungslosen entsprungen. Aber nichtsdestoweniger –

Sie fand den Türgriff, kehrte zurück zur Party. Ein Windstoß begleitete sie und fegte Schnee mit hinein. Leute starrten sie an. Sie war wie der Tod, der beim Festmahl erscheint. Wie ein Hund schüttelte sie die Schneeflocken ab. Ihre Kleidung war naß und klebte an der Haut; sie hätte ebensogut nackt sein können.

»Sie armes, frierendes Ding«, sagte eine Frau. Sie zog Nikki in eine enge Umarmung. Es war die Frau mit dem scharfen Gesicht, die glotzäugige, in der Flasche entstandene Braut ihres eigenen Vaters. Ihre Hände glitten schnell über Nikkis Körper, streichelten ihre Brüste, berührten ihre Wange, ihren Unterarm, ihre Lenden. »Komm mit mir hinein«, säuselte sie. »Ich mache dich warm.« Ihre

Lippen streiften Nikkis Mund. Eine spielerische Zunge suchte die ihre. Einen Augenblick lang ergab sich Nikki der Umarmung, weil sie die Wärme brauchte. Dann machte sie sich los.

»Nein«, sagte sie. »Ein andermal. Bitte.« Sie befreite sich und ging durch den großen Raum. Eine endlose Reise. Als durchquere man die Sahara mit dem Sprungstock. Stimmen, Gesichter, Gelächter. Eine Trockenheit in ihrer Kehle. Dann stand sie vor Nicholson.

Jetzt oder nie.

»Ich muß mit Ihnen reden«, sagte sie.

»Gewiß.« Seine Augen waren unbarmherzig. Kein Zorn in ihnen, nicht einmal Geringschätzung, nur eine unfaßbare Geduld, viel erschreckender als Zorn oder Verachtung. Sie wollte sich vor diesem kühlen, ruhigen Blick nicht beugen.

Sie sagte: »Hatten Sie vor einigen Minuten ein seltsames Erlebnis, ein Gefühl, daß jemand – nun, in Ihr Gehirn blickte? Ich weiß, es klingt albern, aber –«

»Ja. Das ist geschehen.« So ruhig. Wie konnte er seinem Mittelpunkt so nah bleiben? Dieses unbewegte Auge, dieses einzigartig in sich ruhende Selbst, alles wahrnehmend – das Lamakloster, das Sklavendepot, der Eisenbahnzug, alle vergangene, alle kommende Zeit – wie vermochte er so gelassen zu bleiben? Sie wußte, daß sie selbst solche Ruhe niemals lernen würde. Sie wußte, daß er es wußte. Er kennt sich wirklich aus mit mir. Sie bemerkte, daß sie seine Backenknochen betrachtete, seine Stirn, seine Lippen. In seine Augen blickte sie nicht.

»Sie haben ein falsches Bild von mir«, sagte sie.

»Es ist kein Bild«, sagte er. »Was ich habe, sind Sie.«

»Nein.«

»Treten Sie sich gegenüber, Nikki. Wenn Sie dahinterkommen, wo Sie hinblicken müssen.« Er lachte. Sanft, aber sie war vernichtet.

Dann etwas Seltsames. Sie zwang sich, in seine Augen zu starren und spürte ein Umspringen der Wahrnehmung von einem Modus in einen anderen, und er verwandelte sich in einen alten Mann. Die Maske beständiger früher Reife löste sich auf, und sie sah die erschreckenden gelblichen Augen, das Labyrinth von Furchen und Gruben, die zahnlosen Kiefer, die sabbernden Lippen, die schlaffe Kehle, das Selbst unter dem Gesicht. Tausend Jahre, tausend Jahre! Und jeder Augenblick dieser tausend Jahre war sichtbar.

»Sie sind alt«, flüsterte sie. »Sie ekeln mich an. Ich möchte nicht sein wie Sie, nicht um alles in der Welt!« Sie wich zitternd zurück. »Ein alter, alter, alter Mann. Alles Maskerade!«

Er lächelte.

»Ist das nicht erschütternd?«

»Sie oder ich? *Sie oder ich*?«

Er antwortete nicht. Sie war verwirrt. Als sie fünf Schritte von ihm entfernt war, kam wieder ein Bewußtseinssprung, eine zweite Phasenverschiebung, und plötzlich war er wieder er selbst, straffhäutig, aufrecht, dem Anschein nach Mitte Dreißig. Eine Kugel des Schweigens hing zwischen ihnen. Die Wucht seiner Zurückweisung war überwältigend. Sie sammelte ihre letzte Kraft für ein böses Abschiedsfunkeln. *Ich wollte dich auch nicht, Freund, nicht den kleinsten Teil von dir.* Er grüßte höflich. Entlassung.

Martin Bliss stand mit leerem Grinsen in der Nähe der Bar.

»Gehen wir«, sagte sie wild. »Bring mich heim!«

»Aber –«

»Es ist nur ein paar Etagen tiefer.« Sie stieß ihren Arm durch den seinen. Er blinzelte, zuckte die Achseln, ging mit.

»Ich rufe Sie am Dienstag an, Nikki«, sagte Tom, als sie an ihm vorbeirauschten.

Unten, auf ihrem Heimgelände, fühlte sie sich besser. Im Schlafzimmer ließen sie schnell ihre Kleidung fallen. Sein Körper war rosig, behaart, brauchbar. Sie schaltete das Bett ein, und es begann zu murmeln und zu vibrieren.

»Für wie alt hältst du mich?« fragte sie.

»Sechsundzwanzig?« sagte Bliss vage.

»Bastard!« Sie zog ihn zu sich herunter. Ihre Hände krallten sich in seine Haut. Ihre Schenkel öffneten sich. Weiter. Wie ein Tier, dachte sie. Wie ein Tier. Sie wurde jeden Augenblick älter, sie starb in seinen Armen.

»Du bist viel besser, als ich erwartet hatte«, sagte sie schließlich.

Er blickte auf sie hinunter, verwirrt, verblüfft.

»Du hättest dir jeden aussuchen können bei der Party. Jeden.«

»Fast jeden«, sagte sie.

Als er schlief, schlüpfte sie aus dem Bett. Es schneite noch immer. Sie hörte den Einschlag von Geschossen und das Wimmern verwundeter Büffel. Sie hörte Schwerter auf Schilden klirren. Sie hörte Lamas singen: Om. Om. Om. In dieser Nacht kein Schlaf für sie, keiner. Die Uhr tickte wie eine Bombe. Das Jahrhundert strömte unbarmherzig seinem Ende zu. Sie suchte ihr Gesicht im Badezimmerspiegel nach Falten ab. Glatt, glatt, alles glatt im blauen Neonlicht. Ihre Augen wirkten blutunterlaufen. Ihre Brustwarzen waren noch hart. Sie nahm einen kleinen Alabasterkrug aus einem der Wandschränke, und drei schmale rote Kapseln fielen heraus, auf ihre Hand. Alles Gute zum Geburtstag, liebe Nikki, happy birthday to you. Sie schluckte alle drei. Ging zurück ins Bett. Wartete, lauschte dem Klatschen von Schnee auf Glas, wartete darauf, daß die Visionen kamen und sie forttrugen.

Der Tunnel meiner Träume

Der Blick seiner fernen grauen Augen war gehetzt, entsetzt, besiegt, als er vom Projektorium hereingerannt kam. Seine Schultern hingen schlaff herab; ich hatte nie zuvor bei ihm erlebt, daß er sich der Verzweiflung ergeben hätte, aber jetzt erschreckte mich die Vollständigkeit seiner Kapitulation. Mit zitternder Hand hielt er mir einen schmalen, gelben Datenstreifen hin, mit den geheimen Symbolen kosmischer Computerberechnung in Rot bedeckt.

»Zwecklos«, murmelte er. »Es hat einfach keinen Zweck mehr, sich noch länger dagegen wehren zu wollen!«

»Sie meinen –«

»Heute nacht«, sagte er heiser, »tritt das Universum unwiderruflich in den Schatten des Nullpunkts ein!«

An dem Tag, als Armstrong und Aldrin auf die Oberfläche des Mondes traten – es war Sonntag, der 20. Juli 1969, erinnern Sie sich? – blieb ich zu Hause, weil ich mir das Ganze im Fernsehen ansehen wollte. Aber zufällig lernte ich am Abend zuvor bei Leons und Helens Party eine interessante Frau kennen, und sie ging mit in meine Wohnung. Ihr Name ist mir entfallen, wenn ich ihn überhaupt je gewußt habe, aber ich erinnere mich, wie sie aussah: langes, weiches, goldenes Haar, herzförmiges Gesicht mit auffallenden, geröteten Wangen, sanfte graublaue Augen, große Brüste, schlanke Beine. Ich weiß auch nicht, wie sie durch mein Apartment ging und die vollgestopften Regale mit alten Taschenbüchern und Magazinen studierte.

»Du bist ein echter Science-fiction-Anhänger, nicht?« fragte sie schließlich. Und lachte und sagte: »Dann muß das ja wohl dein großes Wochenende sein! Ho, der Mond!« Aber für sie war das alles ein großer Witz, daß da oben Menschen herumhüpften, wenn es auf der Erde noch so viel zu tun gab. Wir duschten uns, und ich machte Essen, und wir ließen uns vor dem Gerät nieder, um darauf zu warten, daß die Männer ihre Landefähre verließen, und – ganz einfach, ohne ein Gefühl für den Übergang – fingen wir an, uns zu lieben, und es ging weiter und weiter, eine dieser unmöglichen, unpersönlichen, mechanischen Bumsereien, bei denen sich Körper an Körper für Jahrhunderte reibt, kein Gefühl, keine Erregung, und während ich rhythmisch auf ihr hin- und herzuckte, unfähig, entweder zum Höhepunkt zu kommen oder aufzuhören, hörte ich den Kommentator Walter Cronkite der Welt mitteilen, daß die Luke der Landefähre sich öffne. Ich wollte mich von ihr lösen, um zuzuschauen, aber sie krallte sich an meinem Rücken fest. Mit betonter Anstrengung stemmte ich mich auf die Ellenbogen, drehte den Oberkörper so, daß ich den Bildschirm sehen konnte, und wartete darauf, daß mich die Ekstase überfiel. Gerade, als das erste wabernde Bild eines auf den Kopf gestellten Raumfahrers auf jener Leiter erschien, stöhnte sie, bäumte sich wild auf und gelangte zu einem atemberaubenden Höhepunkt. Ich fühlte nichts. Nichts. Sie ging schließlich, und ich duschte und machte mir eine Kleinigkeit zu essen und sah mir die Wiederholung des Mondspaziergangs bei den Elf-Uhr-Nachrichten an. Und ich fühlte immer noch nichts.

»Was ist die Antwort?« fragte Gertrude Stein, im Begriff zu sterben. Alice B. Toklas schwieg. »Was ist in diesem Fall die Frage?« fuhr Miss Stein fort.

Auszug aus ›Geschichte des Imperiums‹, Koeckert und Hallis, dritte Ausgabe (neu bearbeitet):

> ›Das galaktische Imperium wurde durch den gemeinsamen, gleichzeitigen und einstimmigen Beschluß der regierenden Körperschaften von elfhundert Welten vor 190 Standard-Universal-Jahrhunderten gegründet. Bis zum heutigen Tag hat sich die Hegemonie des Imperiums auf dreizehn galaktische Sektoren ausgedehnt und umfaßt viele Tausende Planeten, die alle gern und bereitwillig in das Imperium eingetreten sind. Außerhalb des Imperiums zu bleiben, heißt, bürgerlichen Wahnsinn einzugestehen, denn das Imperium wird fraglos im gesamten Kosmos als das vom vernunftbegabten Geist vernünftigste Gefüge anerkannt, das der empfindende Geist je erschaffen hat. Die Entscheidungsprozesse des Imperiums werden beständig bestimmt vom Rekurs auf die Hermosillo-Gleichungen, die in jeder Frage öffentlicher Politik unzweideutige und unwiderlegbar rationale Leitlinien bieten. Auf diese Weise bilden die vielen Welten des Imperiums eine einzige, zusammenhängende Einheit, gesellschaftlich, politisch und wirtschaftlich in so perfekter Wechselbeziehung, wie seine Teilwelten durch die Wirkungen der universellen Schwerkraftgesetze miteinander verbunden sind.‹

*

Vielleicht verbringe ich zuviel Zeit auf anderen Planeten und in fernen Galaxien. Eine peinliche Sucht, diese Science fiction. Seht euch meine Bücherregale an: Hunderte von zerlesenen Taschenbüchern, nach Autoren alphabetisch geordnet, Aschenbach-Barger-Capwell-De Soto-Friedrich, alle Großen des Genres bis hin zu Waldman und Zenger. Die Sammlung von Magazinen, alle Nummern jeder Publikation bis hin zum Sommer 1953, eine vollständige Sammlung von ›Nova‹, die meisten Ausgaben von ›Deep Space‹, ein Riesenstapel ›Tomorrow‹. Vermutlich sind manche von diesen Magazinen jetzt schon große Raritäten, wenngleich ich nie einen gründlicheren Blick in die fieberhafte Welt des SF-Sammlers geworfen habe. Ich sammle einfach die Publikationen, die ich am Zeitungsstand kaufe, und werfe nie eine Ausgabe weg. Wie könnte ich mich davon trennen? Scheiben meiner Vergangenheit, diese Magazine, diese Bücher. Ich kann Daten für Veränderungen meines Ichs, Wandlungen meines Bewußtseins einfach dadurch nennen, daß ich nach alten Heften greife und über die Assoziationen nachdenke, die sie hervorrufen. Das Heft mit dem Purpurmonster und den Knotenarmen, etwa: Es wurde in dem Monat verkauft, als ich den Sex entdeckte. Die Ausgabe dort, auf dem Titelbild explodierende Raumschiffe: Ich las es in meinem ersten Monat auf dem College, um mich von Thomas von Aquin und Plato zu erholen. Meilensteine, Landzeichen, Hochwasserlinien. Eine peinliche Sucht. Meine Freunde nehmen das mit Humor. Sie betrachten Science fiction als Literatur für Kinder – weiß Gott, vielleicht haben sie recht – und geben meiner Vorliebe für sie mit großer Zuneigung nach, schenken mir zu Weihnachten eine dickleibige Anthologie, hinterlassen einen Stapel neuer Magazine auf meinem Schreibtisch, wenn ich essen gehe. Aber sie machen sich Gedanken um mich. Ich mir manchmal auch. Im Alter von vierunddreißig Jahren, sollte ich da noch mit so jungenhafter Begeisterung auf, sagen wir, Capwells Romane über die Solarliga oder Waldmans ›Hirnparasit‹-Serie reagieren? Was hat die Gegenwart an sich, daß sie mich so besessen zur Zukunft treibt? Die graue, leere Gegenwart, die lockende, unzugängliche Zukunft.

Seine Augen glitzerten mit nicht zu unterdrückender Erregung, als er ihr die funkelnde gelbe Haube des Gedankenübertragungshelms gab.

»Setz ihn auf«, sagte er zärtlich.

»Ich habe Angst, Riik.«

»Hab' keine. Was gibt es zu fürchten?«

»Mich selbst. Mein wahres Ich. Ich werde ganz geöffnet sein, Riik. Ich fürchte, was du in mir sehen magst, was es dir, was es *uns* antun könnte.«

»Ist es so häßlich in dir?« fragte er.

»Manchmal glaube ich es.«

»Manchmal glaubt das jeder von sich selbst, Juun. Da kommt der alte, neurotische Selbsthaß empor, der Müll, dem wir nicht entkommen können, bis wir geistig gänzlich gesund sind. Dergleichen findest du in mir auch, sobald wir die Helme aufhaben. Beachte es nicht. Es ist nicht wirklich da. Es wird in unserem Leben keine bestimmende Rolle spielen.«

»Liebst du mich, Riik?«

»Der Helm wird das besser beantworten, als ich es kann.«

»Gut. Gut.« Sie lächelte nervös. Dann hob sie den Helm mit übertriebener Vorsicht hoch, setzte ihn auf, rückte ihn zurecht, glättete eine vorwitzige blonde Locke wieder unter den Helmrand. Er nickte und setzte seinen eigenen auf.

»Fertig?« sagte er.

»Fertig.«

»Jetzt!« Er legte den Hebel um. Ihre Geister brandeten einander entgegen.

Dann –

Einssein!

Mein Gehirn ist vollgestopft mit den Phantasievorstellungen anderer Menschen: Roboter, Androiden, Sternschiffe, Riesencomputer, räuberische Energiekugeln, falsche Messiasse, echte Messiasse, Besucher von fernen Welten, Zeitmaschinen, Schwerkraftaufhebung. Man drücke auf meine Knöpfe, und ich liefere Parabeln aus den Werken von Hartzell oder Marcus, passende philosophische Perlen, geborgt aus den gesammelten Leitartikeln David Coughlins, oder Konzeptionen, die sich aus meinen Meditationen zu De Soto ergeben haben. Ich bin eine wandelnde Masse der Einfallskraft aus zweiter Hand. Ich bin die Personifizierung der Science-fiction-Ruhmeshalle in Fleisch und Blut.

»Endlich«, rief Professor Kholgoltz triumphierend. »Die Maschine ist fertig! Das letzte Solenoid ist eingebaut! Führen Sie Strom zu, Hagley. Führen Sie Strom zu! Jetzt werden wir die Antwort bekommen, die wir seit so vielen Jahren suchen!«

Er winkte seinem Assistenten, der den großen Computer langsam zum Pulsieren brachte. Ein subtiles, kaum wahrnehmbares Energieleuchten erfüllte die Luft: der Neutrinofluß, den die Hauptgleichungen vorhergesagt hatten. Im Amphitheater neben dem Labor saßen zehntausend Menschen in angespannter Erwartung: Auf der ganzen Welt warteten Millionen, angeschlossen über Satelliten, mit gleicher Anspannung. Der Professor nickte. Noch eine Geste, und Hagley schob mit großartiger Bewegung das Frageband – programmiert unter der Aufsicht eines Korps von multispannen-ausgebildeten Philosophen – in den klaffenden Schlund des Eingabeschlitzes.

»Der Sinn des Lebens«, murmelte Kholgoltz. »Die Lösung des größten Rätsels. In nur einem weiteren Augenblick werden wir sie in Händen halten.«

Ein unheilvolles Grollen drang aus den Tiefen der mächtigen Denkmaschine. Und dann –

Mein immer wiederkehrender Alptraum: ein Strahl dichten Smaragdlichts durchdringt mein Zimmer und hebt mich mit unwiderstehlicher Kraft von meinem Bett. Ich schwebe durch das Fenster und verharre hoch über der Stadt. Eine Zone der Schwärze umhüllt mich, und ich sehe mich in eine endlose, tunnelartige Halle mit Onyxwänden versetzt. Ich bin allein. Ich warte, und es geschieht nichts, und nach einer endlosen Zeitspanne beginne ich vorwärts zu gehen, nah an der linken Seite der Halle. Ich erkenne jetzt, daß hochragende, kegelförmige Wesen mit untertassengroßen orangeroten Augen und gummiartigen Leibern rechts an mir vorbeigleiten, ohne mich zu beachten. Ich gehe tagelang. Endlich teilt sich die Halle: neun gleiche Tunnels bieten sich mir dar. Aufs Geratewohl suche ich mir den links außen aus. Er ist genau wie der letzte Gang, nur sind die auf mich zukommenden Wesen jetzt belebte Seesterne in Purpurrot, rauhäutig, mit vielen Tentakeln, und in ihrer Mitte glüht eine Kugel aus blassem, weißem Feuer. Wieder Tage. Ich spüre keinen Hunger, keine Müdigkeit; ich marschiere einfach weiter. Der Tunnel gabelt sich wieder. Diesmal siebzehn Möglichkeiten. Ich wähle die Abzweigung äußerst rechts. Keine Veränderung im Äußeren des Tunnels – glatt wie immer, von einem unerklärlichen inneren Strahlen erhellt – aber jetzt sind die Wesen, die an mir vorbeigleiten, kugelig, durchsichtig, pantoffeltierchenförmige Exemplare, angefüllt mit durcheinanderschäumenden, nebelhaften Organen. Weiter zur nächsten Gabelung.

Und weiter. Und weiter. Gabelung um Gabelung, Wahl für Wahl, nie dasselbe, nie etwas anderes. Ich gehe weiter. Weiter. Weiter. Weiter. Ich gehe ewig. Ich verlasse den Tunnel nie.

Was ist überhaupt der Sinn des Lebens? Wer, falls überhaupt jemand, hat uns hierhergesetzt, und warum? Ist der ganze Kosmos einfach ein riesiger Zufall? Oder hat es eine bewußte und entschlossene Erste Ursache gegeben? Was ist mit dem freien Willen? Besitzen wir einen, oder handeln wir nur nach dem Diktat eines unvorstellbaren, unveränderbaren Programms, das vor einer Milliarde Jahren in den Stoff der Wirklichkeit eingeprägt wurde?

Große, nachhallende Fragen. Von der Art, wie ein Heranwachsender sie stellt, wenn er anfängt, mit der Natur des Universums zu ringen? Wie komme ich in meinem Alter dazu, über derlei Dinge nachzudenken? Wen halte ich damit zum Narren?

Das ist der Ort. Ich habe das Zentrum des Universums erreicht, wo alle Strudel sich begegnen, wo alles unbewegt ist, die Zone der Sturmlosigkeit. Ich treibe in Stille, bewege mich in einer flachen Bahn. Das ist der Gipfel des Friedens. Das ist der Rand der Vereinigung mit dem All. In meiner Gelassenheit erlebe ich eine Vision des tobenden, stürmenden Universums, das mich umgibt. In jedem Quadranten finden Kriege statt, Streitigkeiten, Verschwörungen, Morde, Flugzeugabstürze, Reibungsverluste, ersterbende Sonnen, Energieübertragungen, zusammenprallende Planeten, eine Vielzahl entropischer Austauschvorgänge. Aber hier ist alles vollkommen still. Hier will ich sein.

Ja! Wenn ich nur ewig bleiben könnte!

Aber wie nur? Es gibt keinen Weg. Schon spüre ich das Zerren unerbittlicher Kräfte, und bin doch erst angekommen. Es gibt keinen immerwährenden Frieden. Wir fegen an diesem wunderbaren Zentrum stets vorbei zu der einen oder anderen Zone der Turbulenz, stets zur Peripherie getrieben, getrieben, getrieben, hilflos. Ich werde fortgezogen vom Ort des Friedens. Ich rotiere wild. Die Zentrifuge des Ichs schleudert mich unablässig. Laß mich zurück! Laß mich! Laß zu, daß ich mich in jenem Ort am Herzen der taumelnden Galaxien verliere!

Nie sterben. Das ist ein Teil der Anziehungskraft. In tausend Zivilisationen leben, die erst kommen, sehen, wie die künftigen Millennien sich entfalten, stellvertretend teilnehmen an der äußersten

Entwicklung der Menschheit – wie das alles erreichen, außer durch diese Bücher und Magazine? Das ist es, was sie mir geben: ewiges Leben, und eine kosmische Perspektive. Jedenfalls geben sie mir das von einer Seite zur nächsten.

Das Signal fegte durch die schwarze Schüssel der Nacht, aufgefangen immer und immer wieder von Ultrawellen-Verstärkerstationen, die es in höhere Energiezustände versetzten. Tausend bebende Laserknoten wurden in Dampf verwandelt, um die Botschaft zur galaktischen Kommunikationszentrale auf Manipool VI zu beschleunigen, wo der Kaiser auf Nachrichten über die Revolte wartete. Endlich ergoß sich der Bericht aus der Datenkuppel. Welten in Flammen! Millionen tot! Die Talismane des Imperiums zertrampelt!

»Wir haben keine Wahl«, sagte der Kaiser ruhig. »Zerstört auf der Stelle das ganze System Rigel.«

Das Problem, das auftaucht, wenn man versucht, Science-fiction als Erwachsenenliteratur zu betrachten, liegt darin, daß sie von unseren ›realen‹ Sorgen doppelt weit entfernt ist. Gewöhnliche Prosadichtung, Faulkner und Dostojewski und Hemingway, ist, schon der Definition nach, Erfindung – die erste Stufe. Aber sie entstammt wenigstens direkt der Erfahrung, der Betrachtung der empirischen Welt greifbarer Alltagserscheinungen. Während wir also etwa ›Die Dämonen‹ als etwas Abstraktes, als einen verbalen Gegenstand, eine Konstruktion aus Haupt- und Zeitwörtern, aus Eigenschafts- und Umstandswörtern akzeptieren, und während wir sie rein als Geschichte, als Ansammlung von Vorfällen und Gesprächen und erklärenden Abschnitten nehmen können, die erfundene Gestalten und Ereignisse beschreiben, können wir sie auch als Führer für einen bestimmten Aspekt der russischen Sensibilität im neunzehnten Jahrhundert und als einen Schlüssel zum vorrevolutionären radikalen Denken *gebrauchen*. Das heißt, sie haben die Natur eines historischen Fundstücks, sie sind ein Erbstück ihrer eigenen Zeit, mit echten und unterscheidbaren außerliterarischen Werten. Weil es wirkliche Menschen vorstellt, die sich in einer plausiblen und verstehbaren menschlichen Situation der realen Welt bewegen, können wir Erkenntnisse aus Dostojewskis Buch gewinnen, die uns möglicherweise dabei unterstützen könnten, unser eigenes Leben zu verstehen. Aber wie steht es mit Science-fiction, die sich mit unwirklichen Situationen an Orten befaßt, die es nicht gibt, in Zeitaltern, die noch nicht gewesen sind? Können wir die Abenteuer von Captain Zap im achtzigsten Jahrhundert als Grundriß für Selbstentdeckung verwenden? Können wir den Zusammenprall von Stellarföderationen im Andromeda-Nebel als Deutung der Beziehungen zwischen den Vereinigten Staaten und der Sowjetunion um 1950 gelten lassen? Wir können es vermutlich, vorausgesetzt, wir können eine Science-fiction-Geschichte auf einer verfeinerten metaphorischen Ebene als eine Strömung symbolischer Strukturen ansehen, die auf irgendeine Weise durch die Art erzeugt worden ist, wie der Autor die wirkliche Welt erfahren hat. Aber es ist viel leichter, sich mit Captain Zap auf seiner eigenen Ebene zu halten, aus reinem Spaß an der Freud'. Und das ist Kinderei.

Demzufolge haben wir zwei mögliche Bewertungen der Science-fiction: daß sie schlichte Eskapismus-Literatur sei, welcher der Bezug zum Alltagsleben fehle, und die allein als selbstgenügsame Ablenkung nützlich sein könne.

Und daß ihr Wert verborgen und schwer greifbar sei, zugänglich nur jenen, die fähig und willens sind, die empirische Unterstruktur zu durchdringen, die von diesen umfassenden Metaphern galaktischer Imperien und supernormalen Kräften verhüllt wird.

Ich schwanke zwischen diesen beiden Haltungen. Manchmal mache ich sie mir beide zu eigen. Das ist ein Trick, den ich von der Science-fiction gelernt habe, ganz nebenbei: ›Multispannen-Logik‹ hieß das in Zengers berühmten Roman ›Das Geist-Plateau‹. Sein Held brauchte zwanzig Jahre asketischen Studiums im Kloster der Brüder von Aldebaran, um den Trick zu beherrschen. Mir ist das nach zwanzig Jahren Lektüre von ›Nova‹ und ›Deep Space‹ und ›Solar Quarterly‹ gelungen. Ja: Multispannen-Logik. Ja. Die Kunst, sich widersprüchliche Thesen zu eigen zu machen. Vielleicht wäre ›dynamische Schizophrenie‹ ein besserer Ausdruck. Ich weiß es nicht.

Ist dies das Zentrum? Bin ich dort? Ich bezweifle es. Werde ich es wissen, wenn ich es erreiche, oder werde ich es bestreiten, wie ich es häufig mache, werde ich sagen: ›Was gibt es sonst noch, wo sollte ich sonst noch suchen?‹

Das Fremdwesen war ein abstoßendes Ding, ganz Winkel und Kanten, mit drohend zitternden Tentakeln, in den weitgeschlitzten Augen eine finstere, blutunterlaufene Neugier. Mortenson war unfähig, das Wesen scharf im Blick zu behalten; es glitt an den Rändern immer wieder ab in einen anderen Seinszustand, auf eine seltsam wellenförmige Art, die er als grausig und beunruhigend empfand. Es war keine fünfzig Meter mehr von ihm entfernt und kam stetig näher. Wenn es auf zehn Meter herankommt, zerstrahle ich es, dachte er, ohne Rücksicht zerstrahle ich es.

Noch fünf Schritte; dann eine unheimliche Verwandlung. Anstelle des Dings grimmiger, kantiger Bedrohung stand dort ein strahlender, glücklicher Golkon! Das dicke kleine Wesen wedelte mit den rundlichen Fühlern und gurrte einen freudigen Gruß!

»Ich bin Liebe«, erklärte der Golkon. »Ich bin der Überbringer des Glücks! Ich heiße dich auf dieser Welt willkommen, lieber Freund!«

Was fürchte ich? Ich fürchte die Zukunft. Ich fürchte die unendlichen Möglichkeiten, die vor uns liegen. Sie faszinieren und erschrecken mich. Ich hätte nie geglaubt, daß ich das zugeben würde, nicht einmal vor mir selbst. Aber wie soll ich meinen Traum sonst auslegen? Diese Vielzahl von Tunnels, diese unendlich vielen fremden Wesen, alle auf mich zugleitend, während ich weiter und weiter marschiere? Die Verkörperung meiner Grundangst. Daher meine zwangshafte Science-fiction-Lektüre: Ich sehne mich nach Hinweisen. Ich will eine Landkarte des Gebietes haben, in das ich eindringen muß. In das wir alle eindringen müssen. Dabei sind die Karten selbst erschreckend. Vielleicht sollte ich statt dessen nach hinten blicken. Es wäre weniger schreckend, historische Romane zu lesen. Und trotzdem nähre ich mich von diesen Hirngespinsten, die mich nicht loslassen und mich in Angst versetzen. Ich gewinne Energie aus ihnen. Was würde mich nähren, wenn ich sie zurückwiese?

Die Blut-Sammler waren diese Nacht unterwegs, in durstigen Horden durch die verwüstete Landschaft streifend. Aus der gemauerten Sicherheit seiner Zelle konnte er sie bellen hören, hörte auch die gräßlichen Schreie der Opfer, der alten Frauen, der versprengten Kinder. Vier, fünf Nächte jede Woche rissen die bissigen Bestien sich jetzt los und unternahmen ihre Raubzüge, und jede Nacht blieben weniger Menschen übrig, um die Flut aufzuhalten. Das war schlimm genug, aber es gab noch Schlimmeres: seine eigene Gier. Wie lange konnte er sich hier noch einsperren? Wie lange würde es dauern, bis auch er dort draußen umherlief und nach Blut dürstete?

Als ich mittags zum Zeitungsstand ging, um die neueste Ausgabe von ›Tomorrow‹ zu holen, entdeckte ich die erste Nummer eines neuen Magazins: ›Welten voller Wunder‹. Das verblüffte mich. Es mußte neun oder zehn Jahre her sein, seitdem jemand das Risiko eingegangen war, einen neuen SF-Titel herauszubringen. Wir haben unsere Handvoll längst etablierter Stützen, die meisten in den dreißiger und sogar schon in den zwanziger Jahren begründet, die für die Ewigkeit eingerichtet zu sein scheinen, aber das Scheitern fast aller neueren Magazine in den fünfziger Jahren war so eindeutig, daß ich wohl annahm, es werde nie mehr neue Titel geben. Und doch ist hier ›Welten voller Wunder‹, heute neu. Das Heft hat nichts Außergewöhnliches an sich. Bis auf den Namen könnte es sehr wohl ›Deep Space‹ oder ›Solar‹ sein. Das Format ist das übliche, in der Größe von ›Reader's Digest‹. Das Titelbild stammt – keine Überraschung – von Greenstone. Die Geschichten sind von Aschenbach, Marcus und ein paar weniger bekannten Namen. Der Herausgeber ist Roy Schaefer, an den ich mich als einen sachkundigen, aber unauffälligen Autor in den fünfziger und sechziger Jahren erinnere. Ich sollte mich eigentlich darüber freuen, daß ich nun über weitere sechs Ausgaben im Jahr verfügen kann, die mir Freude machen sollten. Tatsächlich fühle ich mich auf unklare Weise bedroht, so, als habe der Tunnel meiner Träume eine unerwartete neue Abzweigung entstehen lassen.

Die Zeitmaschine hängt vor mir im Labor, ein glitzerndes, goldenes Ei, zwischen Ebenholzstützen schwebend. Richards und Halleck lächeln nervös, als ich darauf zugehe. Schließlich ist dies der Höhepunkt unserer jahrelangen Forschungsarbeit, und der Erfolg der Reise, die ich antreten werde, ist von solchen Emotionen belastet, daß jeder Augenblick von schwerer symbolischer Bedeutung zu sein scheint. Unsere Experimente mit Ratten und Kaninchen scheinen erfolgreich verlaufen zu sein, aber wie können wir wissen, was es heißt, durch die Zeit zu reisen, bis ein menschliches Wesen die Fahrt angetreten hat?

Nun gut. Ich betrete die Maschine. Schnell sprechen wir einander Anweisungen über die Bordsprechanlage zu. Einstellung? 5. Mai 2500 A. D. – ein Sprung von fast dreieinhalb Jahrhunderten. Energiestufe? Energiezufuhr? Go. Go. Dislokationsschaltung an?

Ja. Alle Systeme go. Bon voyage!

Die Schalttafel spielt verrückt. Skalenzeiger kreisen. Lichter zucken. Alles dreht gleichzeitig durch. Ich stürze vorwärts durch die Zeit, weiter, weiter, weiter!

Als alles wieder ruhig ist, beginne ich mit der Notfallprozedur. Die Zeitkapsel muß genauso geöffnet werden, ohne Eile. Meine Hände zittern in Erwartung der fremden, neuen Welt, die mich erwartet. Tausend Hypothesen schwirren durch mein Gehirn. Endlich geht die Luke auf.

»Hallo«, sagt Richards. »Tag auch«, sagt Halleck. Wir sind nach wie vor im Labor.

»Das verstehe ich nicht«, sage ich. »Meine Meßgeräte zeigen eindeutig Zeitversetzung an.«

»Die hat auch stattgefunden«, sagt Richards. »Sie sind zum Jahr zweitausendfünfhundert A. D. vorgedrungen, wie geplant. Aber Sie sind immer noch hier.«

»Wo?«

»Hier.«

Halleck lacht.

»Wissen Sie, was passiert ist, Mike? Sie *sind* durch die Zeit gereist. Sie sind dreihundert und etliche Jahre vorwärtsgesprungen. Aber Sie haben die ganze Gegenwart mitgenommen. Sie haben Ihre eigene Zeit in die Zukunft geschleppt. Das ist so, als ziehe man einen Krapfen durch seine eigene Öffnung. Verstehen Sie? Unsere Arbeit ist umsonst, Mike. Wir haben die Lösung. Die Gegenwart ist immer um uns, gleichgültig, wie weit wir hinausziehen.«

Vor ungefähr fünf Jahren habe ich einmal LSD genommen, eine kleine rote Pille, die ein Freund mir aus New Mexico mit der Post geschickt hatte. Ich hatte viel über Psychedelisches gelesen und hatte keinerlei Angst: im Gegenteil, ich war begierig auf das Erlebnis. Ich würde in den Kosmos hinaufschweben und alles umarmen. Ich würde ein Teil der Nebel und Supernovas werden, und sie ein Teil von mir; oder vielmehr, ich würde endlich erkennen, daß wir die ganze Zeit über jeweils ein Teil vom anderen gewesen waren. Mit anderen Worten, ich stellte mir vor, das LSD werde wie ein Zugang von fünfhundert SF-Romanen auf einen Schlag sein: eine bewußtseinserweiternde Ladung von Bildkraft, Emotion, Fremdartigkeit und Versetzung in unfaßbare, unerkennbare Orte. Die Droge brauchte etwa eine Stunde, um zu wirken. Ich sah die Wände zerfließen und wogen, und von der Decke strömten Lichtkaskaden. Die Zeit geriet durcheinander und ich glaubte, daß drei Stunden vergangen seien, dabei waren es nur etwa zwölf Minuten. Holly war bei mir.

»Was fühlst du?« fragte sie. »Ist es mystisch?« Sie stellte oft solche Fragen.

»Ich weiß nicht«, sagte ich. »Es ist sehr hübsch, aber ich weiß einfach nicht recht.« Die Droge verlor in etwa sieben Stunden ihre Wirkung, aber mein Nervensystem war aufgeputscht, und hinter meinen Augen explodierten Lichter, wenn ich zu schlafen versuchte. Ich blieb also die ganze Nacht auf und las die beiden ›Sternenbrand‹-Romane von Marcus, bis es hell wurde.

Es gibt kein galaktisches Imperium. Es wird nie ein galaktisches Imperium geben. Alles ist Chaos. Alles ist willkürlich. Galaktische Imperien sind kindische Machtphantasien. Glaube ich das wirklich? Wenn nicht, warum sage ich es? Macht es mir Spaß, mich herabzusetzen?

»Sehen Sie, dort!« flüsterte der Mutant. Carter schaute hin. Eine ganze Ecke des Zimmers war verschwunden – weggeschmolzen, wie ausradiert. Carter konnte die Straße draußen sehen, den Verkehr, das Haus gegenüber. »Dort, sehen Sie!« sagte der Mutant. Der Stuhl war fort. »Schauen Sie!« Die Decke verschwand. »Da! Da! Da!« Carter spürte, wie sich alles um ihn drehte. Alles verschwand, auf den Befehl des unerbittlichen Mutanten mit seinen goldenen Augen. »Sehen Sie die Sterne?« fragte der Mutant. Er schnippte mit den Fingern. »Nein!« rief Carter. »Nicht!« Zu spät. Auch die Sterne waren verschwunden.

Manchmal gerate ich in das, was ich das Science-fiction-Erlebnis im Alltag nenne. Ich meine, ich kann an meinem Schreibtisch sitzen und einen Bericht tippen, oder in der U-Bahn stehen und auf das Ende der langen ermüdenden Fahrt warten, da spüre ich ein Surren, ein Stürmen, ein Aufwärtsschweben der Seele, vergleichbar mit dem, was ich bei dem LSD-Versuch gefühlt habe, und plötzlich sehe ich mich in einer völlig neuen Perspektive – als Besucher aus einer anderen Zeit, von einem anderen Ort, isoliert in einer Welt von fremden Wesen, die Erde genannt wird. Alles wirkt unvertraut und verwirrend. Ich habe dieses Gefühl der Verdoppelung, des *déjà vu,* als hätte ich von dieser U-Bahn in irgendeinem Science-fiction-Roman gelesen, als hätte ich dieses Büro in einer

Fantasy-Geschichte beschrieben gesehen, weit entfernt, vor langer Zeit. Die wahre Welt wird so für zwanzig, dreißig Sekunden hintereinander zu etwas Science-fictionhaftem für mich. Die Strukturen verschieben sich; das Grundgefüge wankt. Wenn mir das zugestoßen ist, denke ich manchmal, es sei aufregender, als zu erleben, wie beim Lesen eine Phantasiewelt ›Wirklichkeit‹ wird. Und manchmal glaube ich, daß ich vor dem Zusammenbruch stehe.

Während wir schliefen, hatte sich an Bord unseres riesigen Sternenschiffs eine Tragödie abgespielt. Unser Kapitän, unser Führer, unser Ratgeber seit zwei vollen Generationen, war in seinem Bett ermordet worden!

»Zeigen Sie es mir noch einmal!« sagte ich gepreßt, und Timothy hielt mir das Hologramm hin. Ja! Kein Zweifel! Ich konnte das Blut in seinem dichten, weißen Haar, ich konnte die erstarrte Maske der Qual auf seinem markanten Gesicht sehen. Tot! Der Kapitän war tot! »Was nun?« fragte ich. »Was wird geschehen?«

»Auf Deck E hat der Bürgerkrieg bereits begonnen«, sagte Timothy.

Vielleicht ist, was ich wirklich fürchte, nicht so sehr eine schwindelnde Vielfalt von Zukunftsmöglichkeiten, sondern vielmehr ihr Mangel. Endet das Universum, wenn ich es will? Nichts, Leere, die Negation, die uns alle erwartet, der Tunnel, der nicht überallhin, sondern nirgendshin führt – ist dies das einzige Ziel? Wenn es so ist, gibt es dann einen Grund, Angst zu haben? Weshalb sollte ich mich davor fürchten? Nicht-Sein ist Frieden. Unser Nada unser, der du im Nada bist, dein Name sei Nada, dein Reich nada, dein Wille sei nada, im Nada wie im Nada. Gegrüßet seist du, Nichts, voller Nichts, dein Nichts ist mit dir. Das ist Hemingway. Er spürte das Nada von allen Seiten herandrängen. Hemingway hat nie ein Wort Science-fiction geschrieben. Zuletzt übergab er sich heiter dem großen Nada mit einem Gewehrschuß.

Mein Freund Leon erinnert mich in mancher Beziehung an Henry Darkdawn in De Sotos klassischer ›Kosmos‹-Trilogie. (Wenn ich sagen würde, er erinnerte mich an Stephen Dedalus oder Raskolnikow oder Julien Sorel, würden Sie natürlich keine weitere Beschreibung brauchen, um zu wissen, was ich meine, aber Henry

Darkdawn steht vermutlich außerhalb Ihres Bereichs literarischer Erfahrung. De Sotos Trilogie behandelt die Entstehung, Ausdehnung und den Verfall einer quasireligiösen Bewegung in den Jahren 30000 bis 35 000 A. D., mehrere Galaxien umspannend, und Darkdawn ist ein charismatischer Prophet, menschlich, aber unsterblich, oder auf jeden Fall ungewöhnlich langlebig, der in sich die Funktionen von Moses, Jesus und Paulus vereinigt: Seher, Vermittler mit höheren Kräften, Organisator, Führer, und, zuletzt, Märtyrer.) Die Großartigkeit der Serie beruht vor allem darauf, daß De Soto in den Charakter Darkdawns eindringt, so daß er nicht bloß ein fernes Halbrelief ist – Der Prophet –, sondern ein warmer, atmender Mensch. Das heißt, man sieht ihn mit Warzen und allem – ein differenziertes Konzept für Science-fiction, die stark dazu neigt, statt lebender Gestalten Marmorstatuen vorzuführen.

Leon wird natürlich kaum je einen galaxisweiten Kult begründen, aber er besitzt viel von der Intensität, die sich bei mir mit Darkdawn verbindet. Seltsamerweise ist er ziemlich groß – einsachtundachtzig, würde ich sagen – und sieht auf konventionelle Weise gut aus; Leute seines Typs besitzen meist keine hohe innere Energie, wie ich festgestellt habe. Aber trotz seiner natürlichen physischen Vorteile muß irgend etwas Leons Seele in seiner Jugend zusammengepreßt und umdirigiert haben, weil er ein Grübler ist, ein Träumer, einer, der Feuer atmet, immer neue visionäre Pläne für die Umorganisation unseres Büros und dergleichen daherbringt. Er ist derjenige, der gewöhnlich SF-Magazine als Geschenk auf meinem Schreibtisch hinterläßt, aber er ist auch derjenige, der sich am meisten über mich lustig macht, weil ich lese, was er für Schund hält. Da kann man seine widersprüchliche Natur sofort erkennen. Er ist schüchtern und aggressiv, hartgesotten und verletzbar, zuversichtlich und unsicher, das ganze verrückte menschliche Gemisch, alles ganz vorn in der ersten Reihe.

Letzten Dienstag aß ich bei ihm zu Abend. Ich gehe oft hin. Seine Frau Helene ist eine großartige Köchin. Sie und ich hatten vor fünf Jahren eine Affäre miteinander, die ungefähr ein halbes Jahr dauerte. Leon wußte nach der dritten Begegnung Bescheid, aber zu mir hat er nie ein Wort gesagt. Nach Helenes verzweifelter Leidenschaftlichkeit zu urteilen, müssen sie und Leon keine sehr guten sexuellen Beziehungen haben; wenn sie mit mir im Bett war, schien sie immer alles auf einmal haben zu wollen, jede Stellung, jede Art von Empfindung, so, als habe sie viel zu lange darben müssen. Möglicherweise war Leon froh darüber, daß ich einen Teil des sexuellen Drucks von ihm nahm, und bedauerte im stillen, daß ich mit seiner Frau nicht mehr schlafe. (Ich beendete das Verhältnis, weil sie mir zuviel Energie raubte, und weil ich Schwierigkeiten hatte, Leons freien, offenen Blick zu erwidern.)

Am vergangenen Dienstag ging Helene kurz vor dem Essen in die Küche, um nach dem Herd zu sehen. Leon entschuldigte sich und ging ins Badezimmer. Ich stand einen Augenblick allein am Bücherregal, prüfte, wie es meine Art war, automatisch, ob sie SF-Literatur hatten, und folgte dann Helene in die Küche, um mein Glas aus dem Martini-Krug im Kühlschrank nachzufüllen. Plötzlich war sie bei mir, klammerte sich fest, suchte meinen Mund mit ihren Lippen. Sie murmelte meinen Namen; sie krallte die Fingernägel in meinen Rücken.

»He«, sagte ich leise. »Augenblick mal! Wir sind uns einig gewesen, daß wir damit nicht wieder anfangen!«

»Ich will dich haben!«

»Nicht, Helene.« Sanft befreite ich mich von ihr. »Komplizier die Dinge nicht. Bitte.«

Ich machte mich los. Sie wich mit gesenktem Kopf zurück und ging mürrisch zum Herd. Als ich mich umdrehte, sah ich Leon unter der Tür stehen. Er mußte die ganze Szene beobachtet haben. Seine schwarzen Augen schimmerten von halb unterdrückten Tränen; seine Lippen zitterten. Ohne etwas zu sagen, nahm er mir den Glaskrug aus der Hand, füllte sein Martiniglas und leerte es auf einen Zug. Dann ging er ins Wohnzimmer, und zehn Minuten später unterhielten wir uns über Bürodinge, als sei nichts geschehen. Ja, Leon, du bist Henry Darkdawn bis zum letzten Zoll. Aus Holz wie deinem werden Propheten geschaffen, Leon. Aus Holz wie deinem schnitzt man kosmische Märtyrer.

Niemand konnte den Unterschied noch erkennen. Der glatte, schlüpfrige Android hatte die Persönlichkeit seines Schöpfers völlig verschlungen.

Ich stand am Rand des Abgrunds und starrte entsetzt auf das rote, aufgedunsene Ding, das die lebenspendende Sonne der Erde gewesen war.

Die Horde der Roboter –

*

Das fremde Raumschiff, in einer Spirale wild hinabstürzend –

Lachend öffnete sie die Faust. Die Q-Bombe lag mitten auf ihrer Handfläche.

»Zehn Sekunden«, sagte sie.

Wie warm es heute abend ist! Ein klammer Handschuh schwüler Feuchtigkeit umschließt mich. Der Schlaf will sich nicht einstellen. Ich spüre rings um mich einen entsetzlichen Druck. Ja! Der Strahl grünen Lichts! Endlich, endlich, endlich! Er umfängt mich, hebt mich, läßt mich durch das offene Fenster hinausschweben. Hoch über der dunklen Stadt. Weiter und immer weiter, durch die Leere, hinaus aus Zeit und Raum. Zum Tunnel. Setzt mich ab. Hier. Hier. Ja, genau, wie ich es mir vorgestellt habe: die Wände aus Onyx, das ursprungslose, trübe Leuchten, das hohe Gewölbe über mir, die stummen, fremden Gestalten, die auf mich zugleiten. Hier. Endlich der Tunnel. Ich mache den ersten Schritt. Noch einen. Noch einen. Ich bin unterwegs.

Aus dem Tagebuch eines Zeitreisenden

Wenn das Leben überhaupt lebenswert sein soll, brauchen wir wenigstens die Illusion, daß wir fähig sind, in der Welt, in der wir leben, umfassende Veränderungen herbeizuführen. Ich sage, *wenigstens die Illusion.* Die echte Fähigkeit, Wandel herbeizuführen, wäre offensichtlich vorzuziehen, aber nicht alle von uns erreichen diese Stufe, und selbst die Illusion der Macht bietet Hoffnung, und Hoffnung erhält das Leben. Es kommt darauf an, keine Marionette zu sein, kein passives Spielzeug des Karma darzustellen. Ich glaube, Sie werden bestätigen, daß umfassende Veränderungen in der Gesellschaft erforderlich sind. Wer wird sie durchsetzen, wenn nicht Sie und ich? Wenn wir uns sagen, daß wir hilflos sind, daß sinnvolle Reformen unmöglich sind, daß der Status quo für immer bestehenbleiben wird, dann brauchen wir uns gar nicht die Mühe zu machen, weiterzuleben, finden Sie nicht? Ich meine, wenn der Omnibus versagt und der Fahrer mit Drogen vollgepumpt ist und alle Türen verklemmt sind, ist es besser, das Zyankali zu nehmen, als auf den unvermeidlichen, grausigen Zusammenstoß zu warten. Aber wir wollen uns natürlich nicht in dem Glauben lassen, wir seien hilflos. Wir möchten glauben, daß wir das Lenkrad packen und den Bus wieder auf Kurs bringen und sicher zur Werkstätte lenken können. Richtig? Richtig. Das möchten wir glauben. Auch wenn es nur eine Illusion ist. Denn manchmal – wer weiß? kann man eine Illusion verfestigen und Wirklichkeit werden lassen.

Die Personen der Handlung. Thomas C., unsere Hauptfigur, Alter: zwanzig Jahre. Wenn wir ihn zum erstenmal sehen, schläft er, die Strähnen seiner langen, braunen Haare um das Gesicht gelegt. Verwaschene Jeans und ein T-Shirt mit dem Aufdruck ›Umweltschutz jetzt!‹ liegen zusammengeknüllt vor dem Bett am Boden. Er ist ein Elephant Mount im Bundesstaat Wisconsin aufgewachsen und jetzt das dritte Jahr an der Universität. Er scheint friedlich zu schlafen, aber durch sein träumendes Gehirn huschen beunruhigende Phantome: Lee Harvey Oswald, George Lincoln Rockwell, Neil Armstrong, Arthur Bremer, Sirhan Sirhan, Hubert Humphrey, Mao Tse-Tung, Leutnant William Calley, John Lennon. Jedes stellt sich der Reihe nach vor, vollführt einen kleinen leichtfüßigen Tanz, der seinen Charakter ausdrückt, verschwindet und taucht anderswo in Thomas' Hirnrinde wieder auf. An der Wand von Thomas' Zimmer hängen verschiedene zeitgenössische Totems: eine Riesenfotografie von Spiro Agnew beim Golf, ein bunter Aufkleber mit dem Text ›Deine Stimme für McGovern‹, und Transparente, die jeweils verkünden: ›Befreit Angola‹, ›Unterstütz deine örtlichen Bullen‹, ›Die Macht dem Volke‹ und ›Che lebt!‹. Thomas hat eine extrem zeitgenössische Sensibilität, zirka 1970-72. Bis 1997 wird er schreckliche Nostalgie für die Fragen und Dinge seiner Jugend spüren, wie sein Großvater jetzt für Waschbärmäntel, selbstgebrannten Gin und Flaggenstangenhokker. Er wird Dinge sagen wie: ›Versuch mal, das gefällt dir‹ oder ›Hau mir eins drauf‹, und keiner unter Vierzig wird lachen.

Neben ihm schläft Katherine F., blond, neunzehn Jahre alt. Normalerweise trägt sie eine Nickelbrille, eine grüne, enge Hose mit ausgestellten Hosenbeinen, einen purpurroten Seidenponcho und einen geknüpften Schal, aber davon trägt sie jetzt nichts. Katherine träumt nicht, aber ihr nächster REM-Zyklus ist bald fällig. Sie kommt aus Moose Valley im Bundesstaat Minnesota und hat ihre Jungfräulichkeit im Alter von vierzehn Jahren verloren, als sie im North-Star-Autokino einen Film mit Mastroianni und der Loren sah. Während ihrer Verführung wandte sie den Blick von der Leinwand nie für mehr als dreißig Sekunden ab. Derzeit ist sie viel stärker in die Reaktionsmasche eingestiegen, aber damals gab sie sich größte Mühe, cool zu bleiben. Vor vier Stunden vollführten sie und Thomas einen Akt wechselseitiger oral-genitaler Reizung, der in siebzehn Bundesstaaten und in der Republik Süd-Vietnam ungesetzlich ist, wenngleich Aussicht besteht, das in Bälde zu ändern.

Auf dem Boden neben dem Bett liegt Thomas' Hund Fidel, halb Beagle, halb Terrier. Er schläft auch. An Fidels Halsband ist ein auch bei Tag leuchtender Streifen befestigt, auf dem steht: ›Dreimal gebellt für Haustier-Lib‹.

Ohne Gott, hat einer der Brüder Karamasow gesagt, ist alles möglich. Das trifft wohl zu, wenn man sich Gott als die Kraft vorstellt, die alles zusammenhält, die das Wasser hindert, bergauf zu fließen, und die Sonne, im Westen aufzugehen. Aber was für eine beschränkte Vorstellung von Gott ist das! *Au contraire*, Fjodor: *mit* Gott ist alles möglich. Und ich möchte für kurze Zeit Gott sein.

*

F. *Was taten Sie?*
A. *Ich schrie Sergeant Bacon an und befahl ihm, er solle anfangen, die Hütten zu durchsuchen und die Leute weiterzutreiben – nicht die Hütten, sondern die Bunker – und ich ging hinüber zu Mitchells Platz. Ich kam wieder heraus. Meadlo stand noch mit einer Gruppe von Vietnamesen da, und ich schrie Meadlo zu und bat ihn – ich befahl ihm, wenn er die Leute alle nicht wegbringen könne, solle er sie loswerden.*
F. *Haben Sie in diese Gruppe von Leuten hineingeschossen?*
A. *Nein, Sir, das habe ich nicht getan.*
F. *Was haben Sie nach diesem Vorfall getan?*
A. *Nun, ich befahl meinen Männern, über den Graben zu gehen und Stellung zu beziehen, nachdem ich in den Graben gefeuert hatte.*
F. *Hatten Sie nun Gelegenheit, hinzusehen und zu beobachten, was in dem Graben war?*
A. *Ja, Sir.*
F. *Und was haben Sie gesehen?*
A. *Tote Leute, Sir.*
F. *Haben Sie irgendeinen Hinweis darauf bemerkt, daß dort noch jemand lebte?*
A. *Nein, Sir.*

Hier spricht Thomas. Hör mir zu. Hör mal zu. Angenommen, du hättest eine Maschine, die dich befähigen würde, alles in Ordnung zu bringen, was auf der Welt nicht in Ordnung ist. Sagen wir, sie bedient sich aus allen Ressourcen der modernen Technologie, ganz zu schweigen von den Kräften einer reichen, wohlausgestatteten Phantasie und einem hochentwickelten Sinn für Moral. Die Maschine kann alles. Sie macht dich unsichtbar; sie liefert telepathischen Zugang zu anderen Gehirnen; sie läßt dich in diese Gehirne hineingreifen und sie v-e-r-ä-n-d-e-r-n. Und so weiter. Nenne diese Maschine, wie du willst. Nenne sie Jedermanns-Phantasien-Verwirklicher. Nenne sie eine Zeitmaschine, Modell neun. Nenne sie eine Gottesbox. Nenne sie einen Zauberstab, wenn du willst. Okay. Ich gebe dir einen Zauberstab. Und du gibst mir auch einen Zauberstab, weil Leser und Autor Verbündete, Mitverschwörer sein müssen. Du und ich, mit unseren Zauberstäben. Was machst du mit dem deinen? Was mache ich mit dem meinen? Gehen wir.

*

Die Rache der Indianer. Auf der Prärie zehn Meilen westlich Grand Otter Falls, Nebraska, versammelt sich der Stamm. Mit Lieferauto, Camper, Chevrolet, Fahrrad und Minibus treffen sie aus allen Ecken des Landes ein, die Delegationen zorniger Rothäute. Hier sind die Onondagas, die Oglallas, die Hunkpapas, die Jicarillas, die Punxsatawneys, die Kickapoo, die Gros Ventres, die Nez Percés, die Lenni Lenpae, die Wepawaughs, die Pamunkeys, die Penobscotes, und viele andere mehr. Sie tragen, was der weiße Mann von ihnen erwartet: Federschmuck, Lederstrümpfe, bemalte Gesichter, Tomahawks. Seht das große Feuer Freudenfeuer lodern! Seht die springenden, schweißglänzenden Krieger den Skalptanz tanzen! Hört ihre unheimlichen barbarischen Schreie! Welches Entsetzen müssen diese Wilden in den dicken Vorortbewohnern erregen, die sie auf Kanal vier beobachten!

Nun beginnt die Ratsversammlung. Die Pfeife wird weitergereicht. Man hört zustimmendes Brummen. Der mächtige Navajo-Häuptling Hosteen Dollars ist der Hauptredner. Er spricht für den stärksten der Stämme, denn die gewaltigen Navajos besitzen Motels, Souvenirläden, Ölquellen, Banken, Kohlengruben und Supermärkte. Sie verfügen über den lukrativen, landesweiten Vertrieb der hervorragenden Töpfereiwaren ihrer Hopi- und Pueblo-Nachbarn. Unauffällig haben sie riesigen Reichtum und Macht angesammelt, die sie heimlich zum Wohl ihrer weniger bevorzugten Verwandten anderer Stämme verwenden. Jetzt ist das Arsenal voll ausgerüstet: die Panzer, die Flammenwerfer, die Schnellfeuergewehre, die Halbkettenfahrzeuge, die mit Napalm gefüllten Sprühfahrzeuge. Nur der Große Knall fehlt. Aber dieser Mangel, so erklärt Hosteen Dollars, ist nun durch einen wunderbaren Eingriff behoben.

»Das ist unser Augenblick!« ruft er. »Hiawatha! Hiawatha!«

Feierlich schwebe ich vom Himmel herab, in einer weiten, abwärtsführenden Spirale, lande gewandt auf meinen Füßen. Ich bin nackt bis auf einen mit Fransen besetzten Lendenschurz. Meine Kupferhaut glänzt. In meinen Armen liegt eine Wasserstoffbombe, scharf gemacht und bereit.

»Der Große Knall!« rufe ich. »Hier, Brüder! Hier!«

Bis die Nacht hereinbricht, ist Washington ein Haufen radioaktiver Asche. Bis es dämmert, kapituliert der amtierende Präsident. Hosteen Dollars erläutert im landesweiten Fernsehen das neue System der Reservationen, und das Zusammentreiben der Bleichgesichter beginnt.

Staatsanwalt Bruce Bales vom Bezirk Marin, der sich als Angela Davis' Strafverfolger disqualifizierte, erklärte gestern, er sei von ihrem Freispruch ›unfaßbar schockiert‹.

In einer bitteren Reaktion sagte Bales: »Ich glaube, die Geschworenen sind auf die von der Verteidigung gebotene stark emotionelle Masche hereingefallen. Sie ist nicht einmal in den Zeugenstand getreten, um ihre Schuld zu bestreiten. Trotz des Geschehenen behaupte ich immer noch, daß sie für den Tod von Richter Haley und die schwere Verletzung meines Assistenten Gary Thomas soviel Verantwortung trägt wie Jonathan Jackson. Zweifellos sogar eine viel größere, wegen ihres Alters, ihrer Erfahrung und Intelligenz.«

Gouverneur Ronald Reagan stehe, wie ein Sprecher in der Hauptstadt erklärte, für einen Kommentar zum Urteil nicht zur Verfügung.

Der Tag, an dem wir das Pentagon besiegten, war einfach herrlich, ein Markstein in der Geschichte der Bewegung. Es erforderte Jahre der Planung und eine ungeheure gemeinsame Anstrengung, aber die Ergebnisse lohnten den heroischen Kampf, und noch mehr.

So haben wir es gemacht:

Mit Hilfe unseres IBM 2020-Multiphaser berechneten wir einen Ring von Zugangsstellen rund um den ganzen District of Columbia. Drei Plätze waren in Maryland – Hyattsville, Suitland und Wheaton – und zwei in Virginia, McLean und Merrifield. An jeder Zugangsstelle trieben wir einen vertikalen Schacht zweihundert Meter tief, mit Hilfe unserer Hughes-Bohrfräse mit Flüssigkeitszufuhr, gekoppelt an einen GM-Doppelkern-Auswerfer. Jede Nacht transportierten wir den Aushub mit Lastwagen nach Kentucky und Tennessee und kippten ihn als Füllung in Tagbaugruben. Als wir zweihundert Meter tief waren, legten wir eine 90-cm-Rohrleitung von jedem unserer fünf Schächte direkt zum Pentagon, und setzten eine LTV-Molekularpresse ein, um die Erde in halbflüssige Form zu verwandeln. Diesen Brei pumpten wir in fünf riesige unterirdische Höhlen, die wir mit unserer halbkugelförmigen Tiefbauhacke System Gardner-Denver ausschaufelten. Als die Rohrleitungen gelegt waren, pumpten wir den gespeicherten Brei in einem gleichmäßigen Tempo, das unser kleiner XDS-

Computer berechnete und das in Abständen von fünfhundert Metern durch unser Control Data 106 a-Sensorsystem überwacht wird. Die Pumpen waren natürlich Briggs und Stratton-580er-Großanlagen.

Über eine Zeit von acht Monaten gelang es uns, den Untergrund unter dem Fundament des Pentagons durch eine riesige Breimasse zu ersetzen, wobei wir jedoch darauf achteten, keine seismologischen Störungen hervorzurufen, die von den Anlagen des Pentagon hätten bemerkt werden können. Für diesen Teil des Unternehmens verwendeten wir Bausch & Lomb-Spektrophotometer und Perkin-Elmer-Kameras, in Reihe geschaltet mit einem Vibrationsdämpfungs-Integrator Honeywell 990. Zeitlich trafen wir es haargenau. Am Abend des 3. Juli durchstießen wir die kritische Zerstörungsschwelle. Das Pentagon schwamm nun auf einem Schlammsee von fast einem Kilometer Durchmesser. Drei Reihen autonomer Dow-Stabilisatoren hielten das Gebäude auf seiner normalen Höhe; wir verwendeten Ampex-Homöostasis-Ausrüstung, um den Schwimmdruck zu regeln. Am vierten Juli mittags hielten Katherine und ich eine Pressekonferenz auf den Stufen der Kongreßbibliothek, an der hauptsächlich Vertreter der Untergrund-Medien teilnahmen, obwohl auch einige normale Reporter dabei waren. Ich verlangte die sofortige Beendigung aller amerikanischen militärischen Abenteuer in Übersee und ließ dem Präsidenten eine Stunde Zeit, sich zu äußern. Das Weiße Haus reagierte natürlich nicht, und fünf Minuten vor ein Uhr öffnete ich die Schleusen, in dem ich drei Takte von ›The Star Spangled Banner‹ in ein Münztelefon vor der FBI-Zentrale pfiff. Damit löste ich das Absaugen des Breies aus, und fünf Minuten nach ein Uhr begann das Pentagon zu versinken. Es sank langsam genug, so daß es keine Menschenleben zu beklagten gab: In zwei Stunden war die Evakuierung abgeschlossen, und das oberste Stockwerk des Gebäudes versank erst um fünf Uhr nachmittags im Schlamm.

Zwei Löwen, die am Samstag abend im Zoo von Portland einen Halbwüchsigen getötet hatten, kamen heute ums Leben, Opfer eines nächtlichen Gewehrschützen.

Roger Dean Adams, neunzehn Jahre alt, aus Portland, war der getötete Halbwüchsige. Der Zoo war am Samstag abend geschlossen, als er und zwei Begleiter den Zaun überstiegen.

Die Begleiter sagten aus, Adams habe sich zuerst in das Grizzlybärengehege hinabgelassen, indem er mit den Händen an der Innenmauer gehangen sei, bevor er sich wieder hochgezogen habe. Nachdem er sich zunächst auf den Mauerrand gesetzt habe, versuchte er dasselbe im Löwengehege.

Kenneth Franklin Bowers aus Portland, einer von Adams' Begleitern, sagte, der junge Mann habe sich über den Rand hinabgelassen, mit den Händen festgeklammert und nach den Löwen getreten. Eines der Tiere habe mit der Pfote nach ihm geschlagen, seinen Fuß getroffen, und der junge Mann sei hinuntergefallen, fünf Meter unter dem Rand der Mauer. Die Löwen hätten ihn daraufhin angefallen, und es habe so ausgesehen, als sei er verblutet, nachdem ihm eine Halsarterie aufgeschlitzt worden sei.

Einer der Löwen, Caesar, ein sechzehnjähriges Männchen, wurde gestern nacht durch zwei Geschosse aus einem im Ausland hergestellten Gewehr getötet. Sis, ein elf Jahre altes Weibchen, bekam einen Steckschuß ins Rückgrat ab. Sie starb heute morgen.

Die Polizei erklärte, sie verfüge über nur dürftige Hinweise auf den Täter.

Jack Marks, der Zoodirektor, teilte mit, der Zoo werde Strafanzeige erstatten.

»Man muß krank sein, wenn man ein Tier tötet, das nach seinen eigenen Maßstäben nichts Böses getan hat«, sagte Mr. Marks. »Kein normaler Mensch steigt mitten in der Nacht über den Zaun in den Zoo und erschießt ein Tier, das in Gefangenschaft lebt.«

Soll ich euch sagen, wer ich wirklich bin? Ihr glaubt vielleicht, ich wäre ein Collegestudent aus der zweiten Hälfte des zwanzigsten Jahrhunderts, aber in Wirklichkeit bin ich ein Besucher aus der fernen Zukunft, geboren in einem Jahr, das nach eurer Zeitschätzung 2806 A. D. heißen würde. Ich kann versuchen, euch meine Zeit zu beschreiben, aber es spricht wenig dafür, daß ihr verstehen könntet, was ich sage. Sagt es euch, beispielsweise, etwas, wenn ich erkläre, daß ich zwei Leib-Mütter habe, die eine ovarial, die andere uterin, und daß mein Spermavater in der somatischen Linie, streng genommen, teils Delphin, teils Ozelot war? Oder daß ich meine fünfte Neuronentorhebung gefeiert habe, indem ich an einer Expedition nach Proxy Neun teilnahm, wo ich die elf Seelentauchübungen und die sieben gegensätzlichen Mantras lernte? Das Problem besteht darin, daß wir von eurem Standpunkt aus über das Technologische hinaus ins Unbegreifliche vorgestoßen sind. Man könnte einem Menschen des elften Jahrhunderts das Fernsehen auf eine solche Weise erklären, daß er das Grundkonzept, wenn nicht die eigentlichen Arbeitsprinzipien begreifen könnte (›Wir haben da einen Kasten, auf dem wir Bilder von fernen Orten erscheinen lassen können, und das erreichen wir durch die Zähmung derselben Kraft, die Blitze durch den Himmel zucken läßt‹), aber wie kann ich auch nur die Begriffe dafür finden, euch eine Vorstellung von unseren einfachsten Spielsachen zu vermitteln?

Jedenfalls war es Augenfest-Zeit, und für mein Projekt beschloß ich, im Jahr 1972 zu leben. Das erforderte eine ausführliche Vorbereitung. Gewisse physische Veränderungen waren nötig – etwa die künstliche Erzeugung von Körperbehaarung – aber das eigentlich Schwierige war, die kulturelle Tarnung zu schaffen. Ich mußte Sprechweisen lernen, historische Hintergründe, ein ganzes *Kontext*-Bewußtsein. (Ich mußte ferner eine überzeugende Autobiographie schaffen. Der Zeit-Feld-Effekt stattet Reisende wie mich mit einer augenblicklichen, rückwirkenden Existenz in der Vergangenheit aus, einem belegbaren Hintergrund an Ausbildung und Herkunft und was-weiß-ich-allem, über jede gewünschte Zeit vor der Ankunft hinweg, aber nur, wenn die entsprechende Programmierung erfolgt.) Ich nahm die Dienste unserer führenden Historiker und Archäologen in Anspruch, die mir alles lieferten, was ich brauchte, einschließlich einer intensiven Ausbildung in der Jugendkultur des späten zwanzigsten Jahrhunderts. Wie zungenfertig ich wurde! Ich kann alle eure Dialekte sprechen: Makrobiotik, Umweltschutz, Halluzinogene, Lib-Sub-Aleph, Rock, Astrologie, Yoga. Bist du ein *Sanpaku*-Steinbock? Wirst du geplagt von Sexismus, schlechten Trips, wackligem Karma, bösartigen Planetenkonjunktionen? Frag mich um Rat. Ich kenne mich aus damit. Ich kenne mich mit allem aus, was derzeit läuft. Ich stehe voll hinter der Revolution.

Wollt ihr noch etwas wissen? Ich glaube, ich bin vielleicht nicht der einzige Zeitreisende, der sich jetzt hier aufhält. Ich fange an, eine Theorie zu entwickeln, wonach diese ganze Generation aus der Zukunft hierhergekommen sein könnte.

Belfast, Nordirland, 28. Mai. – Bei einer schweren Bombenexplosion in Short Strand, einem katholischen Stadtteil von Belfast, sind heute morgen sechs Personen getötet worden.

Drei der Toten, ausschließlich Männer, wurden später als Angehörige der IRA identifiziert. Die Polizei erklärte, man gehe davon aus, daß die Bombe versehentlich explodiert sei, als man sie in einen anderen Teil der Stadt habe bringen wollen.

Einer der Toten wurde als bekannter Sprengstoffexperte der IRA identifiziert, der seit geraumer Zeit auf der Liste der gesuchten Personen obenan stand. Die drei anderen Opfer, zwei Männer und eine Frau, konnten nicht sofort identifiziert werden.

Siebzehn Personen, darunter mehrere Kinder, wurden bei der Explosion verletzt, und zwanzig Häuser in der engen Straße sind so beschädigt worden, daß man sie abreißen muß.

Eines Tages wurde ich wach und konnte nicht atmen. Den ganzen Tag und in den Tagen danach, in den grünen Parks und in den Zimmern von Freunden und sogar am Meer, konnte ich nicht atmen. Die Luft war ganz verbraucht. Alles, was ich sah, das häßlich war, war häßlich der Menschen wegen – vom Menschen gemacht oder vom Menschen berührt. Und so verließ ich meine Freunde und lebte allein.

Eugene, Oregon (UPI). – Ein Chefkoch im Ruhestand und sein Hund sind heute auf Wunsch des Herrchens gemeinsam begraben worden.

Horace Lee Edwards, 71, hatte zweiundzwanzig Jahre nur mit seinem Hund zusammengelebt. Er äußerte den Wunsch, wenn er sterbe, solle der Hund mit ihm begraben werden.

Angehörige von Mr. Edwards' Familie ließen den Hund nach Mr. Edwards' Krankheit einschläfern. Er wurde im Sarg an die Füße seines Herrn gelegt.

Ich akzeptiere das Chaos. Aber ich bin nicht sicher, ob es mich akzeptiert.

Eine Notiz für den Verwirklicher.

Liebe Maschine,

wir brauchen mehr Attentäter. Das System selbst ist grundlegend gewalttätig, und wir haben versucht, es durch Liebe zu verändern. Das hat nicht gewirkt. Wir haben ihnen Blumen gegeben und sie uns Geschosse. Nun gut. Wir sind in unserem Elend so weit, daß wir ihre Gewalttätigkeit nur noch mit unserer eigenen bekämpfen können. Es wird Zeit, die Brutalen zu brutalisieren. Deshalb besteht dein heutiger Auftrag, alte Maschine, darin, ein Korps von tüchtigen Attentätern hervorzubringen, einen Kader überzeugend aussehender künstlicher menschlicher Wesen, die den Bedürfnissen der Bewegung dienen. Killer-Androiden, das ist es, was wir brauchen.

Dies sind die Anforderungen:

ALTER – *zwischen neunzehn und fünfundzwanzig Jahren.*

GRÖSSE – *zwischen 1,66 m und 1,75 m.*

GEWICHT – *unterdurchschnittlich oder sehr schwer.*

RASSE – *mehr oder weniger weiß.*

RELIGION – *früher christlich, jetzt agnostisch oder atheistisch. Ex-Fundamentalisten gut geeignet.*

PSYCHOLOGISCHES PROFIL – *gefühlsbetont, sonderbar, ein Außenseiter, ein Verlierer. Nachteilige Sexualvorgeschichte: Impotenz, vorzeitiger Erguß, Unfähigkeit, willige Partner zu finden. Ein schlechtes Verhältnis zu Geschwistern (falls vorhanden) und Eltern. Person sollte Steckenpferdreiter sein (Briefmarken- oder Münzensammeln, Tontaubenschießen, Geländelauf, etc.), aber kein ›Intellektueller‹. Ein Anflug von Paranoia ist wünschenswert. Ferner freischwebender Ehrgeiz, der nicht erfüllt werden kann.*

POLITISCHE ÜBERZEUGUNGEN – *beliebig. Vorzugsweise sehr wandelbar. Soll bereit sein, sich am Dienstag als freiheitlichen Anarchisten, und am Donnerstag als entschiedenen Marxisten zu bezeichnen, wenn er glaubt, daß ihm das Umschalten etwas einbringt. Soll bereit sein, mit gleicher Begeisterung auf Präsidentschaftskandidaten, zur Wiederwahl gestellte Senatoren, Baseballspieler, Rock-Stars, Verkehrspolizisten oder jeden anderen Angehörigen der geheimnisvollen ›sie‹ zu schießen, die den Ruhm für sich pachten und ihn daran hindern, seinen wahren Platz im Universum einzunehmen.*

Okay. Den Rest kannst du selbst liefern, Maschine. Augenfarbe beliebig, solange die Augen mehr zum glasigen Basedowtyp tendieren. Haarfarbe beliebig, allerdings ist es nützlich, wenn das Haar vorzeitig schütter wird und unser Mann seinen mangelnden Erfolg bei Frauen zum Teil damit begründet. Familienstand beliebig (ledig, geschieden, verwitwet, verheiratet), vorausgesetzt, daß jede Beziehung, die bestanden haben mag, unbefriedigend gewesen ist. Das übrige ist deine Sache. Mach dich an die Arbeit und gebrauche deine Kreativität. Spuck sie in Mengen aus:

*

Oswald	Sirhan	Bremer	Ray	Czolgosz	Guiteau
Oswald	Sirhan	Bremer	Ray	Czolgosz	Guiteau
Oswald	Sirhan	Bremer	Ray	Czolgosz	Guiteau
Oswald	Sirhan	Bremer	Ray	Czolgosz	Guiteau
Oswald	Sirhan	Bremer	Ray	Czolgosz	Guiteau
Oswald	Sirhan	Bremer	Ray	Czolgosz	Guiteau
Oswald	Sirhan	Bremer	Ray	Czolgosz	Guiteau
Oswald	Sirhan	Bremer	Ray	Czolgosz	Guiteau

Gib uns die Männer. Wir werden sie brauchen können. Und wenn sie ihre Schmutzarbeit getan haben, werden wir sie in den Karma-Fülltrichter zurückwerfen, damit sie wiederverarbeitet werden, und Gott sei uns allen gnädig.

Jeden Tag beflecken Tausende von Schiffen die See routinemäßig mit Ölrückständen. Wenn ein Öltanker entladen ist, muß er anderen Ballast aufnehmen, um stabil zu bleiben; das erreicht man gewöhnlich, indem ein Teil der Lagertanks mit Meerwasser gefüllt wird. Bevor er neu mit Erdöl beladen werden kann, muß der Tanker diesen Wasserballast aus seinen Tanks pumpen; und während das Wasser hinausgepumpt wird, schwemmt es den Ölrückstand mit, der bei der letzten Entladung zurückgeblieben ist. Bis 1964 gelangten durch jedes Ausspülen eines durchschnittlichen 40000-Tonnen-Tankers dreiundachtzig Tonnen Öl ins Meer. Verbesserte Spülverfahren haben die normale Ölausscheidung auf etwa drei Tonnen verringert. Es gibt jedoch so viele Tanker – über viertausend –, daß sie auf diese Weise trotzdem mehrere Millionen Tonnen Öl ablassen. Die 44000 im Dienst befindlichen Passagier-, Fracht-, Kriegs- und Vergnügungsschiffe tragen ebenso zur Verschmutzung bei, wenn sie Ölrückstände mit dem Bilgenwasser ablassen. Einer wissenschaftlichen Schätzung zufolge befördert der Mensch insgesamt bis zu zehn Millionen Tonnen Öl ins Meer. Als der Forscher Thor Heyerdahl im Sommer 1970 in einem Boot aus Papyrusrohren eine Fahrt von 3200 Meilen von Nordafrika zu den Westindischen Inseln unternahm, sah er ›eine fortlaufende Strecke von 1400 Meilen offenem Atlantik, verschmutzt durch schwimmende Klumpen aus verfestigtem, asphaltartigem Öl‹. Der französische Ozeanograph Jacques Ives Cousteau schätzt, daß vierzig Prozent des Lebens im Meer in diesem Jahrhundert verschwunden sind. Die Strände bei Boston Harbour haben eine durchschnittliche Ölansammlung von 9,8 Kilogramm Öl pro Meile, eine Zahl, die an einer bestimmten Stelle an Cape Cod auf 78 Kilogramm steigt. Das Wissenschaftliche Institut von Monaco meldet: ›An der Mittelmeerküste sind praktisch alle Strände durch die Erdölraffinerien verseucht, und der Meeresboden, der als Nahrungsreserve für Meeresfauna dient, ist durch dieselben Faktoren unfruchtbar gemacht worden.‹

Es ist ein kühler Frühlingstag, und ich bin hier in Washington, D.C. Das ist die Hauptstadt dort. Das dort unten ist das Kapitol, und hier ist das Weiße Haus. Das Washington Monument kann ich nicht sehen, weil es noch nicht fertig ist, und ein Lincoln-Denkmal gibt es natürlich nicht, weil Honest Abe gesund und wohl in der Pennsylvania Avenue ist. Heute ist Freitag, der 14. April 1865. Und hier bin ich! Mann!

– Wir besitzen die Macht, einen Wandel herbeizuführen. Nun gut, was sollen wir ändern? Das ganze scheußliche Rassenproblem?

– Das ist toll. Aber wie stellen wir das an?

– Nun, wie wär's, wenn wir die ganze Sklaverei als Institution an der Wurzel herausreißen, indem wir ins sechzehnte Jahrhundert zurückgehen und sie gleich am Beginn blockieren?

– Nein, zu viele Ausstrahlungen: wir müßten die Dynamik des gesamten imperialistisch-kolonialistischen Vorstoßes verändern, und und das ist einfach eine zu große Aufgabe, selbst für einen Haufen Götter. Allmächtig mögen wir sein, aber nicht unbesiegbar. Wenn wir den Impuls dort blockieren, taucht er entlang der Zeitlinie nur irgendwo anders wieder auf; keine Kraft von dieser Gewalt kann gänzlich erstickt werden.

– Was wir brauchen, ist eine gezielte Methode, das Rassenproblem umzukehren. Suchen wir ein einzelnes Ereignis, das in der Geschichte der Beziehungen zwischen Schwarz und Weiß in den Vereinigten Staaten an einem entscheidenden Knotenpunkt liegt, und machen wir es ungeschehen. Irgendwelche Vorschläge?

– Sicher, Thomas. Die Ermordung Lincolns!

– Mann! Laß das durch die Maschine laufen und stell fest, welche Folgen das haben würde.

Wir stellen also die Simulationen an, und bei zwanzig Versuchen kommt zwanzigmal der Vorschlag heraus, Lincoln zu ent-morden. Wunderbar. Jeder Gorilla mit einem Gewehr kann ein Attentat verüben, aber nur wir können ein Attentat rückgängig machen. *Alors:* Lincoln bekommt Gelegenheit, seine zweite Amtszeit zu

Ende zu führen. Der schwache, unfähige Andrew Johnson bleibt Vizepräsident, und die Fraktion der radikalen Republikaner im Kongreß kann ihre gegen den Süden gerichtete Politik des ›Demütigt die stolzen Verräter‹ nicht durchsetzen. Unter Lincolns ruhiger Führung wird der Süden vernünftig wiederaufgebaut und in der Union willkommen geheißen. Es wird keine rachsüchtige Reconstruction-Zeit geben, und ebensowenig die gleichermaßen rachsüchtige Jim-Crow-Reaktion auf die Kriegsgewinnler, die zu den Lynchmorden und Unterdrückungsgesetzen führte, und vielleicht können wir ein Jahrhundert rassischer Verbitterung auslöschen. Vielleicht.

Das ist Ford's Theatre dort drüben. Heute abend spielt man ›Unsere amerikanischen Vettern‹. Im Augenblick versteckt sich John Wilkes Booth in irgendeinem Hotel in der Innenstadt, nehme ich an, ölt seine Waffe und übt seinen Schlachtruf: ›Sic semper tyrannis!‹ wird er rufen, und er wird den armen, alten Abe niederstrecken.

– Eine Karte für die Vorstellung heute abend, bitte.

Seht die eleganten Damen und Herren aus ihren Wagen steigen. Sie wissen, daß der Präsident im Theater sein wird, und sie tragen ihre feinste Garderobe. Und ja! Das ist der Wagen vom Weißen Haus! Ist diese gebieterisch blickende Dame Mary Todd Lincoln? Sie muß es sein. Und da ist der Präsident, wie aus dem Fünfdollarschein herausgestiegen. Ergrauender Bart, gebeugte Schultern, müde Augen, zerfurchtes Gesicht. Armer, alter Abe. Tue ich dir einen so großen Gefallen, wenn ich dich heute abend rette? Willst du deine Bürde nicht ablegen? Aber die Geschichte braucht dich, Mann. Die ganz'n klein' schwarzen Jungs und Mädels, die brauch'n dich. Der Präsident winkt. Ich winke zurück. Grüße aus dem zwanzigsten Jahrhundert, Mr. Lincoln! Ich bin hier, um Sie Ihres Märtyrertums zu berauben!

Der Vorhang geht hoch. Abe lächelt in seiner Loge. Ich kann dem Stück nicht folgen. Worte, nichts als Worte. Die Zeit schleicht dahin, tick-tack, tick-tack, tick-tack. Endlich zehn Uhr. Der Augenblick nähert sich. Da, seht ihr ihn? Da: der Mann mit den wilden Augen und der großen Pistole. Mann, das ist ja eine Kanone! Und er schleicht auf den Präsidenten zu. Warum achtet niemand darauf? Ist das Stück so gottverdammt interessant, daß keiner bemerkt –

»He! He, Sie, John Wilkes Booth! Blicken Sie hierher, Mann! Sehen Sie mich an!«

Alles dreht sich um, als ich rufe. Booth dreht sich ebenfalls herum, und ich stehe auf, strecke den Arm aus und drücke ab, brauche nicht einmal zu zielen, sondern nur die Waffe zu einer Verlängerung meines Armes werden zu lassen, wie die Zen-Übungen es mir beigebracht haben. Der Knall des Schusses dehnt sich aus, erfüllt das Theater mit einem schrecklichen hallenden Krachen, und Booth stürzt zu Boden, während Blut aus seiner Brust spritzt. Jetzt endlich lösen sich die Bewacher des Präsidenten aus ihrer Erstarrung und springen vorwärts. Tut mir leid, John. Nichts Persönliches. Die Geschichte mußte verändert werden, das ist alles. Leb wohl, 1865. Leb wohl, Präsident Abe. Dank mir ist dein Leben verlängert. Der Rest ist deine Sache.

Unsere Freiheit... unsere Befreiung... kann nur durch eine Umgestaltung der gesellschaftlichen Struktur und ihrer Beziehungen herbeigeführt werden... keine Gruppe kann frei sein, während eine andere noch in Ketten liegt. Wir wollen eine Welt erbauen, in der die Menschen ihre Zukunft bestimmen, wo sie lieben können, ohne abhängig zu sein, wo sie nicht verhungern. Wir wollen eine Welt erschaffen, wo Männer und Frauen zueinander und zu Kindern als teilhabende, liebende Gleichgestellte stehen können. Wir müssen die Zwillingsunterdrücker beseitigen... den hierarchischen und ausbeutenden Kapitalismus und seine Mythen, die uns so eng in Fesseln halten... Sexismus, Rassismus und andere Übel, geschaffen von jenen, die herrschen, um uns andere auseinanderzuhalten.

– Willst du, Alexander, diesen Mann als deinen rechtmäßigen Ehegenossen nehmen?

– Ich will.

– Willst du, George, diesen Mann als deinen rechtmäßigen Ehegenossen nehmen?

– Ich will.

– Dann erkläre ich kraft des mir vom Staate New York als geweihter Priester der Ersten Homosexuellen-Kongregationsgemeinde von Upper Manhattan verliehenen Amtes euch, George und Alexander, für Mann und Mann, vermählt vor Gott und den Augen der Menschheit, und mögt ihr für immer glücklich lieben.

Das wird alles mit Hilfe von allerhand Science Fiction-Apparaturen gemacht. Dafür entschuldige ich mich nicht. Eine Entschuldigung ist einfach nicht notwendig. Wenn man eine Apparatur braucht, um sich zu helfen, benützt man sie; das Oberflächliche spielt einfach keine Rolle dabei, wie man dorthin kommt, wo man sein will. Das Ziel besteht darin, die wohlbekannten Übel unserer Gesellschaft auszulöschen, und wenn wir das mit Hilfe von Zeitmaschinen, Gedankenverstärkungs-Stirnbändern, Anti-Verspannungs-Strahlen, Molekular-Durchdringungs-Lichtbündeln, Superhet-Levitations-Stäben und und den ganzen anderen Dingen aus dem Comic-Buch-Arsenal bewerkstelligen müssen, dann tun wir es eben. Was zählt, sind die Ergebnisse.

Man nehme den Tag, an dem ich dem Präsidenten Bescheid stieß, meine ich. Glaubt ihr, das wäre ohne diese Apparaturen gegangen? Hört mal, allein ins Weiße Haus zu kommen, ist schon eine Sache für sich. Man kann keine zuverlässigen Pläne vom Inneren des Weißen Hauses bekommen, von dem Teil, den die Touristen nicht sehen dürfen; die Pläne, die es gibt, sind Erfindungen, und in Wirklichkeit wird immer wieder alles umgestellt, damit Spione und Attentäter sich nicht zurechtfinden. Was den einen Monat ein Schlafzimmer ist, ist im nächsten ein Büro und im übernächsten eine Telefonvermittlung. Manche Räume kann man einfach zusammenklappen und ganz herausnehmen. Das Ganze ist eine verrückte Geheimdienst-Nummer. Wir stellten also im Lafayette Park unsere Ultraschall-Hohlraum-Sondier-Kamera auf und besorgten uns eine zuverlässige holographische Darstellung vom Inneren des Gebäudes. Mit diesen Daten konnte ich mich zurechtfinden, sobald ich erst einmal im Inneren war. Aber ich mußte den Präsidenten schnell finden. Unsere Methode bestand darin, ihm einen Signal-Transponder unterzujubeln, und das machten wir, indem wir den Salatküchenchef des Weißen Hauses überfielen, ihn mit narkoleptischen Stroboskopvorführungen hypnotisierten und ihn darauf programmierten, das kleine Gerät in einer Tomate zu verstecken. Der Präsident aß die Tomate zum Abendessen, und von diesem Augenblick an konnten wir ihn leicht orten. Die Art der Interferenzwellen vom Transponder verriet uns ferner, ob jemand bei ihm war.

Okay. Ich wartete, bis er eines Abends allein war, im Lila Zimmer, und in seiner Sammlung von Footballstarfotos mit Widmung kramte, erhob mich zu einem Punkt, dreißig Meter genau über diesem Zimmer, schaltete mit unserem Neutrino-Fluß-Entzerrer die Sicherheitsabschirmung im Weißen Haus ab und sauste an einem Interpenetrator-Strahl herab. Ich landete genau vor ihm. Man muß es ihm lassen; er fing nicht an zu schreien. Er wich zurück und wollte nach einem Alarmknopf greifen, aber ich sagte: »Nur die Ruhe, Mr. President, es passiert Ihnen nichts. Ich will nur mit Ihnen reden. Haben Sie fünf Minuten Zeit für eine kleine Unterhaltung?« Und ich bestrahlte ihn mit dem Konzeptatron, damit er sich entspannte und aufnahmebereit wurde. »Okay, Chef?«

»Sie können reden, mein Sohn«, erwiderte er. »Ich bin immer begierig darauf, die Stimme der Öffentlichkeit zu hören, und vor allem kommt es mir darauf an, auf die Bedürfnisse und Probleme der jüngeren Generation einzugehen. Unsere tüchtigen, jungen Leute, die –«

»Sehr schön, Dick. Okay: jetzt hören Sie mal zu. Das ganze Land fällt auseinander, nicht? Die Umwelt geht zugrunde, die Städte sind im Verfall, die Farbigen greifen nach den Waffen, die Rechtsradikalen decken sich mit Napalm ein, die jungen Männer werden in einem irren Krieg nach dem anderen verheizt, die Gefängnisse erzeugen Verbrecher, statt sie zu bessern, die viktorianischen Sexualkonventionen verwandeln Millionen potentiell glücksbefähigter Menschen in seelische Wracks, die Drogengesetze ergeben keinen Sinn, die Frauen hängen immer noch der Mutter-Chauffeur-Köchin-Dienstmädchen-Masche an, die Männer der von Schnaps-Schußwaffen-Weibern, die Bevölkerung nimmt immer noch zu und füllt den leeren, weiten Raum, in dem noch Sauberkeit herrscht, die Wirtschaftsstruktur ist auf Selbstzerstörung eingerichtet, weil Kapital und Arbeit sich zusammengetan haben, um den Verbraucher zu schröpfen, und so weiter. Ich bin sicher, daß Sie die Probleme kennen, weil Sie der Präsident sind und viele Zeitungen lesen. Okay. Wie sind wir in diese Patsche hineingeraten? Durch Zufall? Nein. Durch schlechtes Karma? Das glaube ich einfach nicht. Durch unentrinnbare deterministische Faktoren? Nein. Wir sind hineingeraten durch Dummheit, Habgier und Trägheit. Wir sind so gierig, daß wir nicht einmal begreifen, daß wir es selbst sind, die wir ausrauben. Aber das kann in Ordnung gebracht werden, Dick, *das kann alles in Ordnung gebracht werden!* Wir brauchen nur aufzuwachen! Und Sie sind der Mann, der das erreichen kann. Wollen Sie nicht in die Geschichte eingehen als der Mann, der diesem großen Land geholfen hat, sich zusammenzureißen? Sie und dreißig einflußreiche Kongreßabgeordnete und fünf Mitglieder des Obersten Bundesgerichts können das schaffen. Sie brauchen nur das nationale Bewußtsein durch einige Anordnungen der Exekutive umzugestalten, die durch Beschlüsse im Kongreß gestützt werden. Stellen Sie sich vor die Fernsehkameras, Mann, und verlangen Sie von Ihrer schweigenden Mehrheit, daß sie sich am Riemen reißt. Verkünden Sie die Herrschaft der Liebe. Kein Krieg mehr, verstanden? Morgen ist er vorbei. Kein Wirtschaftswachstum mehr; wir begnügen uns mit dem, was wir haben und fangen an, die Flüsse und Seen und Wälder zu säubern. Keine Babys mehr als Statussymbole und Beschwichtiger für unbeschäftigte Hausfrauen; von jetzt an bekommen die Menschen nur noch Kinder, um vernünftige neue Menschen in die Welt zu setzen, zwei oder drei je Ehepaar. Ab Morgen heben wir alle Gesetze gegen Dinge auf, die die Menschen tun, ohne andere Menschen zu schädigen. Und so weiter. Wir verkünden ein neues Grundgesetz, das jedem Individuum das Recht auf ein erfülltes und produktives Leben nach seiner eigenen Fasson zugesteht. Wollen Sie das tun?«

»Nun –«

»Eines möchte ich gleich klarstellen«, sagte ich. »Sie *werden* es tun. Sie werden dem ganzen Mist ein Ende machen, der hier in diesem Land produziert worden ist. Wissen Sie, woher ich weiß, daß Sie es tun werden? Weil ich dieses schimmernde kleine Metallrohr in der Hand habe, und es Vibrationen aussendet, die sehr wirksam sind, Vibrationen, die Ihren Kopf in Ordnung bringen, wenn ich auf den Knopf drücke. Bereit oder nicht, es geht los. Eins, zwei, drei... *peng.*«

»Alles klar, Baby«, sagte der Präsident.

Der Rest ist Geschichte.

Oh. Oh. Oh. O Gott. Wenn es nur so einfach wäre. Eins, zwei, drei, *peng.* Aber so geht das eben nicht. Ich habe keinen Zauberstab. Wie kommt ihr darauf, daß ich einen hätte? Wie habe ich euch einreden können, euren Unglauben außer Kraft zu setzen? Du, Leser, der du dort auf deinem Hintern sitzt, wofür hältst du mich eigentlich? Für einen Wundermann? Für eine Art Superwesen von Galaxi Zehn? Ich will dir sagen, was ich wirklich bin, ich, Thomas C. Ich bin eine Ansammlung von Zeichen auf einem Blatt Papier. Ich bin etwas Abstraktes, gefangen in einer bloßen Fiktion. Ein ›Held‹ in einer ›Geschichte‹. Hilflos, unkörperlich, unwirklich. UNWIRKLICH! Während du da draußen – du hast Augen, eine Lunge, Beine, Arme, ein Gehirn, einen Mund, alles funktionsfähig. Du kannst dich bewegen. Du kannst handeln. Arbeite für die Revolution! Du handelst in der wirklichen Welt; du kannst es erreichen, wenn überhaupt jemand! Kämpf um... mpff... glbsch... He, nimm deine dreckigen Pfoten von mir – Alle Macht dem Volke! Nieder mit den faschistischen Schweinen... he – Hilfe – HILFE!

Breckenridge und das Kontinuum

Dann sagte Breckenridge: »Ich könnte euch heute abend vielleicht die Geschichte von Ödipus, dem König der Diebe, erzählen.«

Der Spätnachmittagshimmel war schlimm: grau, fleckig, stürmisch. Er vibrierte unter einer fremdartigen Elektrizität. Breckenridge hatte sich an diesen Himmel nie gewöhnen können. Tag für Tag, während sie die Wüste durchquerten, lähmte er ihn mit der Qual unbegreiflichen Verlustes.

»Ödipus, König der Diebe«, murmelte Scarp. Arios nickte. Horn blickte zum Himmel. Militor runzelte die Stirn. »Ödipus«, sagte Horn. »König der Diebe«, sagte Arios.

Breckenridge und seine vier Begleiter kampierten in einem verfallenen Pavillon in der Wüste – ein schönes Bauwerk aus Granitsäulen und schwarzen Marmorböden, errichtet vielleicht für eine bezaubernde Geliebte eines vergessenen Fürsten des Städtebauer-Volkes. Der Pavillon stand nur eine kurze Strecke vor den Mauern der großen, toten Stadt, die sie endlich am Morgen betreten würden. Früher einmal war das vielleicht ein Sommerhaus gewesen, ein Ort für Sorbet und Schwimmen, in jener vergangenen Zeit, als diese Wüste geblüht hatte und Pfauen durch duftende Gärten stolziert waren. Ein Phantasiegebilde aus Tausendundeiner Nacht: lange, lange her, Tausende von Jahren her. Wie verwirrend war es für Breckenridge, sich daran zu erinnern, daß diese mächtige, jetzt von der Zeit verwitterte Stadt in einer viel weniger alten Zeit als seiner eigenen gegründet worden war, geblüht hatte und untergegangen war. Die Fesseln, die das Kontinuum zusammenhielten, hatten sich gelockert. Er flatterte in den Zeitstürmen.

»Erzählen Sie Ihre Geschichte«, sagte Militor.

Sie waren ruhelos, eifrig; sie nickten mit ihren Köpfen, sie rutschten herum. Scarp goß Brennstoff ins Lagerfeuer. Die Sonne versank hinter den nackten, niedrigen Bergen am Westrand der Wüste; die erstickende Hitze des Tages fegte plötzlich himmelwärts, und ein dünner Wind pfiff durch die Kolonnade gefurchter grauer Säulen, die den Pavillon umgab. Körnchen von rötlichem Sand tanzten in stetigem Strom über den polierten Steinboden, auf dem Breckenridge und jene, die ihn begleiteten, hockten. Die hohe Westmauer der nahen Stadt streifte schon Schattenärmel über.

Breckenridge zog seinen dünnen Umhang enger um sich. Er starrte der Reihe nach die vier Kapuzengestalten vor sich an. Er preßte die Finger auf den kalten, glatten Stein, um sich abzustemmen. Mit leiser, eintöniger Stimme sagte er: »Dieser Ödipus war Herrscher im Land der Diebe, ein kühner, wilder Mann. Er entwickelte eine unerlaubte Zuneigung zu Eurydike, seiner Mutter. Er zwang ihr seinen Willen auf und wurde so heftig, daß sie bei ihrer Paarung das Leben verlor. Von der Schuld getroffen, und aus Angst, ihre Verwandten könnten Rache nehmen, entfloh Ödipus seinem Königreich durch die Luft, nachdem er sich unter Aufsicht des Zauberers Prospero Flügel gemacht hatte; aber er flog zu hoch hinauf und geriet in den Weg des Streitwagens seines Vaters Apollo, des Sonnengottes. Erzürnt über dieses Eindringen, hüllte Apollo Ödipus in Hitze ein, und das Wachs, mit dem er die Federn seiner Schwingen zusammengeklebt hatte, schmolz. Einen ganzen Tag und eine Nacht lang stürzte Ödipus durch den Himmel herab, fiel schließlich ins Meer und sank durch den Meeresboden in die dunkle Welt darunter. Dort weilt er für alle Ewigkeit, blind und lahm; aber jeden Frühling taucht er wieder unter den Menschen auf, und wenn er über die Felder hinkt, sprießt grünes Gras hinter ihm auf.«

Es wurde still. Die Dunkelheit holte den Himmel ein. Die vier abgerundeten Fragmente des zersprungenen alten Mondes tauchten auf und begannen mit ihrer eleganten, verwirrenden Sarabande, langsam rotierend, einander in wandernde Muster aus kühlem, weißem Licht tauchend. Im Norden flackerten die glitzernden grünen und violetten Streifen des Nordlichts mit schrecklicher Abruptheit, wie das gestreifte Glühen eines ungeheuren Scheinwerfers. Breckenridge fühlte sich von den bunten Ionen durchdrungen, bis ins Innerste geröstet. Er wartete zitternd.

»Ist das alles?« fragte Militor schließlich. »Ist dies das Ende?«

»Das war die ganze Geschichte«, sagte Breckenridge. »Enttäuscht?«

»Der Sinn ist dunkel. Warum der Inzest? Warum ist er zu hoch geflogen? Warum war sein Vater zornig? Warum taucht Ödipus jedes Jahr wieder auf? Das ergibt alles keinen Sinn. Bin ich zu dumm, um die Beziehungen zu begreifen? Ich glaube es nicht.«

»Ach, das ist altes Zeug«, sagte Scarp. »Die Geschichte von der ewigen Wiederkehr. Der tote König bringt die Fruchtbarkeit des neuen Jahres. Das kennen Sie doch, Militor.« Das Nordlicht erstrahlte mit doppelter Wildheit, ein Signalstrahl, der ausrief:

RAUM UND ZEIT, RAUM UND ZEIT, RAUM UND ZEIT.
»Dem Umriß der Geschichte hätten Sie eigentlich folgen müssen«, sagte Scarp. »Wir haben sie tausendmal in tausenderlei Formen gehört.«

– RAUM UND ZEIT –

»Allerdings«, sagte Militor. »Aber die Bestandteile jeder befriedigenden Geschichte bedürfen einer logischen Folgerichtigkeit, eines grundlegenden Zusammenhangs.« – RAUM – »Was wir eben gehört haben, ist eine Masse frei schwebender Bruchstücke. Ich sehe den Anschein des Mythos, aber nicht die innere Wahrheit.«

– ZEIT –

»Ein Mythos ist wahr«, sagte Scarp, »gleichgültig, wie wirr die Form, gleichgültig, wie viele Nebendinge hinzugefügt worden sind. Die Einfügungen können sogar eine Art Wahrheit sein, und nicht die geringste.«

Der Dow-Jones-Aktienindex schloß heute bei 1100432,86, dachte Breckenridge...

»Jedenfalls hat er die Geschichte schlecht erzählt«, sagte Arios. »Keine Dramatik, keine Intensität, nur ein grober Umriß der Ereignisse. Ich habe bei anderen Gelegenheiten Besseres von Ihnen gehört, Breckenridge. Scheherezade und die Vierzig Riesen – na, das war eine Geschichte! Don Quichotte und der Jungbrunnen, ja! Aber das – das –«

Scarp schüttelte den Kopf.

»Die Kraft eines Mythos liegt in seinem Inhalt, nicht in der Erzählweise. Ich spüre die innere Macht der heutigen Geschichte. Ich finde sie akzeptabel.«

»Danke«, sagte Breckenridge leise. Er warf Militor und Arios mürrische Blicke zu. Es war widerlich, wenn sie an den Geschichten herumnörgelten, die er erzählte. Welche Gabe hatte er außerdem für diese vier fremden Wesen, außer seinen Geschichten? Wenn sie dieses Geschenk mit so wenig Wohlwollen annahmen, bestritten sie ihm seinen einzigen Anspruch auf ihre Kameradschaft.

Eine Million Jahre vom Nirgendwo –

RAUM – ZEIT –

Apollo – Jesus – Apollo –

Der Wind wurde kälter. Niemand sagte etwas. Tiere heulten in der Wüste. Breckenridge ließ sich zurücksinken, spürte einen Schmerz in seiner Schulter und wand sich am kalten Steinboden.

Merry, mein Weib, Kassandra, meine Tochter, Noel, mein Sohn –

RAUM – ZEIT –

RAUM –

Seine Augen schmerzten vom eisigen Glanz des Nordlichts. Er fühlte sich gestreckt durch den Kosmos, zerrissen zwischen dann und jetzt, zerbrechend, zerbrechend, zerfetzt in Fragmente wie der Mond –

Die Sterne waren herausgekommen. Er betrachtete die ersten Sternbilder. Sie waren fremd; gleichgültig, wie oft Scarp oder Horn ihm die Konstellationen erklärten, er sah nur wahllos verstreute Lichtpünktchen. In seinem anderen Leben hatte er wenigstens die auffälligeren Sternbilder erkennen können, aber sie schienen hier nicht vorhanden zu sein. Wie lange dauert es, bis der Himmel völlig umgekrempelt ist? Eine Million Jahre? Zehn Millionen? Zum Glück waren Mars und Jupiter noch sichtbar, der orange Punkt und der grelle weiße, um ihm zu sagen, daß das hier noch seine eigene Welt, sein eigenes Sonnensystem war. In seinem schmerzenden Schädel tanzten Bilder. Er sah plötzlich alles doppelt. Da war Pegasus, dort Orion, dort der Schütze. Eine Auflegemaske, eine Maske der Wirklichkeiten über Wirklichkeiten.

»Hört diese Musik«, sagte Horn nach einer langen Zeit und zog ein zerbrechliches Gerät aus Rädern und Spindeln unter seinem Umhang hervor. Er streichelte es, und zarte Töne drangen hervor: kristallen, tröstlich, die Musik der Träume, in den Bereich des Vernehmbaren gleitend, ohne erkennbaren Übergang. Kurz darauf verfiel Scarp in ein Lied ohne Worte, und der Reihe nach sangen die anderen mit – zuerst Horn, dann Militor, und zuletzt, mit trocken-summender, monotoner Stimme Arios.

»Was singt ihr?« fragte Breckenridge.

»Die Hymne von Ödipus, dem König der Diebe«, sagte Scarp.

War es so ein schlechtes Leben gewesen? Er war gesund gewesen, wohlhabend, geliebt. Sein Vater war geschäftsführender Teilhaber von Falkner, Breckenridge & Co., einem der stabilsten Häuser der Wall Street, und Breckenridge war, nachdem er in der Familientradition von der Pike auf gedient hatte, eine Zeitlang Kundenberater, eine Zeitlang in der Wertpapierabteilung, und eine Zeitlang an der Börse gewesen. Dann war er ebenfalls Teilhaber geworden, schon zehn Jahre nach seinem Examen in Dartmouth. Was war dagegen zu sagen? 1972 verdiente er 83 500 Dollar – nicht so viel, wie er aus seiner Teilhaberschaft erhofft hatte, aber nicht schlecht, durchaus nicht schlecht, und das nächste Jahr mochte viel besser werden. Er hatte eine Frau und zwei Kinder, eine Wohnung in der 73. Straße, eine Hütte am Candlewood-See, einen Zweimastsegler in einem Jachthafen an der Golfküste und eine schöne, junge Geliebte mit eigenem Apartment in der Upper West Side. Was war dagegen zu sagen? Als er durch das Gefüge des Kontinuums brach und sich in einer unvorstellbar veränderten Welt am Ende der Zeit wiederfand, erstaunte es ihn nicht, daß so etwas geschehen konnte, sondern, daß es einem Menschen zugestoßen war, der so gefestigt und solide verankert gewesen war wie er.

Während sie schliefen, erstand auf der Krone der Stadtmauer ein Strahlenkranz goldenen Lichts; das Gleißen weckte Breckenridge, und er setzte sich hastig auf, weil er glaubte, die Stadt brenne. Aber das Licht wirkte kühl und geschmeidig und schien sich in sanften, gekräuselten Wellen auszubreiten, eher dem Nordlicht als dem rauhen Glast von Flammen ähnelnd. Es sprang von der Mauerkante hoch empor und warf verschwommene, gerundete Schatten im schrägen Winkel zu den scharfgezeichneten, festen Schatten, die der zerborstene Mond hervorrief. In der Mauer selbst schien sich überdies ein tiefes Segment der Schwärze zu befinden; Breckenridge sah genauer hin und erkannte, daß das riesige Tor in der Westmauer offenstand. Ohne den anderen etwas zu sagen, verließ er das Lager und durchquerte die flache, sandige Wüstenei, um nach etwa einstündigem Marsch das Tor zu erreichen. Nichts hinderte ihn einzutreten. Unmittelbar hinter der Mauer befand sich ein gepflasterter Platz, und dahinter erstreckten sich breite Straßen mit Gebäuden von seltsamer Art, gerundet und elastisch wie Gummi wirkend, von porösem Aussehen, ganz Buckel und Brüstungen. Schwarze, uneingezäunte Schächte in der Mitte jeder großen Kreuzung stürzten in unendliche Tiefen. Breckenridge hatte mitgeteilt bekommen, daß die Stadt leer sei, daß sie seit Jahrhunderten, nach der Verschlechterung des Klimas in diesem Teil der Welt, nicht mehr bewohnt sei, und so war er überrascht, sie doch bewohnt zu finden; blasse Gestalten huschten lautlos umher, wie Gespenster, so, als sei leerer Raum zwischen ihren Füßen und dem Pflaster. Er näherte sich der ersten, einer zweiten und dritten, aber wenn er zu sprechen versuchte, drangen keine Worte über seine Lippen. Er ergriff einen der Stadtbewohner beim Handgelenk, ein schlankes, schwarzhaariges Mädchen in einem weichen, grauen Kleid, und hielt es fest umklammert, in der Hoffnung, Kontakt werde zu Kontakt führen. Ihre dunklen, ernsten Augen betrachteten ihn ohne Angst, und sie unternahm keinen Versuch, sich loszureißen. Ich bin Noel Breckenridge, sagte er – Noel III – und bin im Jahr unseres Herrn 1940 in der Stadt Greenwich in Connecticut geboren, und meine Frau heißt Merry, meine Tochter Cassandra, mein Sohn Noel Breckenridge IV, und ich bin nicht so gewöhnlich oder dumm, wie Sie glauben mögen. Sie gab keine Antwort, und ihr Gesichtsausdruck veränderte sich nicht. Er fragte: Können Sie verstehen, was ich zu Ihnen sage? Ihr Gesicht blieb völlig unbeweglich. Er sagte: Können Sie überhaupt meine Stimme hören? Keine Antwort. Er fuhr fort: Wie heißen Sie? Wie heißt diese Stadt? Wann ist sie verlassen worden? Welches Jahr ist das auf einem Kalender, den ich verstehen kann? Was wissen Sie über mich, das ich wissen muß? Sie fuhr fort, ihn auf gänzlich neutrale Weise zu betrachten. Er zog sie an sich, umklammerte ihre schmalen Schultern mit den Fingerspitzen und küßte sie drängend, schob seine Zunge gewaltsam zwischen ihre Zähne. Einen Augenblick danach lag er nicht weit von der Lagerstätte entfernt mit dem Gesicht im Sand und Sand im Mund. Nur ein Traum, dachte er müde, nur ein Traum.

Er aß mit Harry Munsey im Kaufmanns-und-Reeder-Klub zu Mittag: elegante Räume mit Chrom und Teakholz, sechzig Stockwerke über der William Street im Herzen des Finanzviertels. Gedämpfte Leuchtkörper glühten wie pulsierende rote Sonnen; Kellner glitten an den Tischen vorbei wie lautlose Monde. Der Klub war über ein Jahrhundert alt, obwohl der Wolkenkratzer, in dem er eine Penthouse-Suite einnahm, erst 1968 errichtet worden war – seine vierte oder vielleicht fünfte Heimat. Die Mitgliedschaft war beschränkt auf weiße, männliche Christen, nüchtern und verantwortlich, die wichtige Stellungen im Wertpapierhandel New Yorks einnahmen. In der schriftlich niedergelegten Satzung des Klubs gab es nichts, was die Mitgliedschaft auf weiße, männliche Christen beschränkt hätte, aber trotzdem hatte es nie Mitglieder gegeben, die nicht weiß, männlich und christlich gewesen wären. Niemand, der die Wirklichkeit fest im Griff hatte, glaubte, daß es je welche geben würde.

Harry Munsey war, wie Noel Breckenridge, weiß, männlich, und ein Christ. Sie waren gemeinsam in Dartmouth gewesen und gleichzeitig in die Wall Street gekommen, Breckenridge in die

Firma seiner Familie, Munsey in die seine, und sie aßen fast jeden Mittag gemeinsam und sahen einander fast jeden Samstagabend, und jeder hatte mit der Frau des anderen geschlafen, obwohl jeder glaubte, der andere wisse nichts davon.

Beim dritten Martini sagte Munsey: »Was bedrückt dich denn heute, Noel?«

Vor einem Dutzend Jahren war Munsey Auswahlspieler in der Footballmannschaft der Spitzenuniversitäten gewesen; er war ein großer, kräftiger Mann, größer noch als Breckenridge, der kein kleiner Mann war. Munseys Gesicht war rosig und faltenlos, seine Augen waren lebendig und jugendlich, aber er hatte alle Haare verloren, bevor er Dreißig geworden war.

»Drückt mich etwas?«

»Dich drückt etwas, ja. Weshalb würdest du nach zweieinhalb Martinis sonst so verkrampft aussehen?«

Breckenridge war es schwergefallen, sich an den Anblick der massiven, glänzenden Kuppel zu gewöhnen, die Munseys Kopf darstellte.

»Na gut«, sagte er. »Dann drückt mich eben etwas.«

»Willst du darüber reden?«

»Nein.«

»Okay«, sagte Munsey.

Breckenridge leerte sein Glas.

»Wenn du es genau wissen willst, mich bedrückt ein pubertäres Gefühl der Sinnlosigkeit des Lebens.«

»Wirklich?«

»Wirklich!«

»Der Sinnlosigkeit des Lebens?«

»Das Leben ist leer, blöd und mechanisch«, sagte Breckenridge.

»*Dein* Leben?«

»Das Leben an sich.«

»Ich kenne viele Leute, die gern dein Leben leben würden. Sie würden mit dir tauschen, gleich zu gleich, Aktivposten für Aktivposten, Verpflichtung für Verpflichtung, Leben für Leben.«

Breckenridge schüttelte den Kopf.

»Dann sind sie Narren.«

»Ist das schlecht?«

»Es ist alles so sinnlos, Harry. Alles. Wir haben eine angenehme Zeit und reden uns ein, das bedeute etwas. Aber was ist denn wirklich da? Die Jagd nach dem Geld? Ich habe genug Geld. Nach einem gewissen Punkt ist es einfach nur noch ein Spiel. Französische

Restaurants? Reisen nach Europa? Trinken? Sex? Swimmingpools? Mein Gott! Wir werden geboren, wir wachsen auf, wir treiben allerlei. Wir werden alt, wir sterben. Ist das alles? Menschenskind, Harry, ist das *alles*?«

Munsey machte ein verlegenes Gesicht.

»Na ja, da ist die Familie«, meinte er. »Ehe, Vaterschaft, das Wissen, daß man sich in die große Kette des Lebens einreiht. Eine neue Generation hervorbringt. Seine Ideale, seine Maßstäbe, seine Traditionen weitergibt, alles, was uns von den Affen unterscheidet, die wir gewesen sind. Zählt das nicht?«

Breckenridge sagte achselzuckend: »Na schön. Kinder haben, sagst du. Wir bringen sie in die Welt, putzen ihnen die Nasen, bringen ihnen bei, kleine Männer und Frauen zu sein, wir schicken sie in die richtigen Schulen und in die richtigen Klubs, und sie werden Kopien ihrer Eltern: Rechtsanwälte oder Makler oder Klubdamen oder was sonst –«

Die flackernden Lichter. Die Aurora: rot, grün, violett, rot, grün. Das überspannte Gefüge – der Mond, der zerborstene Mond – das Nordlicht – die Lichter – das Feuer auf den Mauern –

»– oder sie wachsen auf und gestalten sich bewußt zum Gegenstück ihrer Eltern, und irgendwann sterben die Eltern weg, und die Kinder haben Kinder, und das Ganze fängt wieder von vorne an. Immer im Kreis herum, Generation um Generation. Noel Brekkenridge III, Noel Breckenridge IV, Noel Breckenridge XVI –«

Arios – Scarp – Militor – Horn –

Die Stadt – das Tor –

»– Geld verdienen, Geld ausgeben, gut leben, nichts Echtes bauen, nur eine Weile auf dem Planeten etwas Raum einnehmen, und wozu? Wozu? Was hat das alles für einen Sinn?«

Die Granitsäulen – das Nordlicht – RAUM UND ZEIT –

»Du bist heute mit dem linken Fuß zuerst aufgestanden, Noel«, sagte Munsey.

»Ich weiß. Tut es dir nicht leid, daß du gefragt hast, was mich bedrückt?«

»Nicht besonders. Jeder macht solche Phasen durch.«

»Wenn er siebzehn ist, ja.«

»Und später auch noch.«

»Das ist mehr als eine Phase«, sagte Breckenridge. »Es ist eine Krankheit. Wenn ich Mumm hätte, Harry, würde ich aussteigen. Einfach aussteigen und versuchen, ungestört in meinem eigenen Kopf etwas Sinn zu finden.«

»Warum tust du's nicht? Du kannst es dir leisten. Los. Warum nicht?«

»Ich weiß nicht«, sagte Breckenridge.

Solch fremdartige Sternbilder. So ein schrecklicher Himmel.

So ein kalter Wind aus dem Morgen.

»Ich glaube, es ist Zeit für den nächsten Martini«, sagte Munsey.

Sie durchquerten die Wüste nun schon seit langer Zeit – vierzig Tage und vierzig Nächte, wie Breckenridge sich gerne vorsagte, aber wahrscheinlich waren es mehr gewesen –, und sie legten ein strenges Tempo vor, marschierten von der Morgendämmerung bis zum Sonnenuntergang, mit möglichst wenig Ruhepausen. Die Luft war dünn. Seine Lunge fühlte sich ledrig an. Weil er der größte Mann in der Gruppe war, trug er die schwerste Last. Das störte ihn nicht.

Was ihn störte, war, wie wenig er über diese Expedition wußte, über ihren Zweck, ihren Ursprung, sogar, wie er dazu gekommen war, an ihr teilzunehmen. Aber solche Fragen zu stellen, wäre auf irgendeine Weise naiv und peinlich erschienen, und er behielt sie für sich. Er marschierte mit, leistete sein Teil – Lager aufschlagen, am Morgen saubermachen – und versuchte seine Begleiter mit seinen Geschichten zu unterhalten. Sie verlangten jeden Abend Geschichten von ihm.

»Erzählen Sie uns Ihre Mythen«, drängten sie. »Erzählen Sie uns die Legenden und Fabeln, die Sie in Ihrer Kindheit gehört haben.«

Nach wochenlangem Zusammensein mit ihnen wußte er wenig mehr über die anderen vier als bei Beginn des Marsches. Sein Favorit unter ihnen war Scarp, der mitfühlend und flexibel war. Den feindseligen, verächtlichen Militor mochte er am wenigsten. Horn – verträumt, poetisch, weltfremd, distanziert – entzog sich ihm; Arios, der trockenste, objektivste und wissenschaftlichste der Gruppe, schien nicht wert zu sein, daß er sich um ihn bemühte. Soviel Breckenridge entscheiden konnte, waren sie menschlich, obwohl ihre Haut seltsam glänzte und von einer eigenartigen olivgrünen Färbung war, ziemlich dunkel. Sie hatten sonderbare Nasen, schmal und hoch, Nasen, wie er sie nie zuvor gesehen hatte, außerordentlich zerbrechlich, wie die Nasen reinrassiger Frauen aus der besten Gesellschaft, bis zum Äußersten ihrer Möglichkeit getrieben.

Die Wüste war sehr schön. Eine bunte Trostlosigkeit, nur Dünen und Sandwellen, mit glitzernden Oxyden blau und rot und gold und grün gestreift.

Manchmal, wenn das Nordlicht in vollem Schwange war – RAUM! ZEIT! RAUM! ZEIT! – schien die Wüste lediglich ein Spiegel für den Himmel zu sein. Aber am Morgen, wenn die elektronischen Furien der Aurora erstorben waren, hallte der Sand noch immer mit seinen inneren Vibrationen greller Farbe wider.

Und die Sonne – blaß, unbarmherzig – Apollos unsterbliche Feuer –

Ich bin Noel Breckenridge und bin neun Jahre alt, und so habe ich meine Sommerferien verbracht –

Oh, Herr Jesus, vergib mir.

Überall in der Wüste verstreut waren Überreste uralter Ruinen – Kolonnaden, Hallen mit Statuen, Wachhäuser, Sommerpavillons, Jagdhäuser, die Fundamente antiker Mauern, und stets schlugen die Marschierenden ihr Lager neben einer solchen auf. Sie besichtigten jede Ruine, maßen die Dimensionen ab, notierten die wesentlichen Merkmale, stocherten in den sandbedeckten Fundamenten herum. Um Scarps Hals hing eine Art mechanisierter Landkarte, ein tropfenförmiges, schwarzes Instrument, dem man –

PING!

– Töne entlocken konnte, die sie täglich in der zur Stadt führenden Kette zur nächsten Ruine führten. Scarp trug ferner eine kompakte, summende Maschine, die aus einigen Handvoll Sand Trinkwasser erzeugte. Als feste Nahrung hatten sie kleine, gelbe Kügelchen, recht schmackhaft.

PING!

Zu Beginn war Breckenridge ständig erschöpft gewesen, aber durch die quälenden Anstrengungen des Marsches hatten seine Kraft und Ausdauer immer mehr zugenommen, und nun hatte er das Gefühl, ewig weitermachen zu können, nie ermüdend, endlos –

PING!

– durch diese Wüste hin- und herwandern zu können, die vielleicht die ganze Welt umspannte. Aber ihr Ziel war die tote Stadt, und nun endlich war sie sichtbar. Sie sollten dort für unbestimmte Zeit bleiben. Er war sich noch nicht sicher, ob diese vier Männer Archäologen oder Pilger waren. Vielleicht beides, dachte er. Oder auch keines von beidem.

*

»Wie glaubst du dann, dein Leben sinnvoller gestalten zu können?« fragte Munsey.

»Ich weiß es nicht. Ich habe keine Ahnung, was bei mir wirken würde. Aber ich weiß, wer die Menschen sind, deren Leben Sinn *hat.*«

»Wer?«

»Die Schöpferischen, Harry. Die Gestalter, die Erschaffer, die Urheber. Beethoven, Rembrandt, Doktor Salk, Einstein, Shakespeare, diese Leute. Es genügt nicht, einfach zu leben. Es genügt nicht einmal, nur einen guten Verstand zu besitzen, klare Gedanken zu denken. Du mußt etwas von der Summe der menschlichen Leistungen hinzugeben, etwas Reales, etwas Wertvolles. Du mußt *geben.* Mozart. Newton. Kolumbus. Jene, die fähig sind, in den Quell der Schöpfung zu greifen, in dieses heiße, kochende, brodelnde Chaos da unten, und etwas herauszuziehen, es zu formen, etwas Einmaliges und Neues daraus zu machen. Geld verdienen ist nicht genug. Mehr Breckenridges und Munseys zu machen, ist auch nicht genug. Verstehst du, was ich sage, Harry? Der Quell der Schöpfung. Das Reservoir des Lebens, das Gott ist. Denkst du jemals nach, ob du an Gott glaubst? Wachst du manchmal mitten in der Nacht auf und sagst: Ja, ja, es gibt *doch etwas,* ich glaube, ich glaube! Ich spreche jetzt nicht vom Kirchgang, verstehst du. Heutzutage ist der Gang zur Kirche nichts anderes als ein angelernter Reflex, ein Zucken, ein Tick. Ich spreche vom Glauben. Dem Zustand der Erleuchtung. Ich spreche auch nicht von Gott als von einem alten Mann mit langem, weißem Bart, Harry. Ich meine etwas Abstraktes, eine Kraft, eine Macht, eine Strömung, ein Reservoir der Energie, das allem zugrunde liegt und alles verbindet. Gott ist dieses Reservoir. Das Reservoir ist Gott. Ich stelle mir dieses Reservoir als etwas vor, wie das Meer geschmolzener Lava unter der Erdkruste: es ist da, es ist voller Hitze und Energie, es steht denen zur Verfügung, die den Weg kennen. Plato vermochte dieses Reservoir anzuzapfen. Van Gogh. Joyce. Schubert. El Greco. Ein paar vom Glück Begünstigte wissen, wie man es erreicht. Die meisten von uns können es nicht. Die meisten nicht. Für diejenigen, die es nicht können, ist Gott tot. Schlimmer noch: für sie hat Er nie gelebt. O Gott, wie schrecklich ist es, in einem Zeitalter festzusitzen, wo alle wie lebende Leichname herumlaufen, abgeschnitten von den Energien des Geistes, aus Scham nicht einmal bereit, zuzugeben, daß es solche Energien gibt. Ich hasse es. Ich hasse das ganze widerliche zwanzigste Jahrhundert, weißt du das? Mache ich mich verständlich? Wirke ich arg betrunken? Mache ich dich verlegen, Harry? Harry? Harry?«

Am Morgen brachen sie das Lager ab und traten die letzte Etappe ihres Marsches zur Stadt an. Der Sand war hier von einer beunruhigenden krustigen Beschaffenheit: weiße, salzige Brocken verliehen Breckenridge das Gefühl, daß sie weniger eine Wüste als eine Tundra durchquerten. Der Himmel war klar und blaß, und mit seiner ausgebleichten Wolkenlosigkeit nahm er etwas von der Eigenschaft eines Schildes, eines Spiegels an, ergriff die Vormittagshitze, die aus dem Boden emporstieg, und schleuderte sie unerbittlich zurück, so daß die fünf Männer sich in einem unendlichen Käfig unerträglicher, trockener, erstickender Wärme fühlten.

Während sie zur Stadt gingen, plauderten Militor und Arios wie unter einem Zwang und gerieten nach einer Weile in einen Streit über gewisse obskure und umstrittene Punkte historischer Theorien. Breckenridge hatte in den vergangenen zwei Wochen diesen Disput zwischen ihnen mindestens schon ein dutzendmal verfolgt, und ohne Zweifel bekämpften sie sich in dieser Weise schon seit Jahren. Der Hauptstreitpunkt war der Ursprung der Stadt. Wer waren ihre Erbauer? Militor glaubte, es wären Kolonisten von einem anderen Planeten gewesen, fremd auf der Erde, Vertreter einer fremden Gattung von unermeßlicher Größe und Erhabenheit, die vor Tausenden von Jahren den Weltraum durchquert hatten, um dieses gigantische Monument an der Flanke Asiens zu errichten. Unsinn, gab Arios zurück: die Stadt sei offenkundig das Werk von menschlichen Wesen, ungewöhnlich begabt und tatkräftig, aber nichtsdestoweniger menschlich. Weshalb unnötig viele Hypothesen aufstellen? Hier ist die Stadt; Menschen haben in ihrer langen Geschichte viele beinahe ebenso großartige Städte erbaut; diese Stadt ist den anderen nur der Quantität nach überlegen, nur ein wenig größer, nur ein wenig kühner erdacht; außerirdische Architekten einzuführen, hieße, willkürlich mit Phantasievorstellungen zu agieren. Aber Militor blieb bei seiner Meinung. Die Menschen, sagte er, seien eindeutig zu solchen ungeheuren Konstruktionen nicht fähig. Weder in dieser gegenwärtigen dekadenten Epoche, in der jede Anstrengung zu groß sei, noch zu irgendeiner Zeit der Vergangenheit seien menschliche Mittel einer Aufgabe, wie der Bau dieser Stadt eine gewesen sein mußte, gewachsen gewesen. Breckenridge hatte seine Zweifel daran, weil er gesehen hatte, was das zwanzigste Jahrhundert zu leisten vermochte. Er neigte zu Arios' Ansicht. Aber die Stadt war wahrhaftig ungewöhnlich, räumte Breckenridge ein: ein Superlativ, ein überirdisches Babylon, ein vollkommenes Persepolis, der Seele eigener Hymnus in Ziegel und Stein. Die Mauer, die sie umschloß, war mindestens siebzig Meter hoch – weshalb soviel Energie in eine Mauer gießen? Gab es keine bessere Abwehr, oder war die Mauer überschwenglicher Schmuck? – und nach der sanften Wölbung zu schließen, mußte sie einen Umfang von Hunderten von Meilen haben. Eine Stadt, größer als New York, ausgedehnter noch als Los Angeles, eine Riesenantenne turbulenten Bewußtseins, wie ein kolossales Juwel in diese ungeheure Ebene gesetzt, eine pulsierende Antenne für allen Glanz der Sterne: ja, es war überwältigend, es war vernichtend, Plan und Bau zu bedenken, es schien fast nach einer Hypothese mit einer überlegenen, fremden Rasse zu verlangen. Und trotzdem weigerte er sich, diese Hypothese anzuerkennen. Arios, dachte er, ich bin auf deiner Seite.

Die Stadt war unbewohnt, ein Wrack, eine Ruine. Warum? Was war hier geschehen, um diese Gartenebene in eine salzverkrustete Ödnis zu verwandeln? Die Erbauer wurden zu stolz, sagte Militor. Sie trotzten den Göttern, sie überspannten sogar ihre eigenen Kräfte, und stolpernd stürzten sie hin in den Verfall. Das Leben schwand aus dem Boden, der Himmel gab keinen Regen, der Geist verlor seine Energien; die Stadt ging unter und wurde vergessen, nur Mythenerzeuger flüsterten von ihr, einer Stadt außerhalb der Zeit, einer Stadt am Ende der Welt, einem Ort, wohin niemand ging. Wir sind die ersten seit Jahrhunderten, sagte Scarp, die diese Stadt suchen.

Auf halbem Weg zwischen Morgendämmerung und Mittag erreichten sie die Mauer und standen vor dem großen Tor. Das Tor allein war fünfzehn Meter hoch, eine gewölbte Platte aus poliertem, blauem Metall, glatt in eine Vertiefung im lohfarbenen Mauerwerk eingelassen. Breckenridge sah keine Möglichkeit, es zu öffnen, keine Winde, kein Fallgatter, keine Griffe, keine Knöpfe. Er fürchtete, der ungeduldige Militor werde einfach ein Loch hineinsprengen. Aber sie tasteten am Fuß des Tores herum und fanden einen kleinen Eingang, mannshoch und eben mannsbreit, in der Nähe der linken Seitenkante. Uralte Scharniere gaben dem Druck nach. Scarp führte die Männer hinein.

Die Stadt war, wie Breckenridge sie aus seinem Traum in Erinnerung hatte: der gepflasterte Platz, die breiten Straßen, die buckligen und wie aus Gummi geformten Gebäude. Das grelle Sonnenlicht, durch die welligen Dachlinien abgelenkt und gebrochen, prallte von allen glatten Flächen zurück und zerbarst zu Schauern gleißender Energie. Breckenridge beschattete die Augen. Es war, als sei der Himmel voller Pulsare. Seine Seele briet auf einem kosmischen Rost, kochte in einer Sturzflut harter Strahlung.

Die Stadt war bewohnt. An den Fenstern waren Gesichter zu sehen. Flüchtige Gestalten tauchten an den Straßenecken auf, spähten, zogen sich zurück. Scarp rief sie an; sie zuckten zurück in die hart umrissenen Schatten.

»Nun?« sagte Arios scharf. »Das sind doch Menschen, nicht?«

»Und?« meinte Militor. »Leute, die später hier eingedrungen sind. Sie haben gesehen, wie leicht es war, die Tür aufzustoßen. Sie sind aus der Wüste gekommen, um in den Ruinen zu leben.«

»Vielleicht doch nicht. Nachkommen der Erbauer, würde ich sagen. Vielleicht ist die Stadt nie wirklich aufgegeben worden.« Arios sah Scarp an. »Sind Sie nicht auch der Meinung?«

»Sie könnten alles mögliche sein«, meinte Scarp. »Unterschlupfsuchende, Nachkommen, sogar synthetische Wesen, sogar Diener ohne Herren, die weiterleben und warten, weiterleben und warten –«

»Oder Projektionen alter Maschinen«, sagte Militor. »Keine Menschenhand hat diese Stadt erbaut.«

Arios schnaubte verächtlich. Sie gingen schnell über den Platz und betraten die erste der breiten Straßen. Die Gebäude an ihr waren verschlossen. Sie gingen weiter zu einer großen Kreuzung, wo sie stehenblieben, um eine offene, kreisrunde Grube zu betrachten, fünf Meter Durchmesser, glattrandig, in unendliche Dunkelheit hinabstürzend. Breckenridge hatte in seiner Vision der vorigen Nacht viele solcher dunklen Schächte gesehen. Er zweifelte jetzt nicht daran, daß er seinen schlafenden Körper verlassen und gestern nacht wirklich einen Ausflug in die Stadt unternommen hatte.

Scarp leuchtete in den Schacht hinunter. An einer Wandung war eine kupferfarbene Metalleiter zu sehen.

»Steigen wir hinunter?« fragte Breckenridge.

»Später«, sagte Scarp.

Der berühmte Anthropologe hatte während des Abendessens unaufhörlich getrunken – Wein, nur Wein, aber viel davon –, und seine Augen wirkten glasig, sein Gesicht gerötet; trotzdem sprach er weiterhin mit großer Klarheit und eleganter Geschliffenheit, kaum Atem schöpfend, um seine Argumente aufzubauen. Vielleicht zitierte er nur nach dem Gedächtnis aus seinem neuesten Buch, dachte Breckenridge, während er sich bemühte, dem Fluß der Gedanken zu folgen.

»– ein Vergleich zwischen dem Mythos und dem, was in den modernen Gesellschaften in erster Linie an seine Stelle getreten zu sein scheint, nämlich die Politik. Wenn der Historiker die Französische Revolution erwähnt, dann stets als Folge vergangener Ereignisse, eine nicht umkehrbare Serie von Ereignissen, deren ferne Folgen in der Gegenwart noch spürbar sein mögen. Aber für den französischen Politiker, wie für seine Anhänger, ist die Französische Revolution sowohl ein Ablauf, welcher der Vergangenheit angehört – wie für den Historiker – als auch ein fortwährendes Muster, das in der gegenwärtigen französischen Gesellschaftsstruktur wahrgenommen werden kann, und das einen Hinweis auf ihre Interpretation bietet, einen Fingerzeig, mit dem künftige Entwicklungen erkannt werden können. Man denke etwa an Michelet, der ein politisch gesinnter Historiker war. Er beschreibt die Französische Revolution so: ›An diesem Tag... war alles möglich... Zukunft wurde Gegenwart... das heißt, nicht mehr Zeit, ein Blick in die Ewigkeit.‹« Der große Mann griff entschlossen nach dem nächsten Glas Rotwein. Seine Hand schwankte; das Glas fiel um; ein dunkelroter Strom ergoß sich über das Tischtuch. Breckenridge erlebte einen plötzlichen, erschreckenden Augenblick völliger Desorientierung, so als tauschten Wände und Decke die Plätze; er sah ein ausgedörrtes Wüstenplateau, vier Kapuzengestalten, einen gleißenden Himmel fremdartiger Konstellationen, ein pulsierendes Nordlicht, das die Himmelsweiten mit kaltem Feuer erfüllte. Eine mächtige ummauerte Stadt beherrschte die Ebene, und ihr eisiger Schatten, messerklingenscharf, zerschnitt Breckenridges Weg. Er schauderte. Die Frau rechts neben Breckenridge lachte leise und begann vorzutragen:

›Ich hab' die Ewigkeit in jener Nacht geseh'n,
als großen Ring aus endlos-reinem Licht ersteh'n,
so ruhevoll wie hell ersteh'n;
darunter ringsherum die Zeit in Stunden, Tagen, Jahren
getrieben von den Sphären,
als einen ries'gen Schatten fahren, in den die Welt
mit einem Stoß
hineingeschleudert wurde, Welt und Troß.‹

*

»Entschuldigen Sie«, sagte Breckenridge, »ich glaube, mir ist nicht gut.« Er stürzte aus dem Speisesaal. Im Flur schlug er die Richtung zum Waschraum ein und sah sich in einen dampfenden tropischen Sumpf starren, ganz Farn und Schachtelhalm und Rieseninsekten. Libellen von Taubengröße schwirrten an ihm vorbei. Der glatte Rumpf eines Brontosauriers erhob sich wie ein blubberndes Aneurysma aus der schwarzen Oberfläche des Sumpfes. Breckenridge zuckte zurück und wankte davon. Auf der anderen Seite des Flurs lag die Wüste unter den Peitschenhieben einer gräßlichen Mittagssonne. Er umklammerte einen Türrahmen und hielt sich zitternd aufrecht, während seine Seele wild durch die halluzinierten Äonen oszillierte.

»Ich bin Scarp«, sagte eine leise Stimme in ihm. »Sie sind zu dem Ort gekommen, wo alle Zeit eins ist, wo alle Fehler ungeschehen gemacht werden können, wo Vergangenheit und Zukunft fließend und der Neubestimmung unterworfen sind.« Breckenridge spürte kraftvolle Arme, die ihn umfaßten und stützten. »Noel? Noel? Komm, setz dich.« Harry Munsey. Glänzender, rosiger Schädel, forschende blaue Augen. »Mensch, Noel, du siehst aus, als wärst du auf einem schlechten Trip. Merry hat mich dir nachgeschickt, damit ich –«

»Okay«, sagte Breckenridge heiser. »Es geht schon.«

»Soll ich sie holen?«

»Es *geht* schon. Muß mich nur kurz sammeln.« Er stand unsicher auf. »Okay. Gehen wir wieder hinein.«

Der Anthropologe redete immer noch. Eine Serviette bedeckte den Weinfleck, und er hob ein frisches Glas wie einen Abendmahlskelch.

»Der Schlüssel zu allem liegt, glaube ich, in einem Gedanken, den Franz Boas 1898 ausgesprochen hat: ›Es hat den Anschein, daß mythologische Welten aufgebaut wurden, nur um wieder zerschlagen zu werden, und daß aus den Bruchstücken neue Welten erbaut wurden.‹«

Breckenridge sagte:

»Die ersten Menschen lebten unter der Erde, und es gab kein Privateigentum. Eines Tages gab es ein Erdbeben, und die Erde wurde aufgerissen. Das Licht des Tages durchflutete die unterirdische Höhle, wo die Menschheit lebte. Ungeschickt, denn das Licht blendete sie, stiegen sie hinauf in die Welt der Helligkeit und lernten sehen. Sieben Tage danach teilten sie die Felder unter sich auf und begannen die ersten Mauern als Grenzen ihres Landes zu bauen.«

Bis Mittag verloren die Stadtbewohner ihre Angst vor den fünf Eindringlingen. Zu zweit und zu dritt verließen sie mit der Zeit ihre Verstecke und sammelten sich um die Besucher, bis eine beträchtliche Gruppe zusammengekommen war. Sie waren schlicht gekleidet, in leichte Gewänder, und sagten zu den Fremden nichts, wenngleich sie häufig miteinander flüsterten. Unter der Gruppe befand sich das schlanke, schwarzhaarige Mädchen aus Breckenridges Traum.

»Erinnern Sie sich an mich?« fragte er. Sie lächelte und zuckte die Achseln und antwortete leise in einer wohltönenden, unverständlichen Sprache. Arios befragte sie in sechs oder sieben verschiedenen Zungen, aber sie schüttelte zu allem den Kopf. Dann nahm sie Breckenridge bei der Hand und führte ihn ein paar Schritte fort, zu einem der Straßenschächte. Sie deutete hinein und lächelte. Sie deutete auf Breckenridge, deutete auf sich, auf die Gebäude ringsum. Sie machte eine weit ausholende Geste, die den ganzen Himmel umfaßte. Sie deutete wieder in den Schacht.

»Was wollen Sie mir sagen?« fragte er. Sie antwortete in ihrer eigenen Sprache. Breckenridge schüttelte bedauernd den Kopf. Sie führte eine einfache Pantomime vor: Augen geschlossen, den Kopf auf die zusammengelegten Hände sinken lassend. Gewiß ein Abbild des Schlafes. Sie deutete auf ihn. Auf sich selbst. Auf den Schacht.

»Ich soll mit Ihnen schlafen?« stieß er hervor. »Da unten?« Er mußte über seine eigene Torheit lachen. Es war lächerlich, das Fortbestehen einer feigen, euphemistischen Metapher wie dieser über so viele Jahrtausende hinweg anzunehmen. Er glotzte sie verständnislos an. Sie lachte – ein silbriges, hell klingendes Lachen – und tanzte von ihm davon, zurück zu ihren eigenen Leuten.

In ihrer ersten Nacht in der Stadt schlugen sie ihr Lager auf einem der großen Plätze auf. Es war ein achteckiger Platz, umgeben von niedrigen, grünen Gebäuden, scharfkantig, jedes an der Fassade mit spiegelhellen Steinen belegt. Etwa hundert von den Stadtbewohnern kauerten in den Schatten an der Peripherie des Platzes und beobachteten sie. Scarp verschüttete Brennstoffkapseln und entzündete ein Feuer; Militor teilte das Essen aus; Horn spielte bei der Mahlzeit Musik; Arios, der abseits saß, diktierte in ein Aufzeichnungsgerät von der Größe und Beschaffenheit einer großen Perle, das er bei sich trug, einen Kommentar. Danach baten sie, wie üblich, Breckenridge, eine Geschichte zu erzählen, und er berichtete davon, wie der Tod in die Welt kam.

»Es gab einmal nur sehr wenige Menschen auf der Welt«, begann er, »und sie lebten in einem grünen, fruchtbaren Tal, wohin nie der Winter kam und das ganze Jahr hindurch die Gärten blühten. Sie verbrachten ihre Tage mit Lachen und Schwimmen und In-der-Sonne-liegen, und abends feierten und sangen sie und liebten sich, und das ging so ohne Unterlaß, jahrein, jahraus, und niemand wurde jemals krank oder litt an Hunger, und niemand starb je. Trotz der Friedlichkeit ihres Daseins war ein Mann im Dorf unglücklich. Er hieß Faust und war ein ruheloser, intelligenter Mann mit scharfen, brennenden Augen und einem hageren, ernsten Gesicht. Faust fühlte, daß das Leben aus mehr bestehen mußte, als aus Schwimmen und Lieben und reife Früchte von den Bäumen pflücken. ›Das Leben ist noch mehr‹, sagte Faust beharrlich, ›etwas, das wir nicht kennen, etwas, das sich unserem Zugriff entzieht, etwas, dessen Fehlen uns daran hindert, wahrhaft glücklich zu sein. Wir sind unvollständig.‹ Die anderen hörten ihm zu und waren zuerst verwirrt, denn sie hatten nicht gewußt, daß sie unglücklich oder unvollständig waren; sie hatten die Leichtigkeit und Gelassenheit ihres Lebens für Glück gehalten. Aber nach einer Weile fingen sie an zu glauben, daß Faust recht haben mochte. Sie hatten nicht gewußt, wie leer ihr Leben war, bis Faust sie darauf hingewiesen hatte. Was können wir tun? fragten sie. Wie können wir erfahren, was es ist, das uns fehlt? Ein weiser, alter Mann meinte, sie könnten die Götter fragen. Sie bestimmten Faust also dazu, den Gott Prometheus aufzusuchen, der als Freund der Menschheit galt, und ihn zu befragen. Faust ging quer über Tal und Berge, Fluß und Wälder, und erreichte endlich Prometheus auf dem sturmumtobten Gipfel, wo er wohnte. Er bat: ›Sage mir, Prometheus, warum wir uns so unvollständig fühlen.‹ Der Gott erwiderte: ›Das liegt daran, daß ihr den Gebrauch des Feuers nicht kennt. Ohne Feuer kann es keine Zivilisation geben; ihr seid unzivilisiert, und eure Barbarei macht euch unglücklich. Mit dem Feuer könnt ihr euer Essen kochen und vielerlei neuen, interessanten Wohlgeschmack genießen. Mit Feuer könnt ihr Metalle bearbeiten und wirksame Waffen und anderes Werkzeug herstellen.‹ Faust bedachte das und sagte: ›Aber wo können wir Feuer herbekommen? Was ist es? Wie wird es gebraucht?‹

›Ich werde euch Feuer bringen‹, antwortete Prometheus.

Dann ging Prometheus zu Zeus, dem größten der Götter, und sagte: ›Zeus, die Menschen begehren Feuer, und ich erbitte deine Erlaubnis, es ihnen zu geben.‹ Aber Zeus hörte schlecht, und Prometheus lispelte arg, und in der Sprache der Götter waren die Wörter für Feuer und für Tod sehr ähnlich, so daß Zeus Prometheus mißverstand und sagte: ›Wie seltsam von ihnen, so etwas zu begehren, aber ich bin ein gütiger Gott und verweigere meinen Geschöpfen nichts, was sie ersehnen.‹ So erschuf Zeus eine Frau namens Pandora, tat den Tod in sie hinein und gab sie Prometheus, der sie mit in das Tal nahm, wo die Menschen lebten. ›Hier ist Pandora‹, sagte Prometheus. ›Sie wird euch Feuer geben.‹

Prometheus hatte kaum seinen Abschied genommen, als Faust vortrat, Pandora umarmte und bei ihr lag. Ihr Körper war heiß wie die Flamme, und während er sie in den Armen hielt, trat der Tod aus ihr heraus und in ihn hinein, und er schauderte und wurde fiebrig und rief in Ekstase: »Das ist Feuer! Ich habe das Feuer gemeistert!« Noch in dieser Stunde begann der Tod ihn zu verzehren, so daß er schwach und dünn wurde, seine Haut vertrocknete und gelb wurde, und er zitterte wie Laub im Wind. ›Geht!‹ rief er den anderen zu. ›Umarmt sie: Sie ist die Überbringerin des Feuers!‹ Und er wankte davon in die Wildnis jenseits des Tals und murmelte: ›Dank sei Prometheus für diese Gabe.‹ Er legte sich unter einen großen Baum, und dort starb er, und es war das erstemal, daß der Tod einen Menschen heimgesucht hatte. Und der Baum starb ebenfalls.

Dann umarmten die anderen Männer des Dorfes Pandora, einer nach dem anderen, und der Tod ging auch in sie, und sie gingen von ihr zu ihren eigenen Frauen und umarmten sie, so daß bald alle Männer und Frauen des Dorfes im Tod loderten, und einer nach dem anderen beendete sein Leben. Der Tod blieb im Ort, ging in alle, die lebten, und in alle, die aus ihren Lenden geboren wurden, und so kam der Tod in die Welt. Danach traf bei einem der Gewitter der Blitz den Baum, der mit Faust gestorben war, und ein Mann, dessen Name vergessen ist, stieß einen trockenen Ast in die Flammen und zündete ihn an, und er lernte, ein Feuer aufzuschichten und es in Brand zu erhalten, und danach kochten die Menschen ihr Essen und gebrauchten das Feuer, um Metalle zu bearbeiten, und so begann die Zivilisation.«

Es wurde Zeit, einen der Schächte zu untersuchen. Scarp, Arios und Breckenridge sollten hinabsteigen, während Militor und Horn für alle Fälle an der Oberfläche blieben. Sie suchten sich einen Schacht aus, der einen halben Tagesmarsch von ihrem Lagerplatz entfernt war, tief in der Stadt, ein großer, breiter, tiefer als die meisten, die sie gesehen hatten. Am Rand stellte Scarp eine faustgroße Kugellampe auf, die einen blendend weißen Strahl in den Schacht warf. Dann schwang er sich gewandt auf die Metalleiter hinaus und kletterte hinunter, eingehüllt in einen Nimbus geschmolzenen Gleißens. Breckenridge sah ihm nach. Scarps Kopf und Schultern blieben lange sichtbar und schrumpften, bis er nur noch ein dunkler, bewegter Punkt tief im Lichtkegel war, und dann konnte man ihn nicht mehr sehen. »Scarp?« rief Breckenridge. Einen Augenblick später kam eine dumpfe Antwort aus den Tiefen. Scarp hatte den Grund erreicht, irgendwo außerhalb der Reichweite des Strahls, und wünschte, daß sie nachkamen.

Breckenridge folgte ihm. Der Abstieg schien endlos. Sein linkes Knie wurde steif. Er wurde ein bloßer Automat, der mechanisch die Sprossen ertastete; sie waren warm in seinen Händen. Seine Augen, starr auf die zerschrundete graue Schachtwand, Zentimeter vor seinem Blick, gerichtet, wurden glasig und sahen nur noch verschwommen. Er gelangte durch die Zone des Lichts, als gleite er durch einen Spiegel hinab in die Dunkelheit, bis sein Stiefel unerwartet auf festen Boden prallte, wo er die nächste Sprosse vermutet hatte. Der linke Stiefel; sein Knie verklemmte sich und leistete Widerstand. Scarp berührte seine Schulter. »Treten Sie hierher zu mir«, sagte er. »Schieben Sie die Füße über den Boden und vergewissern Sie sich, daß Sie fest stehen. Wir wissen nicht, ob wir nicht vielleicht auf einer Art Sims stehen, umgeben von einem steilen Absturz.«

Sie warteten, während Arios herunterstieg. Seine Schritte waren wie Donner im Schacht: bumm, bumm, bumm, durch die Sprossen übertragen und verstärkt. Dann ließen die oben zurückgebliebenen Männer das Licht herab, befestigt an einem langen Seil, und endlich konnten sie sich umsehen.

Sie befanden sich in einer Art Katakombe. Der Boden des Schachtes war eine Plattform aus glatt behauenen Steinplatten, die Zugang zu einem waagrecht verlaufenden Tunnel von mehrfacher Mannshöhe bot; er erstreckte sich nach links und rechts, nach vorne und hinten. Die Mündung des Schachts war ein trüber Lichtpunkt hoch über ihnen. Scarp leuchtete, nachdem er die Ausmaße der Plattform festgestellt hatte, in einen der Tunnel, starrte kurz hinein und betrat ihn vorsichtig. Breckenridge hörte ihn husten. »Staubig hier«, murmelte Scarp. Dann sagte er: »Sie haben uns einmal eine Geschichte über den König des Totenreichs erzählt, Breckenridge. Wie hieß er?«

»Thanatos.«

»Thanatos, ja. Das muß sein Reich sein. Kommt, seht euch um.«

Arios und Breckenridge tauschten ein Achselzucken. Breckenridge trat in den Tunnel. Die Wände auf beiden Seiten waren vom Boden bis zur Decke mit Sargreihen ausgekleidet, acht oder zehn jeweils übereinander, und hinaus, soweit der Lichtstrahl reichte. Die Särge hatten Glasdeckel und waren mit dicken Staubschichten bedeckt. Scarp fuhr mit dem Finger durch den Staub auf einem der Särge und hinterließ tiefe Spuren; Wolken stiegen hoch, so daß Breckenridge zurücktaumelte, halb erstickt und hustend, und mit Arios zusammenprallte. Als der Staub sich verzog, konnten sie im Sarg eine Gestalt sehen, scheinbar schlafend, die nackte Gestalt eines jungen Mannes, der auf dem Rücken lag. Sein Gesicht trug einen Ausdruck großen Friedens. Breckenridge schauderte. Das Totenreich, ja, das Reich von Thanatos, das Haus von Pluto. Er ging die Reihe entlang und wischte Sarg um Sarg ab. Ein alter Mann. Ein Kind. Eine junge Frau. Eine ältere Frau. Eine ganze Bevölkerung lag hier einbalsamiert. Ich bin schon lange tot, dachte er, und ich schlafe nicht einmal. Ich gehe unter der Erde herum. Die Stille hier war erschreckend. »Die Bewohner der Stadt?« fragte Scarp. »Die alten Bewohner?«

»Sehr wahrscheinlich«, sagte Arios. Seine Stimme klang so lebhaft wie immer. Er allein zitterte nicht. »Gemordet bei einem unvorstellbaren Massaker. Aber was? Aber wie?«

»Sie scheinen eines natürlichen Todes gestorben zu sein«, meinte Breckenridge. »Ihre Leichen sehen unversehrt und gesund aus. So, als lägen sie hier und schliefen. Als seien sie nicht tot, sondern schliefen nur.«

»Eine Seuche?« fragte Scarp. »Eine plötzlich auftretende tödliche Gaswolke? Gift in ihrem Wasser?«

»Wenn es so plötzlich gekommen wäre, woher hätten sie die Zeit genommen, alle diese Särge zu bauen? Der ganze Tunnel – Katakombe um Katakombe –« Ein Netz von Gängen unter der ganzen Stadt. Tausende von Särgen. Millionen. Breckenridge fühlte sich von der Gegenwart des Todes in einem solchen Ausmaß betäubt. Das Skelett mit der Sense, fleißig an der Arbeit. Abgetrennte Köpfe und Hände und Füße verstreut wie Löwenzahn auf der Frühlingswiese. Die Herrschaft Thanatos', König der Schwerter, Ritter der Lanzen.

Donner dröhnte hinter ihnen. Schritte im Schacht.

Scarp runzelte die Stirn.

»Ich habe gesagt, sie sollen oben warten. Dieser Narr Militor –«

»Militor muß das sehen«, sagte Arios. »Zweifellos ist das die Ruhestätte der Stadtbewohner. Zweifellos sind das Menschen. Wißt ihr, was ich mir vorstelle? Einen Massenselbstmord. Jahre der Vorbereitung. Den Bau von Tunnels, von Maschinen für das Töten, von einem riesigen Apparat der Vernichtung. Und dann der festgesetzte Tag – lange Schlangen von Menschen, die auf ihre Abfertigung warten – Millionen Männer und Frauen und Kinder im Durchgang durch die Maschinen, freudig ihr Leben hingebend, gehen bereitwillig zu den wartenden Särgen –«

»Und dann müssen nur noch wenige übriggeblieben sein, und es gab keinen mehr, der sie abfertigen konnte«, sagte Scarp. »Weiterleben, Verwalter der Toten, vielleicht, die Maschinen wartend, die diese Millionen Leichen im gleichen Zustand erhalten –«

»Erhält wofür?« fragte Arios.

»Den Tag der Auferstehung«, sagte Breckenridge.

Die Schritte im Schacht wurden lauter. Scarp blickte zur Tunnelmündung.

»Militor?« rief er. »Horn?« Seine Stimme klang zornig. Er ging zum Schacht. »Ihr hättet doch auf uns warten sollen –«

Breckenridge hörte ein knirschendes Geräusch, fuhr herum und sah Arios am Deckel eines Sarges zerren – an jenem, in dem der friedliche junge Mann lag. Instinktiv wollte er vorstürzen, um die Entweihung zu verhindern, aber er war zu langsam; die Glasplatte hob sich, als Arios die Siegel zerriß, und mit einem fauchenden Laut stob grünlicher Dampf aus dem Sarg. Er schwebte einen Augenblick in der Luft, durchbohrt von Arios' Lichtstrahl, dann gerann er zu gelbem Niederschlag und zerbarst zu einem Miniatur-Regenschauer, der den Boden des Tunnels befleckte. Zu Breckenridges Entsetzen zuckte die Leiche des jungen Mannes krampfhaft; Muskeln schnürten sich zu Knoten zusammen und erschlafften beinahe augenblicklich.

»Er lebt!« rief Breckenridge.

»Er hat gelebt«, sagte Scarp.

Ja. Die Gestalt im Glassarg war regungslos. Sie veränderte Farbe und Textur, wurde schwarz und schrumpfte. Scarp stieß Arios beiseite und warf den Deckel zu, aber das nützte nichts mehr. Eine schreckliche neue Beweglichkeit begann im Sarg. Nach wenigen Augenblicken lag etwas Zusammengeschrumpftes, Verzerrtes vor ihnen.

»Tiefschlaf«, sagte Arios. »Die Erbauer der Stadt – sie liegen hier, Menschen wie wir, sie schlafen, sie sind nicht tot, sie schlafen. Schlafen! Militor! Militor, schnell!«

Feingold sagte: »Mal sehen, ob ich das richtig verstanden habe. Nach dem Angebot an die Öffentlichkeit wird unsere Gruppe weiterhin dreiundachtzig Prozent der Zweitaktien halten, und vierunddreißig Prozent der Stammaktien, womit wir eine Sperrminorität haben. Wir geben Ihnen hunderttausend Fünfjahresvollmachten und erklären uns einverstanden mit einem Umtauschrecht für die sechseinhalbprozentigen Vorzugsaktien von neunzehnhundertzweiundneunzig, dazu die Emissionsgebühren, vorausgesetzt, Ihr argentinischer Freund übernimmt die vereinbarte Zahl Vorzugsaktien und schließt das Geschäft in Colorado mit uns ab. Okay? Also, unterstellt, daß die Börsenaufsicht keine Einwände erhebt, möchte ich die Schachtelaufsichtsräte bei der Heitmark AG in Liechtenstein und der Hellaphon S. A. in Athen besprechen, und danach –«

Die hohe, klare Stimme sprach weiter und weiter. Breckenridge stocherte auf seinem Teller herum, lächelte häufig, nickte, sobald es angemessen erschien, und blieb sonst distanziert, zuhörend nur mit dem Automatik-Recorder-Teil seines Gehirns. Sie saßen auf der Terrasse eines Freiluftrestaurants in Tiberias am Ufer des Galiläischen Meeres und blickten hinüber auf die nackten, braunen Hügel Syriens auf der anderen Seite. Die Dezemberluft war mild, die Sonne warm. Vergangene Woche war Breckenridge in Monaco, Zürich und Mailand gewesen. Gestern Tel Aviv, morgen Haifa, nächsten Dienstag Istanbul. Dann weiter nach Nairobi, Johannesburg, Peking, Singapur. Schließlich San Francisco, und dann nach Hause. Flutsch! Eine irre Reise um die Welt in zwanzig Tagen, eine Menge internationaler Abschlüsse für die Firma. Man hätte das alles telefonisch machen können, oder manche von diesen ausländischen Größen hätten nach New York kommen können, aber Breckenridge hatte sich freiwillig erboten, die Reise zu machen. Warum? Warum? Hier zu sitzen, zehntausend Meilen von zu Hause, zu Mittag zu essen mit einem Mann, dessen Büro in derselben Straße war wie das seine. Verrückt. Warum diese Hast, Noel? Wohin glaubst du damit zu kommen?

»Noch Wein?« fragte Feingold. »Was halten Sie eigentlich von diesem isrealischen Gesöff?«

»Es paßt gut zum Fisch.« Breckenridge griff nach Feingolds Vertragskopie. »Ich zeichne gleich ab.«

»Wollen Sie nicht zuerst alles prüfen?«

»Nicht nötig. Ich habe Vertrauen in Sie, Sid.«

»Na ja, beschummeln würde ich Sie nicht, das ist wahr. Aber ich könnte mich geirrt haben. Fehler macht jeder.«

»Das glaube ich bei Ihnen nicht«, sagte Breckenridge. Er grinste. Feingold grinste. Hinter dem Grinsen lauerte etwas Kaltes. Breckenridge senkte den Blick. Du glaubst, ich gebe mir besondere Mühe, dich wie einen Gentleman zu behandeln, dachte er, weil du weißt, was Leute wie ich bekanntermaßen über Juden denken, und ich weiß, daß du es weißt, und du weißt, daß ich weiß, daß du es weißt, und – und – na, du kannst mich, Sid. Traue ich dir? Vielleicht. Vielleicht auch nicht. Aber das Entscheidende ist, daß es mir gleichgültig ist. Pack die Karten, wie du willst, Feingold, es ist mir einfach gleichgültig. Ich wäre am liebsten auf dem Mars. Oder auf Pluto. Oder im Jahr Zwei Milliarden. Flutsch! Quer durch das ganze Kontinuum! Noel Breckenridge, im Begriff auszuflippen! Er hörte sich sagen: »Wollen Sie meine geheimen Phantasien hören, Sid? Ich träume davon, eines Tages als Jude aufzuwachen. Es ist so verdammt langweilig, ein Goj zu sein, wissen Sie das? Ich fühle mich so sanft, so normal, so sonnig, Ich beneide euch um diese fiebrige, ausgefallene Kompliziertheit der Seele. Diese lange Geschichte, die ihr habt. Gettos, Verfolgung, das knappe Entrinnen, Pläne fürs Überleben und für Rache, ein Gefühl der Stammeseinheit, entstanden aus geteiltem Leid. Für einen Goj ist es so schwer, eine ehrliche Paranoia zu entwickeln, wissen Sie. Von ein wenig Schizophrenie gar nicht zu reden.« Feingold grinste immer noch. Er füllte Breckenridges Weinglas erneut. Er ließ nicht erkennen, daß er irgend etwas gehört hatte, was ihn hätte beleidigen können. Vielleicht habe ich gar nichts gesagt, dachte Breckenridge.

Feingold sagte: »Wenn Sie nach New York zurückkommen, Noel, müssen Sie einmal zum Essen zu uns kommen. Sie und Ihre Frau. Vielleicht übers Wochenende. Kaminfeuer, dicke Steaks, guter Wein in rauhen Mengen. Es wird Ihnen gefallen bei uns.« Drei Israeli-Jets dröhnten in niedriger Höhe über Tiberias hinweg und verschwanden Richtung Libanon. »Kommen Sie? Paßt das in Ihren Terminkalender?«

*

Einige mögliche Strukturhypothesen:

	LEBEN ALS SINNLOSER ZUSTAND	
Breckenridge in der Wall Street.	Die vier Sucher in beliebiger Bewegung.	Die tote Stadt
	LEBEN, DURCH KUNST SINNVOLL GEWORDEN	
Breckenridge erinnert sich an uralte Mythen.	Die vier Sucher erwirken seine Gegenwart und verlangen die Mythen.	Die tote Stadt doch bewohnt. Die Bewohner hören Breckenridge zu.
	DIE WIRKUNG DER ENTROPIE	
Seine Geschichten sind verwirrte Träume.	Die Sucher streiten über die Theorie.	Die Stadtbewohner sprechen eine unbekannte Sprache.
	ASPEKTE DES BEWUSSTSEINS	
Er ist ein doppeltes Selbst.	Die vier Sucher zweifeln am historischen Hintergrund.	Die meisten Stadtbewohner schlafen.

Mit jedem Abend wurde seine Zuhörerschaft größer. Sie kamen aus allen Teilen der Stadt, lautlos, bei Sonnenuntergang zu dem Platz gezogen, wo die Besucher lagerten. Hunderte nun schon, die außerhalb des Lichtscheins vom Lagerfeuer kauerten. Sie lauschten aufmerksam, nickten, schienen zu begreifen, murmelten gelegentlich untereinander. Wie seltsam: sie schienen zu begreifen.

»Die Geschichte von Samson und Odysseus«, verkündete Breckenridge. »Samson ist blind, aber ungeheuer stark. Seine Frau heißt Delilah. Zu ihnen kommt der verschlagene Häuptling Odysseus, der vom Land Ithaka heimwärts zieht. Er durchdringt das Labyrinth, in dem Samson und Delilah leben, verdingt sich bei ihnen als Knecht und gibt seinen Namen als Niemand an. Delilah verleitet ihn dazu, sie zu entführen, und er schleppt sie fort. Samson nimmt die Entführung wahr, kann sie aber im Labyrinth nicht finden. Er schreit in Wut und Schmerz: ›Niemand stiehlt meine Frau! Niemand stiehlt meine Frau!‹ Seine Diener sind verwirrt und unternehmen nichts. In äußerster Wut reißt Samson das Labyrinth auf sich herab und stirbt, während Odysseus Delilah nach Sparta bringt, wo sie von Paris, dem Prinzen von Troja, verführt wird.

Odysseus verliert sie so und verführt aus Rache Helena, die Königin von Troja, worauf der Trojanische Krieg beginnt.«

Und dann erzählte er die Geschichte von der Erschaffung der Menschheit:

»Im Anfang gab es nur ein Feld aus weißem Sand. Der Blitz schlug ein, und wo er den Sand traf, schmolz er zu einem Gefäß aus Glas zusammen, Regenwasser lief in das Gefäß und erweckte es zum Leben, und aus dem Gefäß wurde eine Wölfin geboren. Donner drang in ihren Schoß und befruchtete sie, und sie gebar Zwillinge, und sie waren keine Wölfe, sondern ein Menschenjunge und ein Menschenmädchen. Die Wölfin säugte die Zwillinge, bis sie erwachsen wurden. Dann paarten sie sich und zeugten eigene Kinder. Weil sie sich ihrer Nacktheit schämten, töteten sie die alte Wölfin und machten sich Kleidung aus ihrem Fell.«

Und er erzählte ihnen den Mythos vom Wandernden Juden, der Gott verspottete und dazu verurteilt war, durch die Zeit zu wandern, bis er selbst Gott werden konnte.

Und er erzählte ihnen vom Goldenen Zeitalter und dem Zeitalter des Eisens und dem Zeitalter des Urans.

Und er erzählte ihnen, wie die Wasser und die Winde entstanden waren, die Jahreszeiten, die Monate, der Tag und die Nacht.

Und er erzählte ihnen, wie die Kunst geboren wurde:

»Aus einem Loch im Weltraum ergießt sich ein Strom reiner Lebenskraft. Viele Männer und Frauen versuchten, den Strom zu fassen, aber sie wurden von seiner Feurigkeit zu Asche verbrannt. Schließlich fand ein Mann jedoch einen Weg. Er höhlte sich aus, bis in seinem Körper nichts mehr war, und ließ sich von einem treuen Hund zu dem Ort schleifen, wo der Energiestrom vom Himmel herabfloß. Dann drang die Lebenskraft in ihn ein und füllte ihn aus, und statt ihn zu vernichten, ergriff sie Besitz von ihm und belebte ihn wieder. Aber die Kraft in ihm floß über, schwappte hinaus, und damit konnte er nur fertig werden, indem er Geschichten und Skulpturen und Lieder erfand, denn sonst hätte die Kraft ihn überwältigt und ertränkt. Er hieß Gilgamesch und war der erste Künstler der Menschheit.«

*

Die Stadtbewohner kamen jetzt zu Tausenden. Sie lauschten und weinten bei Breckenridges Worten.

Hypothese struktureller Lösung:

Er findet schöpferische Erfüllung.	Die vier Sucher haben Raum und Zeit überbrückt, um das Leben aus dem Tod zu holen.	Die schlafenden Stadtbewohner werden geweckt werden.

Mit der Zeit bildeten sich die Umrisse eines Groß-Mythos: die Schöpfung, die Schöpfung des Menschen, der Ursprung des Privateigentums, der Ursprung des Todes, der Verlust der Unschuld, der Verlust des Glaubens, das Ende der Welt, das Erscheinen eines Erlösers, um den Zyklus erneut auszulösen. Bald würde das Gefüge vollständig sein. Wenn es fertig war, dachte Breckenridge, würde vielleicht Regen auf die Wüste fallen, würde die Welt vielleicht wiedergeboren werden.

Breckenridge schlief. Schlafend erlebte er ein inneres Glühen goldenen Lichts. Das Mädchen, dem er vorher schon begegnet war, kam zu ihm, ergriff seine Hand und führte ihn durch die Stadt. Sie gingen stundenlang, wie es schien, bis sie einen Schacht erreichten, der sich von allen anderen unterschied, nicht rund, sondern rechteckig, in Straßenhöhe umgeben von einem niederen Geländer aus glänzendem Metall. »Steig hier hinunter«, sagte sie. »Wenn du unten bist, geh weiter, bis du den Raum erreichst, wo die Mechanismen des Erweckens sind.« Er sah sie entgeistert an, weil er begriffen hatte, daß ihre Worte verständlich waren. »Sprichst du meine Sprache«, fragte er, »oder spreche ich deine?« Sie antwortete mit einem Lächeln und deutete auf den Schacht.

Er stieg über den Zaun und begann mit dem Abstieg. Der Schacht war tiefer als der andere; die Luft in den Tiefen war verbraucht und trocken. Das goldene Glühen zeigte ihm den Weg nach unten, und dann durch einen niedrigen Gang mit gewölbter Decke. Nach langer Zeit erreichte er einen großen, hellerleuchteten Raum, gefüllt mit glatten, grauen Maschinen. Er glich dem Computerraum in jeder großen Bank. An den Wänden waren Instrumententafeln montiert, beschriftet in einer unbekannten Sprache, aber auch deutlich mit aufeinander folgenden Symbolen:

I II III IIII IIIII IIIIII

Während er sie betrachtete, nahm er im Korridor dahinter ein schleifendes, zischendes Geräusch wahr. Er dachte an starke Metallkabel, die aneinander vorbeizogen, aber dann kam in den Kontrollraum langsam ein Wesen, das Ähnlichkeit mit einem Skorpion hatte, viel größer als ein Mensch. Sein gewölbter Röhrenbrustkorb war dunkel und von wächsernem Aussehen; eine dichte Matte brauner Borsten, dick wie Strohhalme, sproß auf seinem Bauch; seine vielen Augen waren hell, wachsam und bösartig. Breckenridge riß eine Stahlstange an sich, die in seiner Nähe auf dem Boden lag, und versuchte sie wie eine Lanze zu gebrauchen, als das Monstrum näherkam. Aus seinen Kiefern zuckte jedoch plötzlich ein Lasso aus frischgesponnenem Seidenfaden, der das Ende der Stange erfaßte und sie Breckenridge aus den Händen riß. Dann eine zweite Schlinge, die seine Arme und Schultern fesselte. Gegenwehr war zwecklos. Er war gefangen. Das Wesen zog ihn näher heran. Breckenridge sah Zähne, kräftige Tastorgane, eine Sense von Schwanz, in dem ein tropfender Stachel sich aufgerichtet hatte. Breckenridge wand sich im Griff des Ungeheuers. Er spürte weder Überraschung noch Furcht; das schien der notwendige Ablauf eines uralten, vorausbestimmten Schemas zu sein.

Eine kühle, lautlose Stimme in seinem Schädel sagte: »Wer bist du?«

»Noel Breckenridge aus New York City, geboren neunzehnhundertvierzig A. D.«

»Weshalb dringst du hier ein?«

»Ich bin gerufen worden. Wenn du wissen willst, warum, frag jemand anderen.«

»Ist es deine Absicht, die Schlafenden zu wecken?«

»Durchaus möglich«, sagte Breckenridge.

»Die Zeit ist also gekommen?«

»Vielleicht«, sagte Breckenridge. Einen langen Augenblick war es ganz still. Das Ungeheuer unternahm nichts Feindseliges. Breckenridge wurde ungeduldig. »Also, was ist vorgesehen?« fragte er schließlich.

»Vorgesehen?«

»Die Bedingungen, unter denen ich meine Freiheit erhalte. Soll ich dir eine Reihe zerstreuender Geschichten erzählen? Muß ich dir in alle Ewigkeit sechs Monate im Jahr dienen? Gibt es irgendeinen kostbaren Gegenstand, den ich dir vom Meeresgrund holen muß? Vielleicht hast du ein Rätsel, das ich lösen soll.«

Das Monstrum antwortete nicht.

»Ist es das?« fragte Breckenridge. »Ein Rätsel?«
»Möchtest du, daß es ein Rätsel ist?«
»Ein Rätsel, ja.«
Wieder gab es eine endlose Pause. Breckenridge erwiderte den starren Blick unverwandt. Endlich sagte die Stimme: »Ein Rätsel. Ein Rätsel. Nun gut. Sag mir die Antwort darauf. Was geht am Morgen auf vier Beinen, am Nachmittag auf zwei Beinen, am Abend auf drei Beinen?«
Breckenridge wiederholte die Worte. Er überlegte. Er runzelte die Stirn. Er hustete. Dann lachte er.
»Ein Baby kriecht auf allen vieren«, sagte er. »Ein Erwachsener geht aufrecht. Ein alter Mann braucht einen Stock. Deshalb ist die Antwort auf dein Rätsel –«
Er sprach den Satz nicht zu Ende. Das Glänzen in den Augen des Ungeheuers erlosch; die seidene Schlinge um Breckenridge löste sich auf; das Wesen begann langsam und traurig zurückzuweichen, in den Korridor, aus dem es gekommen war. Sein zischendes, raschelndes Geräusch war noch geraume Zeit zu hören und wurde immer leiser.
Breckenridge drehte sich um und drückte ohne Zögern den Hebel I herunter.

Das Nordlicht erscheint nicht mehr am Nachthimmel. Seit einigen Tagen regnet es häufig, und die Wüste wird grün. Die Schlafenden sind erwacht, Millionen Schläfer, durch die automatischen Mechanismen aus ihren Särgen gerufen. Breckenridge steht auf dem Hauptplatz der Stadt, die Arme ausgebreitet, und die Stadtbewohner, die aus ihren unterirdischen Schlafstätten heraufkommen, gehen auf ihn zu. Ich bin die Auferstehung und das Leben, denkt er. Ich bin Orpheus, der süße Sänger. Ich bin Homer, der Blinde. Ich bin Noel Breckenridge. Er blickt durch die Äonen auf Harry Munsey. »Ich habe mich geirrt«, sagte er. »Überall ist Sinn, Harry. Für Sam Smith ebenso wie für Beethoven. Für Noel Breckenridge ebenso wie für Michelangelo. Tagesanbruch für Tagesanbruch, einfach leben, ein Teil von allem zu sein, ein Teil vom kosmischen Tanz des Lebens – das ist der Sinn, Harry. Schau! Schau!« Die Sonne steht jetzt hoch am Himmel – keine grausame Sonne, sondern eine milde, sanfte, ihre Hitze von feuchtem Dunst gemildert. Das ist die Traum-Zeit, wenn alle Fehler ungeschehen gemacht werden, wenn alle Dinge eins werden. Die Stadtbewohner umringen ihn. Sie kommen näher. Noch näher. Sie greifen nach ihm. Er erlebt einen köstlichen Blitz aus weißem Licht. Die Welt verschwindet.

»JFK-Flughafen«, sagte er zum Taxifahrer. Das Taxi brauste davon. Aus dem Autoradio tönte eine Stimme, die den letzten Stand des Dow Jones-Aktienindex durchgab: 948,72, Rückgang 6 Punkte. Er erreichte den Flughafen um halb sechs Uhr und bestieg um sieben Uhr eine PanAm-Maschine nach London. Am nächsten Morgen um neun Uhr, Londoner Zeit, telegrafierte er seiner Frau, um ihr mitzuteilen, daß es ihm gutgehe und er den Winter über nach Süden gehen wolle. Dann meldete er sich beim Air-France-Schalter für den Nonstop-Flug nach Marokko. Im Laufe der folgenden Woche telegrafierte er von Rabat, Marrakesch und Timbuktu in Mali nach Hause. Das dritte Telegramm lautete:

›WEISST DU WAS STOP BIN WIRKLICH IN TIMBUKTU STOP HABE JEEP GEMIETET STOP MORGEN FAHRE ICH IN DIE SAHARA STOP BIN SEHR GLÜCKLICH STOP JA STOP SEHR GLÜCKLICH STOP SEHR SEHR GLÜCKLICH STOP STOP STOP‹

Es war die letzte Nachricht, die er schickte. In der Nacht, als sie in New York eintraf, gab es ein spektakuläres Himmelsschauspiel, ein Nordlicht, das Tausende von Menschen in den Central Park lockte. Vier Tage später regnete es in der südöstlichen Sahara, der erste registrierte Niederschlag dort seit acht Jahren und sieben Monaten. Aus Süd-Sizilien wurde ein Erdbeben gemeldet, aber es richtete geringen Schaden an. Danach war es für alle viel ruhiger.

Schiff-Schwester, Sternen-Schwester

Sechzehn Lichtjahre heute von der Erde entfernt, im fünften Monat der Reise, und der lautlose Puls der Beschleunigung treibt die Geschwindigkeit immer höher. Im Salon des Schiffes sind drei Go-Partien im Gange. Der Jahres-Kapitän steht am Eingang zum Salon und beobachtet beiläufig die Spieler: Roy und Sylvia, Leon und Tschiang, Heinz und Elliott. Go ist seit Wochen an Bord des Schiffes eine Manie. Die Spieler – an die achtzehn oder zwanzig Mitglieder der Expedition sind bisher von der Sucht erfaßt worden – sitzen Stunde um Stunde, bedenken Strategien, erfinden Variationen, ergreifen die glatten schwarzen oder weißen Steine mit Zeige- und Mittelfinger, legen die Steine mit dem angemessenen harten Klackgeräusch auf das Holzbrett. Der Jahres-Kapitän selbst spielt nicht, wenngleich ihn das Spiel einmal vor langer Zeit bis zur Besessenheit interessiert hat; seine Verantwortung beansprucht ihn so sehr, daß eine Übung in simulierter Gebietseroberung keinen Reiz mehr für ihn hat. Er kommt aber oft hierher, um zuzusehen, bleibt fünf oder zehn Minuten und geht dann wieder seinen Aufgaben nach.

Der beste von den Spielern ist Roy, der Mathematiker, ein großer, schwerer Mann mit weichem, schläfrigem Gesicht. Er sitzt mit geschlossenen Augen und wartet in Ruhe, bis er am Zug ist. »Ich reinige mich von der Notwendigkeit, zu gewinnen«, hat er gestern zum Jahres-Kapitän gesagt, als er gefragt wurde, was ihn beschäftigt, während er wartet. Gereinigt oder nicht, Roy gewinnt mehr als die Hälfte seiner Spiele, obwohl er seinen Gegnern einen Vorsprung von vier oder fünf Steinen zugesteht.

Sylvia gibt er einen Vorsprung von nur zwei Steinen. Sie ist eine zierliche Frau, zartknochig und scheu, Genetikerin, und sie spielt gut, wenngleich langsam. Sie zieht. Bei dem Geräusch öffnet Roy die Augen. Er betrachtet das Brett, deutet hin und sagt: *»Atari«*, die übliche Art, die Aufmerksamkeit des Gegners darauf zu lenken, daß der Zug es ihm ermöglichen wird, mehrere seiner Steine zu schlagen. Sylvia lacht halblaut und nimmt den Zug zurück. Nach einer kurzen Pause zieht sie wieder. Roy nickt und greift nach einem weißen Stein, den er fast eine Minute in den Fingern hält, bevor er ihn setzt.

Der Jahres-Kapitän möchte mit Sylvia über eines ihrer Experimente sprechen, aber er sieht, daß sie noch eine Stunde oder länger mit dem Spiel beschäftigt sein wird. Das Gespräch hat Zeit. Niemand beeilt sich in diesem Schiff. Sie haben genug Zeit für alles: ein Leben, vielleicht, wenn kein bewohnbarer Planet zu finden ist. Das Universum gehört ihnen. Er betrachtet das Brett und versucht Sylvias nächsten Zug vorauszuahnen. Leise Schritte nähern sich von hinten. Der Jahres-Kapitän dreht sich um. Noelle, die Schiffs-Kommunikatorin, kommt heran. Sie ist ein schlankes, blindes Mädchen mit langen schwarzen Haaren, und gewöhnlich geht sie ohne Hilfe durch die Korridore: keine Sensoren für sie, nicht einmal ein Stock. Gelegentlich stolpert sie, aber meist ist ihr Gleichgewichtssinn ausgezeichnet, und ihr Gefühl für die Wahrnehmung von Hindernissen ist überragend. Es ist vielleicht eine Art Arroganz bei den Blinden, Hilfe abzulehnen. Aber es ist auch eine Art verzweifelter Poesie.

Als sie auf ihn zukommt, sagt sie: »Guten Morgen, Jahres-Kapitän.«

Noelle ist unfehlbar bei solcher Identifizierung. Sie behauptet, Angehörige der Expedition durch die winzigen charakteristischen Geräusche unterscheiden zu können, die sie hervorbringen: ihre Atemweise, ihr Husten, das Rascheln ihrer Kleidung. Unter den anderen herrscht einige Skepsis. Viele an Bord des Schiffes glauben, daß Noelle in Wirklichkeit ihre Gedanken liest. Sie bestreitet nicht, daß sie die Gabe der Telepathie besitzt, aber sie beharrt darauf, daß das einzige Gehirn, zu dem sie direkten Zugang hat, das ihrer Zwillingsschwester Yvonne ist, fern auf der Erde.

Er wendet sich ihr zu. Seine Augen richten sich auf die ihren: eine automatische Handlung, eine Gewohnheit. Die ihren, schwarz und klar, starren beunruhigend durch seine Stirn. Er sagt: »In etwa zwei Stunden habe ich einen Bericht zum Durchgeben für Sie.«

»Ich bin jederzeit bereit.« Sie lächelt schwach. Sie lauscht einen Augenblick dem Klacken der Go-Steine. »Drei Spiele?« fragt sie.

»Ja.«

»Wie seltsam, daß das Spiel sie nach dieser Zeit immer noch nicht losläßt.«

»Sein Zugriff ist kraftvoll«, sagte der Jahres-Kapitän.

»Es muß so sein. Wie schön ist es, sich einem Spiel so hinzugeben.«

»Ich weiß nicht. Go-Spielen nimmt viel wertvolle Zeit in Anspruch.«

»Zeit?« Noelle lacht. »Was kann man mit der Zeit anderes tun, als sie zu verbrauchen?« Nach einem Augenblick fügt sie hinzu: »Ist es ein schweres Spiel?«

»Die Regeln sind ganz einfach. Die Anwendung der Regeln ist eine ganz andere Sache. Es ist ein tieferes und komplizierteres Spiel als Schach, glaube ich.«

Ihre leeren Augen wandern über sein Gesicht und haften plötzlich an den seinen.

»Wie lange würde ich brauchen, um es zu lernen?«

»Sie?«

»Warum nicht? Ich brauche auch Zerstreuung, Jahres-Kapitän.«

»Das Brett hat Hunderte von Schnittpunkten. Gezogen werden darf überall. Die Stellungen sind kompliziert und verändern sich fortwährend. Jemand, der nicht sehen kann –«

»Mein Gedächtnis ist ausgezeichnet«, sagt Noelle. »Ich kann mir das Brett vorstellen und im Verlauf des Spiels die notwendigen Korrekturen vornehmen. Sie brauchen mir nur zu sagen, wohin Sie Ihre Steine legen. Und meine Hand führen, nehme ich an, wenn ich ziehe.«

»Ich bezweifle, ob das geht, Noelle.«

»Bringen Sie es mir trotzdem bei?«

Das Schiff ist glatt und graziös, es verjüngt sich: eine Silberpatrone, mit einer Geschwindigkeit durch das Universum fliegend, die zu diesem Zeitpunkt über eine Million Kilometer in der Sekunde beträgt. Nein. Das Schiff ist in Wirklichkeit gar keine Patrone, sondern etwas eher Gedrungenes, Plumpes, so plump wie jedes gewöhnliche Raumfahrzeug, mit einem verschlungenen, spinnennetzartigen Aufbau von Extensorarmen, Antennen, Beobachtungsauslegern und Ähnlichem. Wegen der unfaßbaren Geschwindigkeit sieht der Jahres-Kapitän es trotzdem als glatt, verjüngt und elegant. Es trägt ihn ohne Reibung durch die riesige, leere graue Hülle des Nicht-Raums, bei einer Geschwindigkeit, die größer als die des Lichts ist. Er weiß es besser, aber er ist unfähig, dieses stromlinienförmige Bild aus seinem Denken zu verbannen.

Die Expedition ist schon sechzehn Lichtjahre von der Erde entfernt. Das zu erfassen, ist nicht leicht für ihn. Er spürt die Wucht, aber nicht den wahren Sinn davon. Er kann zu sich sagen: *Schon sind wir sechzehn Kilometer von zu Hause fort*, und das ganz klar verstehen. *Schon sind wir sechzehnhundert Kilometer von zu Hause entfernt* – ja, auch das kann er begreifen. Und *Schon sind wir sechzehn Millionen Kilometer von zu Hause entfernt?* Das überfordert das Begriffsvermögen beinahe schon – eine Kluft, eine Kluft, eine entsetzliche, leere, dunkle Kluft – aber er glaubt, selbst eine so große Entfernung auf eine gewisse Weise verstehen zu können. Aber sechzehn Lichtjahre? Wie kann er sich das erklären? Gleißende Sterne flankieren das Rohr aus Nicht-Raum, durch welches das Schiff jetzt fliegt, und er weiß, daß sein graumelierter Bart völlig weiß geworden sein wird, bis das Licht dieser Sterne am Nachthimmel der Erde funkelt. Dabei sind seit dem Start der Expedition erst einige Monate vergangen. Wie wundersam es ist, so schnell so weit gekommen zu sein, denkt er.

Trotzdem gibt es ein noch größeres Wunder. Er wird Noelle bitten, eine Stunde nach dem Essen eine Nachricht an die Erde zu übermitteln, und er weiß, daß er vor dem Abendessen aus dem Kontrollzentrum in Brasilien eine Bestätigung erhalten wird. Das scheint ihm ein noch größeres Wunder zu sein.

Ihre Kabine ist sauber, spartanisch, dürftig eingerichtet: keine Bilder, keine Lichtskulpturen, nichts, was dem Auge schmeichelt, nur ein paar kleine, schlanke Bronzestatuetten, eine glatte, ovale Platte aus grünem Stein und einige Gegenstände, die offenbar wegen ihrer fühlbaren Beschaffenheit ausgewählt worden sind – ein Streifen genoppter Stoff, über einen Rahmen gespannt, die steinerne Schale eines Seeigels, eine Sammlung rauher Sandsteinbrocken. Alles ist säuberlich geordnet. Hilft ihr jemand, hier Ordnung zu halten? Sie bewegt sich in dem kleinen Raum ruhig von Stelle zu Stelle, nie in Gefahr, anzustoßen; ihre Sicherheit wirkt entnervend auf den Jahres-Kapitän, der geduldig dasitzt und darauf wartet, daß sie sich niederläßt. Sie ist blaß, sehr gepflegt, das schwarze Haar streng nach hinten gebunden, wo es von einer verschlungenen Elfenbeinklammer festgehalten wird. Ihre Lippen sind voll, ihre Nase ist rund. Sie trägt ein weich fließendes Kleid. Ihr Körper ist anziehend: Er hat sie in den Bädern gesehen und weiß von ihren hohen, vollen Brüsten, ihren wohlgerundeten Hüften, ihrer cremig-perfekten Haut. Soviel er weiß, hat sie jedoch an Bord noch keine Affären gehabt. Liegt es daran, daß sie blind ist? Vielleicht neigt man nicht dazu, sich eine blinde Person als einen möglichen Sexualpartner vorzustellen. Woran mag es liegen? Vielleicht daran, daß man zögert, eine blinde Person bei einer sexuellen Begegnung auszunutzen, meint er, und stutzt sofort erstaunt, um sich zu fragen, warum er irgendeine Art sexueller Beziehungen als *ausnutzen* betrachtet. Nun, dann verstellt möglicherweise Mitleid mit ihrer Behinderung erotischen Gefühlen den Weg; Mitleid wird zu leicht Herablassung und tötet das Begehren. Er weist diese Theorie ab: oberflächlich, unglaubwürdig. Könnte es sein, daß die Menschen sich ihr nicht zu nähern wagen, weil sie argwöhnen, daß sie fähig sei, ihre geheimsten Gedanken zu lesen? Sie hat wiederholt jede Fähigkeit bestritten, in andere Gehirne als das ihrer Schwester eindringen zu können. Außerdem – warum sich von ihrer Telepathie abhalten lassen, wenn man nichts zu verbergen hat? Nein, es muß etwas anderes sein, und nun glaubt er, es gefunden zu haben: daß Noelle so selbstgenügsam ist, so in sich ruhend, so sehr in ihre Blindheit und ihre geistige Kraft und ihre unergründliche Verbindung mit ihrer fernen Schwester versunken, daß niemand es wagt, die kristallenen Barrikaden zu durchbrechen, die ihr Innerstes schützen. Man nähert sich ihr nicht, weil sie unnahbar erscheint; ihre seltsame Seelenvollkommenheit sondert sie ab, hält andere auf Distanz, so, wie außergewöhnliche Schönheit die Menschen manchmal auf Distanz zu halten vermag. Sie erweckt kein Begehren, weil sie gar nicht menschlich wirkt. Sie leuchtet. Sie ist eine makellose Maschine, ein integrierter Teil des Schiffes.

Er faltet den Text der heutigen Meldung für die Erde auseinander.

»Nicht, daß es etwas Neues zu berichten gäbe«, sagt er, »aber die tägliche Verlautbarung werden wir doch wohl abgeben müssen.«

»Es wäre grausam, wenn wir es nicht täten. Wir bedeuten ihnen so viel.«

»Ich frage mich manchmal.«

»O ja. Yvonne sagt, sie übernehmen unsere Mitteilungen von ihr, so schnell sie können, und verbreiten sie über alle Kanäle. Nachricht von uns ist schrecklich wichtig für sie.«

»Als Ablenkung, nicht mehr. Als die neueste Kuriosität. Unerschrockene Forscher wagen sich in die unerkundete Wildnis des interstellaren Nicht-Raums.« Seine Stimme klingt rauh in seinen Ohren, sein Sprachrhythmus stockend und plump. Seine Worte überraschen ihn. Er hat nicht gewußt, daß er so über die Erde denkt. Trotzdem spricht er weiter. »Das ist alles, was wir darstellen: Neuartigkeit, Abenteuer aus zweiter Hand, einen Augenblick der Unterhaltung.«

»Meinen Sie das wirklich? Es klingt so furchtbar zynisch.«

Er zuckt die Achseln.

»Noch einmal sechs Monate, und sie werden sich mit uns und unseren Meldungen tödlich langweilen. Vielleicht schon früher. Noch ein Jahr, und sie haben uns vergessen.«

Sie sagt: »Ich sehe Sie nicht als Zyniker. Dabei sagen Sie oft solche« – sie stockt – »solche –«

»Solche allzu offenen Dinge? Ich bin Realist, denke ich. Ist das soviel wie ein Zyniker?«

»Versuchen Sie nicht, sich ein Etikett aufzukleben, Jahres-Kapitän.«

»Ich versuche nur, die Dinge realistisch zu betrachten.«

»Sie wissen nicht, was real ist. Sie wissen nicht, was Sie sind, Jahres-Kapitän.«

Das Gespräch ist plötzlich außer Kontrolle geraten: viel zu sehr unter Hochspannung, viel zu intim. So hat sie vorher nie gesprochen. Es ist, als sei eine bösartige Elektrizität in der Luft, ein prickelndes Feld, das ihr und sein normales Selbst verzerrt, das sie unnatürlich anspannt und aggressiv macht. Er spürt Panik. Wenn er das empfindliche Gleichgewicht von Noelles Bewußtsein stört, wird sie dann mit der fernen Yvonne noch Kontakt aufnehmen können?

Er kann nicht verhindern, daß er zurückgibt: »Wissen *Sie* denn, was ich bin?«

»Sie sind ein Mann auf der Suche nach sich selbst«, sagt sie. »Deshalb haben Sie sich freiwillig dazu gemeldet, hier so weit hinauszufliegen.«

»Und warum haben Sie sich freiwillig dazu gemeldet, so weit hinauszufliegen, Noelle?« fragt er hilflos.

Sie läßt die Lider langsam über ihre blinden Augen sinken und antwortet nicht. Er versucht, noch etwas zu retten, indem er ruhiger in ihr gespanntes Schweigen hineinsagt: »Schon gut. Ich wollte Sie nicht aufregen. Übermitteln wir den Bericht?«

»Warten Sie.«

»Gut.«

Sie scheint sich zu sammeln. Einen Augenblick danach sagt sie weniger gereizt: »Wie, glauben Sie, sieht man uns zu Hause? Als gewöhnliche Menschen, die eine ungewöhnliche Aufgabe übernommen haben, oder als übermenschliche Wesen auf einer heroischen Reise?«

»Im Augenblick als übermenschliche Wesen auf einer heroischen Reise.«

»Und später werden wir in ihren Augen gewöhnlicher werden?«

»Später werden wir gar nichts für sie sein. Sie werden uns vergessen.«

»Wie traurig.« Ihr Tonfall hat einen Beiklang von Ironie. Sie lacht ihn vielleicht aus. »Und Sie, Jahres-Kapitän? Sehen Sie sich als gewöhnlich oder als übermenschlich?«

»Als irgend etwas dazwischen. Etwas mehr als gewöhnlich, aber kein Halbgott.«

»Ich betrachte mich als ganz gewöhnlich, abgesehen von zwei Ausnahmen«, sagt sie süßlich.

»Die eine ist Ihre telepathische Verständigung mit Ihrer Schwester, und die andere –« Er zögert, auf rätselhafte Weise verlegen, weil er sie benennt. »Die andere ist Ihre Blindheit.«

»Natürlich«, sagte sie. Lächelt. Strahlend. »Geben wir jetzt den Bericht weiter?«

»Haben Sie Verbindung mit Yvonne?«

»Ja. Sie wartet.«

»Nun, gut dann.« Er blickt auf seine Notizen und beginnt langsam zu lesen: »›Einhundertsiebzehnter Tag. Geschwindigkeit... Scheinbarer Ort...«

Sie macht nach jeder Übertragung ein Nickerchen. Sie erschöpfen sie. Sie war schon dabei nachzulassen, bevor er das Ende der heutigen Botschaft erreichte; jetzt, als er in den Korridor tritt, weiß er, daß sie einschlafen wird, bevor er die Tür schließt. Er geht mit gerunzelter Stirn, bedrückt von dem sonderbaren Spannungsausbruch zwischen ihnen, und von seinem rätselhaften ›Realismus‹-Anfall. Mit welchem Recht behauptet er, die Erde werde der Reisenden überdrüssig werden? Während der ganzen Jahre der Vorbereitung auf diese erste interstellare Reise hat die Erregung der Öffentlichkeit nie nachgelassen, ja sogar die Reisenden selbst zu Zeiten angespornt, wenn ihre endlosen Ausbildungsprogramme *sie* mit Langeweile bedrohten. Die Botschaften der Erde, von Yvonne an Noelle weitergereicht, vibrieren vor begierigen Fragen; die Neugierde der Heimatwelt ist seit dem Start geradezu überwältigend gewesen. Sagt uns, sagt uns, sagt uns!

Aber es gibt wirklich so wenig zu sagen, außer auf dem einen, transzendentalen Gebiet, wo es so viel gibt. Und wie könnte man das ausdrücken?

Wie kann *dies* –

Er bleibt an der Sichtscheibe im Hauptkorridor stehen, einem ein Dutzend Meter langen, rechteckigen Fenster, das direkten Zugang zur äußeren Umwelt erlaubt. Die perlgraue Leere des Nicht-Raums, dicht und alles erfüllend, preßt sich an die Haut des Schiffes. Während der Ausbildungszeit sind die Mitglieder der Expedition gewarnt worden, bei der Durchquerung er Galaxis keine Wahrnehmungen über das Äußere zu erwarten; sie würden durch eine Leere von unendlicher Länge fliegen, ein materie-freies Rohr, und es würde nichts zu besichtigen geben, keinen Hintergrund ferner Sternennebel, keine glitzernden Sterne, keine verirrten Meteore, nicht einmal ein paar zusammenprallender Atome, die den winzigsten, flüchtigsten Funken auslösten, nur ein ewiges Gleiches, wie eine leere Wand. Man hatte ihnen Methoden beigebracht, damit fertig zu werden: wendet euch nach innen, verlangt vom Universum außerhalb des Schiffes keine Ergötzungen, macht das Schiff selbst zu eurem Universum. Und doch, und doch, wie irregeleitet waren diese Warnungen gewesen! Der Nicht-Raum war nicht eine Wand, sondern eher ein Fenster. Für die Menschen auf der Erde war es unmöglich, zu begreifen, welche Offenbarungen in dieser scheinbaren Leere verborgen lagen. Der Jahres-Kapitän, dessen Kopf nach der Begegnung mit Noelle brummt, gibt sich jetzt seinem größten Vergnügen hin. Ein Blick auf die Sichtscheibe zeigt den Ort, wo das Immanente zum Transzendenten wird: Der Jahres-Kapitän sieht erneut die endlos zurückgestrahlten Energiewellen, die durch das Grau laufen. Was außerhalb des Schiffes liegt, ist weder eine nackte Wand noch ein leeres Rohr; es ist eine betäubende Vielfalt von ineinander verschlungenen Energiefeldern, die alles mit allem verbinden; es ist Musik, die auch Licht, Licht, die auch Musik ist, und die Wesen an Bord sind vernunftbegabte Partikel, in dieses riesige, alles umschlingende Reverberieren gänzlich verflochten, in dieses strahlende Lied der Freude, welches das Universum ist. Die Reisenden fliegen freudig dem Mittelpunkt aller Dinge entgegen, geben sich gerne in die Obhut kosmischer Kräfte, die menschliche Kontrolle und menschliches Begreifen weit übersteigen. Er preßt die Hand auf das kühle Glas. Er legt das Gesicht daran. *Was sehe ich, was fühle ich, was erfahre ich?* Es ist augenblickliche Offenbarung, jedesmal. Es ist – beinahe, *beinahe!* – das begehrte Eins-Sein. Barrieren bleiben, aber trotzdem ist er sich eines veränderten Sinnes für Raum und Zeit bewußt, einer Erkenntnis des ehrfurchtgebietenden Etwas, das in den Lücken zwischen den Speichen des Kosmos lauert, etwas Majestätisches und Mächtiges; er weiß, daß dieses Etwas ein Teil von ihm, und er ein Teil davon ist. Wenn er an der Sichtscheibe steht, sehnt er sich danach, die große Luke des Schiffes zu öffnen und ins Ewige hinauszustürzen. Aber noch nicht, noch nicht. Barrieren bleiben. Die Reise hat erst begonnen. Sie wachsen dem Gesuchten mit jedem Tag entgegen, aber die Reise hat erst begonnen.

Wie könnten wir davon etwas jenen vermitteln, die zurückgeblieben sind? Wie könnten wir erreichen, daß sie begreifen?

Nicht mit Worten. Nie mit Worten.

Sie sollen hierherkommen und selbst sehen –

Er lächelt. Er zittert und windet sich ein wenig schaudernd vor Freude. Er wendet sich ab von der Sichtscheibe, ausgesaugt, ekstatisch.

Noelle liegt in beunruhigenden Träumen. Sie ist an Bord eines Schiffes, eines archaischen Dreimasters, der durch eine eisige See stampft. Die Takelage glitzert von langen Eiszapfen, die ab und zu im wilden Sturm abbrechen und klirrend auf Deck zerspringen. Das Deck hat einen glitschigen, glänzenden Überzug aus dünnem, harten Eis, und man kann sich kaum auf den Beinen halten. Riesige ausgezackte Eisberge wogen wild im grauen Wasser, steigen herauf, klatschen auf die Wellen, tauchen unter. Wenn einer dieser Eisberge den Rumpf rammt, wird das Schiff sinken. Bis jetzt haben sie Glück gehabt, aber nun kommt eine subtilere Bedrohung. Das Meer friert zu. Es gerinnt, erstarrt, wird zu einer viskösen Flüssigkeit, die träge wogt. Breite, glänzende Platten tanzen auf den Wellen: neue Eisschollen, zusammenstoßend, knirschend, mahlend; die Schollen bekriegen sich, zerstören sich wechselseitig die Ränder, aber manche schließen Verträge, vereinigen sich, um einen einzigen, unerbittlichen Schild zu bilden. Wenn das Meer ganz gefriert, wird das Schiff zerdrückt. Und jetzt gefriert es. Das Schiff kommt kaum noch voran. Die Segel blähen sich nutzlos und zerren an ihren Leinen. Der Wind macht eine Leier aus der Takelage, mit flirrenden, singenden, eisverkrusteten Tauen. Der Rumpf knarrt wie ein alter Mann; der Zugriff durch das Eis ist hart. Die Planken geben nach. Das Ende ist nah. Sie werden alle zugrunde gehen. Sie werden alle zugrunde gehen. Noelle tritt aus ihrer Kabine, geht hinauf, umklammert die Reling, schwankt, betet, fragt sich, wann die Faust des Windes das steife, gefrorene Tuch der Segel durchstoßen wird. Nichts kann sie retten. Aber da! Ja, ja! Am Himmel ein Leuchten! Yvonne, Yvonne! Sie kommt. Sie schwebt wie eine Göttin am schwarzen, sternenbesetzten Himmel. Sanftes, goldenes Licht entströmt ihr. Sie lächelt, und ihr Lächeln taut das Meer auf. Das Eis erbarmt sich. Die Luft wird mild. Das Schiff ist befreit. Es segelt ungehindert weiter, den duftenden Tropen entgegen.

Am späten Nachmittag gleitet Noelle lautlos, spukartig in den Kontrollraum, wo der Jahres-Kapitän an der Arbeit ist; sie wirkt so erschöpft und angespannt, daß sie beinahe durchsichtig erscheint; sie macht einen ungewöhnlich verwundbaren Eindruck, so, als könne ein lautes Geräusch sie zerbrechen lassen. Sie hat die Antwort auf die Übertragung am Vormittag für den Jahres-Kapitän gebracht. Er greift nach dem kleinen, durchsichtigen Datenwürfel, auf dem sie ihr letztes Gespräch mit ihrer Schwester aufgezeichnet hat. Während Yvonne mit ihren Gedanken spricht, wiederholt Noelle die Nachricht laut auf eine Sensorscheibe, und sie wird auf dem Würfel festgehalten. Er fragt sich, warum sie so bleich und matt wirkt.

»Ist etwas nicht in Ordnung?« fragt er. Sie sagt ihm, daß sie Schwierigkeiten gehabt hat, die Nachricht zu empfangen; das Signal von der Erde ist seltsam undeutlich gewesen. Das beunruhigt sie.

»Wie atmosphärische Störungen«, sagt sie.

»Geistig-atmosphärische Störungen?«

Sie ist verwirrt. Yvonnes Ton ist immer rein, kristallen, völlig unverzerrt. Noelle hat so etwas vorher noch nie erlebt.

»Vielleicht sind Sie müde gewesen«, meint er. »Oder sie.«

Er schiebt den Würfel in den Abspielschlitz, und Neolles Stimme tönt aus den Lautsprechern. Sie klingt fremd, gepreßt und unsicher; sie verspricht sich oft und bittet Yvonne häufig um Wiederholung. Die Botschaft, soweit er sie verstehen kann, enthält die üblichen harmlosen Dinge, zusammengefaßte Nachrichten von der Heimatwelt – Politik, Sport, das globale Wetter, Bemerkungen über Kunst und Wissenschaft, besondere Grüße für drei oder vier Mitglieder der Expedition, allgemeine gute Wünsche – alles leicht, seicht, freundlich. Die Störungen beunruhigen ihn. Was ist, wenn die telepathische Verbindung versagt? Was ist, wenn sie den Kontakt mit der Erde ganz verlieren? Er fragt sich, warum ihn das so bedrückt. Das Schiff ist autark; es braucht keine Lenkung von der Erde, um richtig zu funktionieren, und ebensowenig müssen die Reisenden wirklich tägliche Informationen über Ereignisse auf dem Mutterplaneten haben. Warum dann erschrecken, wenn Stille eintritt? Warum nicht die Tatsache akzeptieren, daß sie in keiner Weise mehr erdgebunden sind, daß sie praktisch eine neue Gattung geworden sind, schneller als das Licht unterwegs zu den Sternen? Nein. Es macht ihm etwas aus. Die Verbindung spielt eine Rolle. Er entscheidet, daß es mit dem zusammenhängt, was sie in Beziehung auf das tiefe pulsierende Grau außerhalb des Schiffes erfahren, diesem Austausch der Energien, diesem wachsenden Gefühl universellen Zusammenhangs. Sie machen jeden Tag Entdeckungen, keine astronomischen, sondern – nun, geistige –, und wie schade, denkt der Jahres-Kapitän, wenn nichts davon je denen mitgeteilt werden könnte, die zurückgeblieben sind. Wir müssen die Verbindung aufrechterhalten.

»Vielleicht sollten wir Ihnen und Yvonne ein paar Tage Ruhe gönnen«, sagt er.

Sie betrachten mich als eine Art Nonne, weil ich blind und etwas Besonderes bin. Das ist mir verhaßt, aber ich kann nichts tun, um es zu ändern. Ich bin, was sie glauben, daß ich bin. Ich liege wach und stelle mir vor, wie Männer meinen Körper berühren. Der Jahres-Kapitän steht vor mir. Ich sehe deutlich sein Gesicht, die Haut gerötet und schweißbedeckt, die Augen funkelnd. Er streichelt meine Brüste. Er preßt die Lippen auf meinen Mund. Plötzlich, entsetzlich, umarmt er mich, und ich schreie. Warum schreie ich?

»Sie haben versprochen, mir das Spiel beizubringen«, sagt sie ein wenig schmollend. Sie sind im Salon des Schiffes. Vier Partien sind im Gange: Elliot und Sylvia, Roy und Paco, David und Heinz, Mike und Bruce. Ihr Schmollen fasziniert ihn: so kleinmädchenhaft, so charmant, so menschlich. Sie scheint heute in viel besserer Verfassung zu sein, obwohl es wieder Schwierigkeiten bei der Übertragung gegeben hat. Yvonne hat sich beklagt, daß der Vormittagsbericht undeutlich und gestört angekomman sei. Noelle hat entschieden, daß die Nebengeräusche eine Art lokaler Erscheinung sind, so etwas wie eine Sonnenfleckeneinwirkung, und verschwinden werden, sobald sie von diesem Teil des Nicht-Raums weit genug entfernt sind. Er ist davon nicht so fest überzeugt wie sie, aber sie versteht solche Dinge wahrscheinlich besser als er.

»Bringen Sie es mir bei, Jahres-Kapitän«, drängt sie. »Ich möchte es wirklich lernen. Vertrauen Sie auf mich.«

»Also gut«, sagt er. Das Spiel könnte wertvoll für sie sein, ein entspannender Zeitvertreib, eine notwendige Ablenkung. »Das ist das Brett. Es hat neunzehn horizontale und neunzehn vertikale Striche. Die Steine werden auf den Schnittpunkten dieser Linien gespielt, nicht auf den Quadraten, die sie bilden.« Er nimmt ihre Hand und führt die Fingerspitzen über das Muster der Schnittlinien. Sie sind mit dicker Farbe aufgedruckt, auf dem flachen Brett deutlich spürbar. »Diese neun Punkte heißen Sterne«, sagt er. »Sie dienen als Orientierungspunkte.« Er führt ihre Fingerspitzen zu den neun Sternen. »Wir numerieren die Linien in dieser Richtung von eins bis neunzehn, und die Linien in der anderen Richtung bekommen Buchstaben, von A bis T, wobei I ausgelassen wird. So können wir Positionen auf dem Brett bestimmen. Das ist B Zehn, das ist D Achtzehn, das ist J Vier, verstehen Sie?« Er spürt Verzweiflung. Wie kann sie sich das Brett jemals merken? Aber sie wirkt unbesorgt, während sie mit der Hand über die Kanten des Brettes fährt und murmelt: »A, B, C, D…«

Die anderen Partien sind unterbrochen. Alle im Salon beobachten sie. Er führt ihre Hand zu den zwei Fächern mit Steinen, den weißen und den schwarzen, und zeigt ihr die traditionelle Art, sie mit zwei Fingern zu ergreifen und auf das Brett zu klatschen.

»Der stärkere Spieler nimmt die weißen Steine«, sagt er. »Schwarz zieht immer zuerst. Die Spieler wechseln sich mit den Zügen ab, jeweils einer, auf jeden unbesetzten Schnittpunkt. Sobald ein Stein gesetzt ist, wird er nie bewegt, außer, wenn er geschlagen wird, worauf man ihn sofort vom Brett entfernt.«

»Und der Zweck des Spiels?« fragt sie.

»Die größtmögliche Fläche mit der kleinstmöglichen Anzahl von Steinen zu besetzen. Man baut Mauern. Das Ergebnis wird errechnet, indem man die Anzahl freier Schnittpunkte zwischen seinen Mauern zusammenzählt, dazu die Anzahl von Gefangenen, die man gemacht hat.« Methodisch erklärt er ihr die Spieltechnik: das Setzen der Steine, das Erobern von Gebiet, das Schlagen gegnerischer Steine. Er illustriert, indem er simulierte Stellungen auf dem Brett aufbaut und die Position jedes gesetzten Steines nennt: »Schwarz hält P Zwölf, Q Zwölf, R Zwölf, S Zwölf, T Zwölf sowie P Elf, P Zehn, P Neun, Q Acht, R Acht, S Acht, T Acht. Weiß hält –« Auf irgendeine Weise sieht sie die Positionen vor sich; sie wiederholt die Stellungen und stellt Fragen, die zeigen, daß sie das Brett deutlich vor sich hat. Binnen zwanzig Minuten begreift sie die Grundmanöver. Während er ihr die Manöver beschreibt, nennt er mehrmals eine unrichtige Koordinate – das Brett ist mit Nummern und Ziffern und Buchstaben schließlich nicht beschriftet, und er verschätzt sich ab und zu – aber jedesmal verbessert sie ihn und fragt ruhig: »N Dreizehn? Meinen Sie nicht N Zwölf?«

Schließlich sagt sie: »Ich glaube, ich verstehe jetzt alles. Möchten Sie eine Partie spielen?«

Bedenke deine Lage sorgfältig. Du bist zwanzig Jahre alt, weiblich, blind. Du hast nie geheiratet oder auch nur eine Grundpaarung angestrebt. Dein einziger echter menschlicher Kontakt besteht mit deiner Zwillingsschwester, die wie du blind und alleinstehend ist. Ihr Denken steht dir völlig offen, deines ihr. Du und sie, ihr seid zwei Hälften einer Seele, auf unerklärliche Weise in getrennte Körper gebettet. Nun verlangt man von dir, an einer Reise zu den Sternen teilzunehmen, ohne sie, eine Reise, die dich ewig von ihr trennen wird. Du erfährst, daß du, wenn du die Erde mit dem Raumschiff verläßt, keine Aussicht hast, deine Schwester jemals wiederzusehen. Du erfährst auch, daß deine Gegenwart für den Erfolg der Reise wichtig ist, weil es ohne deine Hilfe Jahrzehnte oder sogar Jahrhunderte dauern würde, bis Nachrichten vom Sternenschiff die Erde erreichen könnten, aber wenn du an Bord bist, wird es möglich sein, über jede Entfernung augenblickliche Verständigung zu ermöglichen. Was sollst du tun? Überlege. Denke nach.

Du denkst nach. Und du erklärst dich natürlich bereit, mitzufliegen. Du wirst gebraucht; wie kannst du dich weigern? Was deine Schwester angeht, so wirst du natürlich die Gelegenheit verlieren, sie zu berühren, sie an dich zu ziehen, aus ihrer Gegenwart direkten Trost zu gewinnen. Sonst wirst du nichts verlieren. Sie nie wieder›sehen‹? Nein. Du kannst sie gewiß aus einer Entfernung von einer Million Lichtjahre genausogut ›sehen‹ wie vom Nebenzimmer aus. Daran kann es keinen Zweifel geben.

Die Vormittagsübertragung. Noelle sitzt mit dem Rücken zum Jahres-Kapitän, hört, was er ihr vorliest, und schickt es über eine Distanz von mehr als sechzehn Lichtjahren hinaus.

»Warten Sie«, sagt sie. »Yvonne verlangt eine Wiederholung. Von ›Das metabolische‹ ab.« Er verstummt, überfliegt den Text und liest wieder vor: »›Das metabolische Gleichgewicht bleibt normal, obwohl, wie schon mitgeteilt, einige der älteren Mitglieder der Expedition Spurenmangel an Mangan und Kalium erkennen lassen. Wir unternehmen entsprechende Schritte und –‹« Noelle unterbricht ihn mit einer brüsken Geste. Er wartet, und sie beugt sich vor, die Stirn am Tisch, die Hände auf die Schläfen gepreßt. »Wieder Störungen«, sagt sie. »Es ist heute noch schlimmer.«

»Kommen Sie überhaupt durch?«

»Ich komme durch, ja. Aber ich muß drücken, drücken, drükken. Und Yvonne verlangt trotzdem immer Wiederholungen. Ich weiß nicht, was los ist, Jahres-Kapitän.«

»Die Entfernung –«

»Nein!«

»Über sechzehn Lichtjahre.«

»Nein«, sagt sie. »Wir haben schon bewiesen, daß die Entfernungswirkungen keine Rolle spielen. Wenn das Signal nach einer Million Kilometer nicht nachläßt, nach einem Lichtjahr, nach zehn Lichtjahren – kein merklicher Abfall an Klarheit und Exaktheit, überhaupt keiner – dann dürfte es plötzlich bei sechzehn Lichtjahren kein Nachlassen in der Qualität geben. Glauben Sie nicht, daß ich mich damit beschäftigt habe?«

»Noelle –«

»Abschwächung des Signals ist eine Sache, Störung eine andere. Eine Dämpfungskurve fällt gleichmäßig ab. Yvonne und ich hatten perfekten Kontakt vom Start bis noch vor ein paar Tagen. Und jetzt – nein, Jahres-Kapitän, es kann keine Abschwächung sein. Es muß sich um eine Störung handeln. Eine lokale Wirkung.«

»Ja, wie Sonnenflecken, ich weiß. Aber –«

»Fangen wir wieder an. Yvonne ruft. Fahren Sie fort bei ›Mangan und Kalium‹.«

»›– Mangan und Kalium erkennen. Wir unternehmen entsprechende Schritte –‹«

Go zu spielen, scheint ihre Anspannung zu mildern. Er hat seit Jahren nicht mehr gespielt und ist anfangs noch aus der Übung, aber nach Minuten schon kehren die alten Assoziationen zurück, und er baut mit Geschick Ketten von Steinen auf. Obwohl er damit rechnet, daß sie schwach spielt, weil sie sich nach den ersten Zügen nicht mehr an ihre Position wird erinnern können, erweist sich, daß sie keine Schwierigkeiten hat, sich den ganzen Spielstand zu merken. Nur in einer Beziehung hat sie sich überschätzt: trotz ihrer präzisen Koordination kann sie die Steine nicht exakt setzen, sondern neigt dazu, die schon auf dem Brett liegenden zu verschieben, wenn sie am Zug ist. Nach kurzer Zeit gesteht sie den Mangel ein und meldet von nun an, wo sie die Steine haben will – M Siebzehn, Q Sechs, P Sechs, R Vier, C Elf –, und er setzt die Steine für sie. Zu Anfang spielt er zurückhaltend, weil er davon ausgeht, daß sie als Anfängerin aufs Geratewohl und schwach spielen wird, aber er kommt bald dahinter, daß sie ihren Bereich sehr geschickt ausdehnt und abschirmt, während sie das seine gefährlich attackiert, und er entwirft eine raffiniertere Strategie. Sie spielen zwei Stunden, und er gewinnt mit sechzehn Punkten, einem ordentlichen Vorsprung, aber keinem Anlaß, sich zu brüsten, wenn man bedenkt, daß er ein erfahrener, geschickter Spieler ist und sie zum erstenmal spielt.

Die anderen betrachten ihre überraschende Fähigkeit mit Skepsis.

»Natürlich spielt sie gut«, murmelt Heinz. »Sie liest Ihre Gedanken, nicht? Sie kann das Brett durch Ihre Augen sehen, und sie weiß, was Sie planen.«

»Das einzige Gehirn, das ihr offensteht, ist das ihrer Schwester«, sagt der Jahres-Kapitän heftig.

»Woher nehmen Sie die Gewißheit, daß sie die Wahrheit sagt?«

Der Jahres-Kapitän zieht die Brauen zusammen.

»Spielen Sie selbst mit ihr. Sie werden sehen, ob es Geschicklichkeit oder Gedankenlesen ist.«

Heinz macht ein mürrisches Gesicht und erklärt sich einverstanden. An diesem Abend fordert er Noelle heraus; später kommt er beschämt zum Jahres-Kapitän.

»Sie spielt gut. Sie hätte mich beinahe geschlagen, und sie hat ehrlich gespielt.«

Der Jahres-Kapitän spielt ein zweites Mal mit ihr. Sie sitzt beinahe regungslos, die Augen geschlossen, die Lippen zusammengepreßt, und nennt die Koordinaten ihrer Züge mit ruhiger, monotoner Stimme, wie ein Automatenspieler. Sie braucht selten lang, um sich für einen Zug zu entscheiden, und sie macht keine Fehler, die zurückgenommen werden müssen. Ihr Vermögen, Spielstrukturen zu erfinden, ist erstaunlich gewachsen; sie schneidet ihn beinahe von der Mitte ab, aber er reißt die Initiative wieder an sich und erringt einen knappen Sieg. Danach verliert sie noch einmal gegen Heinz, aber wieder haben sich ihre Fähigkeiten gesteigert, und am Abend schlägt sie Tschiang, einen geachteten Spieler. Nun wird sie unbesiegbar. Sie spielt zwei-, dreimal am Tag, triumphiert über Heinz, Sylvia, den Jahres-Kapitän und Leon; Go ist etwas Enormes für sie geworden, viel mehr als ein bloßes Spiel, ein schlichtes Kräftemessen; sie konzentriert ihre Energie so stark auf das Brett, daß ihr Spiel die Stufe einer religiösen Disziplin erlangt, einer Art Meditation. Am vierten Tag schlägt sie Roy, den Meister des Schiffes, mit solcher Überlegenheit, daß alle wie geblendet sind. Roy kann von nichts anderem mehr sprechen. Er verlangt Revanche und wird wieder besiegt.

Als das Schiff von der Erde abhob, fragte Noelle sich, ob sie wirklich fähig sein würde, durch die Weiten des interstellaren Raums Kontakt mit Yvonne zu halten. Sie hatte nichts als den Glauben, ihre Meinung, die Kraft, die ihre Gehirne verband, werde von der Entfernung in keiner Weise beeinflußt, sei richtig. Sie hatten oft ohne Schwierigkeiten über den ganzen Planeten hinweg miteinander gesprochen, ja, aber würde das auch noch so einfach sein, wenn eine halbe Galaxis sie trennte? Während der ersten Stunden des Fluges hielten Yvonne und sie nahezu ununterbrochen ihre Verbindung aufrecht, und das Signal blieb klar und scharf, ohne eine wahrnehmbare Abschwächung des Empfangs, als das Schiff hinausraste. Vorbei an der Mondbahn, vorbei an der Marke der einen Million Kilometer, vorbei an der Marsbahn: klar und deutlich, klar und deutlich. Den ersten Test hatten sie bestanden: die Klarheit des Signals war keine quantitative Funktion der Entfernung. Aber Noelle blieb unsicher darüber, was geschehen würde, sobald das Schiff auf den üblichen Antrieb verzichtete und in den Nicht-Raum überwechselte, um Überlichtgeschwindigkeit zu erreichen. Dann würde sie in einem anderen Raum sein als Yvonne, praktisch in einem anderen Universum – würde sie dann immer noch das Gehirn ihrer Schwester erreichen können? Die Spannung in ihr nahm zu, als der Augenblick des Übertritts herankam, denn sie hatte keine Ahnung, wie das Leben ohne Yvonne für sie sein würde. Sich dieser schrecklichen Stille zu stellen, sich in eine so furchtbare Isolierung gestoßen zu wissen – aber das geschah nicht. Sie traten in den Nicht-Raum über, und ihre Wahrnehmung Yvonnes wurde nicht einmal kurzzeitig unterbrochen. *Da sind wir, wo wir auch sein mögen*, sagte sie, und Augenblicke später kam Yvonnes Antwort, ein fröhlicher Gruß aus dem alten Kontinuum. Klar und deutlich, klar und deutlich. Auch in den folgenden Wochen schwächte sich das Signal nicht ab. Klar und deutlich, klar und deutlich, bis die Störungen begannen.

Der Jahres-Kapitän stellt sich den Kontakt zwischen den beiden Schwestern vor als einen Pfeil, der von Stern zu Stern zischt, als Flamme, die durch ein schimmerndes Rohr schießt, als einen Strom reiner Energie, der einen Himmels-Wellenleiter hinabrauscht. Er sieht die Vereinigung dieser beiden Gehirne als eine

Strömung reinen Lichts, die die ferne Mutterwelt mit dem Raumschiff verknüpft. Manchmal träumt er von Yvonne und Noelle, Noelle und Yvonne, und das leuchtende Band, das sich zwischen den Schwestern dehnt, erstrahlt so gleißend, daß er sich herumwirft und stöhnt und die Stirn in das Kissen drückt.

Die Störung wird stärker. Weder Noelle noch Yvonne können erklären, was geschieht; Noelle klammert sich ohne Überzeugung an ihren Vergleich mit den Sonnenflecken. Sie treten immer noch zweimal am Tag in Verbindung, aber die Belastung der beiden Schwestern nimmt immer mehr zu, denn jeder Satz muß zwei- oder dreimal wiederholt werden, und ganze Wortblöcke gelangen überhaupt nicht ans Ziel. Noelle ist mager geworden und sieht eingefallen aus. Das Go-Spiel erfrischt sie oder lenkt sie wenigstens von diesem Versagen ihrer Fähigkeiten ab. Sie ist eine Meisterin des Spiels geworden und läßt sogar Roy einen Vorsprung von zwei Steinen; obwohl sie gelegentlich verliert, spielt sie stets außerordentlich gut und zeigt erstaunliche Originalität in Entwurf und Ablauf. Wenn sie nicht am Spieltisch sitzt, neigt sie dazu, distanziert und abwesend zu sein. Sie ist in jeder Hinsicht eine schwerer faßbare Person als vor dem Eintritt dieser Kommunikationskrise.

Noelle träumt, daß ihre Blindheit von ihr genommen ist. Plötzlich ist sie von Licht umgeben, und sie öffnet die Augen, setzt sich auf, schaut sich staunend und ehrfürchtig um und sagt zu sich selbst: Das ist ein Tisch, das ist ein Stuhl, so sehen meine Statuetten aus, so sieht mein Seeigel aus. Sie ist verblüfft von der Schönheit aller Dinge in ihrem Raum. Sie steht auf, tritt vor, zuerst schwankend, dann Haltung und Gleichgewicht auf wunderbare Weise findend; sie lernt auf diese neue Weise zu gehen, die Lage der Dinge nicht nach ihren Echos und den Luftströmungen zu beurteilen, sondern, indem sie ihre Augen gebraucht. Informationen überfluten sie. Sie geht durch das Schiff und entdeckt die Gesichter ihrer Schiffsgenossen. Du bist Roy, du bist Sylvia, du bist Heinz, du bist der Jahres-Kapitän. Sie sehen erstaunlicherweise fast genauso aus, wie sie sich sie vorgestellt hat: Roy beleibt und mit gerötetem Gesicht, Sylvia zerbrechlich, der Jahres-Kapitän hager und verbissen, Heinz so, Elliot so, jeder den Erwartungen entsprechend. Jeder wunderschön. Sie tritt ans Fenster, von dem die anderen alle reden, und schaut hinaus ins berühmte Grau. Ja, ja, es ist, wie sie sagen:

ein Kosmos der Wunder, ein Zauber komplexer pulsierender Töne, Stufe um Stufe irisierender Kräuselungen, die zum Rand des grenzenlosen Universums hinauslaufen. Eine Stunde lang steht sie vor diesem dichten Ausbruch rieselnder Energieströme, überläßt sich ihm und nimmt ihn in sich auf, und dann, und dann, gerade als der letzte Augenblick der Offenbarung sie überkommt, erkennt sie, daß etwas nicht in Ordnung ist. Yvonne ist nicht bei ihr. Sie greift hinaus und erreicht Yvonne nicht. Sie hat ihre Kraft auf irgendeine Weise für die Gabe des Sehens getauscht. Yvonne? Yvonne? Alles ist still. Wo ist Yvonne? Yvonne ist nicht bei ihr. Das ist nur ein Traum, sagt sich Noelle, und ich werde bald wach sein. Aber sie kann nicht erwachen. In ihrer Angst schreit sie auf. »Es ist gut«, flüstert Yvonne. »Ich bin hier, Liebes. Ich bin hier, ich bin hier, wie immer.« Ja. Noelle spürt die Nähe. Zitternd umarmt sie ihre Schwester. Sieht sie an. Yvonne! Ich kann sehen, Yvonne! Ich kann sehen! Noelle erkennt, daß sie in ihrer ersten Verzücktheit ganz vergessen hat, sich selbst zu betrachten, obwohl sie umhergestürzt ist, um alles andere zu sehen. Spiegel haben nie zu ihrer Welt gehört. Sie sieht Yvonne an, was so ist, als betrachte sie sich selbst, und Yvonne ist schön, ihr Haar schwarz und schimmernd und seidig, ihr Gesicht blaß und glatt, ihre Züge fein gezeichnet, ihre Augen – ihre blinden Augen – lebendig und funkelnd. Noelle sagt Yvonne, wie schön sie ist, und Yvonne nickt, und sie lachen und umarmen einander und weinen vor Freude und Liebe, und Noelle erwacht, und die Welt rings um sie ist dunkel.

»Ich muß den neuen Bericht senden«, sagt der Jahres-Kapitän müde. »Wollen Sie es noch einmal versuchen?«

»Selbstverständlich.« Sie lächelt mild. »Sprechen Sie nicht einmal andeutungsweise vom Aufgeben, Jahres-Kapitän. Es *muß* einfach einen Weg geben, diese Störungen zu umgehen.«

»Ganz gewiß«, sagt er. Er raschelt ruhelos mit seinen Papieren. »Okay, Noelle. Also. Einhundertachtzehnter Tag. Geschwindigkeit...«

»Lassen Sie mir noch einen Augenblick Zeit«, sagt Noelle.

Er verstummt. Sie schließt die Augen und versetzt sich in den Übertragungszustand. Sie ist sich, wie stets, Yvonnes Gegenwart bewußt. Selbst wenn keine konkreten Informationen zwischen ihnen hin- und herfließen, besteht fortwährender Kontakt auf einer tieferen Ebene, bleibt das Gefühl, daß die andere nah ist, dieses warme Bewußtsein körpereigener Reize, wie man es bei den eigenen Armen oder Beinen oder Lippen hat. Aber zwischen dieser ungreifbaren, unterschwelligen Verbindung und der konkreten Übertragung bestimmter Inhalte liegen mehrere wichtige Schritte. Yvonne und Noelle sind menschliche, biopsychische Resonanzkörper, die ein weitreichendes Nachrichtennetz darstellen; wie bei allen Sende- und Empfangsgeräten müssen sie eingestellt werden. Noelle öffnet sich dem Strahlungsenergie-Spektrum, vibrierend, pulsierend, das ihre Botschaft zu ihrer erdgebundenen Schwester trägt. Als der Sendeschaltkreis in diesem Wechselspiel muß sie diejenige sein, die maximalen Energiefluß erreicht. Schnell und instinktiv aktiviert sie ihre eigenen Energiezentren, das im Rückgrat, das in der Magengrube, das an der Schädeldecke; Energie strömt von ihr aus und überspannt augenblicklich die Galaxis. Aber heute gibt es einen sonderbaren und störenden Spritzeffekt: Sie überwacht den Stromkreis und erkennt sofort, daß das Signal Yvonne nicht erreicht hat. Yvonne ist da, Yvonne ist eingestimmt und bereit, aber irgend etwas blockiert den Kanal, und nichts dringt durch, nicht eine einzige Silbe.

»Die Störung ist stärker denn je«, sagte sie zum Jahres-Kapitän. »Ich habe ein Gefühl, als könnte ich hinausgreifen und Yvonne *berühren.* Aber sie empfängt mich nicht, und von ihr gelangt nichts zu mir.« Mit einer schwachen Bewegung der Schultern verändert Noelle die Sendefrequenz; sie fühlt eine entsprechende Anpassung bei Yvonne, aber wieder wird die Verbindung vereitelt, wieder ist alles blockiert. Ihr Signal geht hinaus und wird aufgesaugt von – wovon? Wie kann so etwas sein?

Sie unternimmt eine gewaltige Anstrengung, um die Sendeleistung zu erhöhen. Sie wendet sich dem Nervenzentrum in ihrer Wirbelsäule zu, erregt seine Energien, benützt sie, um das nächste Zentrum in einen stärkeren Vibrationszustand zu versetzen, gebraucht dessen Kraft, um das höchste Zentrum von allen bis zu seiner äußersten zusammenfassenden Leistungsfähigkeit zu steigern. Sie streift auf den Energiebändern auf und ab. Nichts. Nichts. Sie fröstelt; sie kauert sich zusammen; sie ist von der Belastung körperlich wie ausgelaugt.

»Ich komme nicht durch«, murmelt sie. »Sie ist da, ich kann sie spüren, ich weiß, daß sie sich bemüht, mich zu verstehen. Aber ich kann keine verständliche, zusammenhängende Botschaft weitergeben.«

*

Fast siebzehn Lichtjahre von der Erde entfernt, und der einzige Kanal der Verständigung ist blockiert. Der Jahres-Kapitän wird überwältigt von eisigem Entsetzen. Das Schiff, das autarke, unabhängige Schiff, ist zu einer bloßen Mücke geworden, die von einem Orkan herumgewirbelt wird. Die Reisenden werden blindlings hineingeschleudert in die Tiefen eines unbekannten Universums, allein, allein, allein. Er war so selbstzufrieden in seiner Meinung, keine Verbindung zur Erde zu brauchen, daß er nun, wo die Verbindung dahin ist, schaudert und sich duckt. Alles ist umgeformt. Es gibt keine Regeln mehr. So weit von zu Hause sind noch keine Menschen gewesen. Er preßt sich an die Sichtscheibe, und das berühmte Grau direkt dahinter verspottet ihn wirbelnd und strudelnd mit seiner Ungeheuerlichkeit. Spring hinein in mich, ruft es, spring, spring, verlier dich in mir, ertrink in mir.

Hinter ihm ein leiser Schritt. Noelle. Sie berührt seine verkrampften Schultern.

»Es ist gut«, flüstert sie. »Sie übertreiben. Machen Sie keine solche Tragödie daraus.« Aber es ist eine. Ihre Tragödie mehr als die aller anderen, ihre und die von Yvonne. Aber auch die seine, die von allen. Abgeschnitten. Verloren in einem nebligen Schweigen.

Unten im Salon singen die Leute. Grölende Stimmen. Elliot, Tschiang, Leon.

›Der fliegende Dan war ein Raumfahrermann,
er sprang in das Nicht-Raum-Rohr.‹

Der Jahres-Kapitän fährt herum, packt Noelle, reißt sie an sich. Fühlt, wie sie zittert. Tröstet sie, während noch einen Augenblick zuvor sie ihn getröstet hat. »Ja, ja, ja«, murmelt er. Den Arm um ihre Schultern gelegt, dreht er sich, so daß sie beide vor der Sichtscheibe stehen. So, als könnte sie sehen. Der Nicht-Raum tanzt und rotiert Zentimeter vor seiner Nase. Er spürt, wie ein heißer Wind durch das Schiff weht, der Chamsin, der Schirokko, der Samum, der Leveche, ein schwüler Wind, ein tödlicher Wind aus der grauen Fremdheit, und er zwingt sich dazu, diesen Wind nicht zu fürchten. Es ist ein Wind des Lebens, sagt er sich, ein Wind der Freude, ein kühler, duftender Wind, der Mistral, der Tramontana. Warum soll er glauben, im Reich jenseits der Sichtscheibe gebe es etwas zu fürchten? Wie schön es dort draußen ist, wie unfaßbar schön! Wie traurig, daß wir nie jemandem davon erzählen können, jetzt nicht mehr, außer einander. Unerwartet senkt sich ein sonderbarer Frieden über ihn. Alles wird gut werden, meint er beharrlich. Aus dem, was geschehen ist, wird nichts Böses kommen. Vielleicht etwas Gutes. Vielleicht etwas Gutes. Gutes kommt oft aus dem Schwärzesten.

Sie spielt Go wie besessen und schlägt alle. Sie scheint zwanzig Stunden am Tag im Salon zu leben. Manchmal nimmt sie es mit zwei Gegnern gleichzeitig auf – eine unglaubliche Leistung, wenn man bedenkt, daß sie die sich ständig wandelnden, komplexen Stellungen beider Bretter im Gedächtnis behalten muß – und schlägt sie beide: zwei Tage, nachdem sie die Sprechverbindung mit Yvonne verloren hat, triumphiert sie vor dreißig Zuschauern über Roy und Heinz gleichzeitig. Sie wirkt angeregt und heiter; das Leid, das sie beim Abreißen der Verbindung empfinden muß, verbirgt sie sorgfältig. Sie drückt es, vermuten die anderen, nur durch ihr manisches Go-Spiel aus. Der Jahres-Kapitän ist einer ihrer häufigsten Gegner und setzt sich in der Zeit ans Brett, in der er sonst die Mitteilungen an die Erde formuliert und diktiert hätte. Er hatte gedacht, das Go-Spiel sei für ihn seit Jahren erledigt, aber auch er spielt jetzt wie besessen, baut Mauern und die unangreifbaren Festungen, die ›Augen‹ genannt werden. Der rhythmisch klackende Marsch der schwarzen und weißen Steine bringt Beruhigung. Noelle gewinnt jedes Spiel gegen ihn. Sie bedeckt das Brett mit Augen.

Wer kann die Störung erklären? Niemand glaubt, daß das Problem die Funktion von etwas so Naheliegendem wie der Entfernung ist. Noelle hat in dieser Hinsicht ganz zu überzeugen vermocht: ein Signal, das die ersten sechzehn Lichtjahre einer Reise perfekt übertragen wird, sollte sich nicht plötzlich abschwächen können. Es hätte zumindest schon vorher Zeichen eines Nachlassens geben müssen, und ein Nachlassen trat nicht ein, nur Geräusche, die das Signal störten und schließlich zerstörten. Irgendeine Kraft wirkt zwischen den beiden Schwestern störend ein. Aber was kann es sein? Der Gedanke, daß es sich um eine physische Wirkung, ähnlich der Sonnenfleckenstörungen handelt, daß sie die Folge von Strahlung eines Riesensterns sei, in dessen Nähe sie sich seit einiger Zeit befinden, muß schließlich aufgegeben werden. Zwischen dem Real-Raum und dem Nicht-Raum gibt es keine Energie-Grenzfläche, keine Gelegenheit für irgendein elektromagnetisches Eindringen. Soviel war zur Genüge bewiesen, lange, bevor man bemannte Flüge unternommen hat. Das Nicht-Raum-Rohr ist eine undurchdringliche Wand. Nichts, das Masse oder Ladung besitzt, kann die Barriere zwischen dem Universum anerkannter Erscheinungen und dem Kokon aus Nichts überspringen, den der Antriebsmechanismus des Schiffes um sie gesponnen hat, noch kann ein Photon hinübergelangen, noch auch ein glitschiges Neutrino.

Viele Spekulationen beschäftigen die Reisenden. Die eine Kraft, die das Hindernis überwinden *kann*, betont Roy, sei das Denken: ungreifbar, unmeßbar, grenzenlos. Wie, wenn der Sektor des Real-Raums, der diesem Bereich des Nicht-Raums entspricht, von Wesen mit ungeheuren telepathischen Kräften bewohnt wird, deren Sendungen, über eine Sphäre mit einem Radius von vielen Lichtjahren hinausflutend, die Barriere ebenso leicht durchdringen können wie die von Yvonne? Die fremden geistigen Emanationen, meint Roy, überlagern das Signal von der Erde.

Heinz erweitert diese Theorie auf eine andere Möglichkeit: daß die Störung von Bewohnern des Nicht-Raums verursacht wird. Darin verbirgt sich ein scheinbares Paradoxon, weil mathematisch bewiesen ist, daß das Nicht-Raum-Rohr abgesehen von dem Schiff, das hindurchfliegt, gänzlich frei von Materie sein muß, sonst würde ein mit Überlichtgeschwindigkeit fliegender Körper zerstörerische Schwingungen erzeugen, sobald seine Masse die Unendlichkeit erreicht. Aber vielleicht sind die Gleichungen nicht vollständig begriffen worden. Heinz stellt sich gigantische unkörperliche Wesen vor, so groß wie Asteroiden, wie Planeten, Massen aus reiner Energie oder sogar reiner geistiger Kraft, die frei durch das Rohr schweben. Diese Wesen können der Ursprung biopsychischer Ausstrahlungen sein, die den Kontakt zwischen Noelle und Yvonne unterbrechen oder sich vielleicht sogar von dem *nähren*, was die Schwestern an geistiger Kraft abgeben, unterstellt Heinz. ›Engel‹, nennt er sie. Es ist ein unwahrscheinlicher, aber eindrucksvoller Gedanke, der mehrere Tage lang alle fasziniert. Ob die ›Engel‹ innerhalb des Rohrs leben, wie Heinz meint, oder auf einer Welt knapp außerhalb davon, wie Roy es sich vorstellt, ist im Augenblick unwichtig; man ist an Bord übereinstimmend der Meinung, daß die Störung das Werk einer fremden Intelligenz ist, und das erweckt in allen Staunen.

Was tun? Leon, der Roys Hypothese zuneigt, schlägt vor, daß sie den Nicht-Raum sofort verlassen und die Welt oder Welten suchen, wo die ›Engel‹ wohnen. Der Jahres-Kapitän widerspricht und verweist darauf, daß der Reiseplan von ihnen verlangt, eine Entfernung von hundert Lichtjahren von der Erde zu erreichen, bevor sie ihre Suche nach bewohnbaren Planeten beginnen. Roy und Leon argumentieren, der Plan sei lediglich eine Leitlinie, willkürlich aufgestellt, keine Heilige Schrift; sie haben das Recht, davon abzuweichen, wenn ein dringender Anlaß es verlangt. Heinz, der den Jahres-Kapitän unterstützt, erklärt, es bestehe keine Notwendigkeit, den Nicht-Raum zu verlassen, gleichgültig, woher die fremden Ausstrahlungen kämen; wenn die Gedanken dieser Wesen von außerhalb des Rohrs hereingelangen könnten, dann müßten Noelles Gedanken ganz gewiß zu ihnen hinausgelangen, und man könne eine Verbindung herstellen, ohne vom Plan abweichen zu müssen. Wenn die Störung das Werk von Wesen sei, die sich mit ihnen im Rohr befänden, und die Reisenden sie außerhalb davon erfolglos suchten, mochte es unmöglich sein, sie wiederzufinden, sobald das Schiff in den Nicht-Raum zurückgekehrt sei. Diese Ansicht erscheint vernünftig, und man stellt Noelle die Frage: Können Sie versuchen, einen Dialog mit diesen Wesen zu eröffnen?

Sie lacht.

»Ich garantiere für nichts. Ich habe noch nie versucht, mit Engeln zu reden. Aber ich will es versuchen, Freunde. Ich will es versuchen.«

Schwarz (Jahres-Kapitän)	*Weiß* (Noelle)
R 16	Q 4
C 4	E 3
D 17	D 15
E 16	K 17
O 17	E 15
H 17	M 17
R 6	Q 6
Q 7	P 6
R 5	R 4
D 6	C 11
K 3	H 3
N 4	O 4
N 3	O 3
R 10	C 8
O 15...	M 15...

Schwarz bleibt bis zum Zug 89 in der Offensive. Dann bricht Weiß durch die schwachen Nordsteine und umschließt ein großes Zentralgebiet. Schwarz vermag nicht entsprechend zu antworten, und Weiß baut eine Kette von Steinen auf der 19. Linie auf. Bei Zug 141 unternimmt Schwarz einen aussichtslosen Angriff, der von Weiß im weißen Gebiet leicht unterdrückt wird. Das Spiel endet bei Zug 169, als Schwarz vor der Katze-im-Korb-Falle steht, durch die es während es einen Stein schlägt, eine ganze Gruppe verlieren wird.
Ergebnis: Weiß 81, Schwarz 62.

*

Sie hat so etwas noch nie gemacht. Es scheint beinahe ein Akt der Treulosigkeit zu sein, sich für etwas oder jemand zu öffnen, der nicht Yvonne ist. Aber es muß sein. Sie streckt einen dünnen Gedankenfühler hinaus, der wie ein Quecksilberrinnsal zu sondieren beginnt. Durch die Schiffswand, in das Grau ringsum, hinauf, hinaus, zu, zu –

– Engeln? –

Engel. Oh. Glanz. Kraft. Magnetismus. Ja. Bewußtwerden einer stürmischen, wirbelnden Masse konzentrierter Energie ganz in der Nähe. Einer Masse in Bewegung, die das Gefüge des Kosmos auf ungeheure Weise beansprucht: der Engel hat ein Drehmoment. Er rotiert schwerfällig um seine kolossale Achse. Wer hätte gedacht, daß ein Engel so riesig sein kann? Noelle ist bedrückt von dem sich verschiebenden Gewicht, das langsam seinen schweren Achsenschwung vollführt. Sie kommt näher. Oh. Sie ist geblendet. *Zuviel Licht! Zuviel Macht!* Sie weicht zurück, überwältigt von der unfaßbaren Ausstrahlung des anderen Wesens. So ein machtvoller Geist: Sie kommt sich zwergenhaft dagegen vor. Wenn sie es mit ihrem Geist berührt, wird sie vernichtet werden. Sie muß die Öffnung hinuntersteigen, eine Art Transformator erzeugen, um sich gegen die volle Heftigkeit der Energie abzuschirmen, die von dort kommt. Das erfordert Zeit und Disziplin. Sie arbeitet beharrlich, paßt sich an, meistert neue Techniken, entdeckt Fähigkeiten in sich, von denen sie nichts geahnt hat. Und nun. Ja. Versuch es noch einmal. Langsam, langsam, langsam, mit äußerster Vorsicht. Hinaus geht der Fühler.

Ja.

Nähert sich dem Engel.

Siehst du? Hier bin ich. Noelle. Noelle. Noelle. Ich komme zu dir in Liebe und Angst. Berühr mich sanft. Berühr mich nur –

Nur eine Berührung –

Berührung –

Oh. Oh.

Ich sehe dich. Das Licht – Kristallauge – Lavafontänen – oh, das Licht – dein Licht – ich sehe – ich sehe –

Oh, wie ein Gott –

– und Semele wollte Zeus in seiner ganzen Pracht sehen, und Zeus hätte sie entmutigt; aber Semele bestand darauf, und Zeus, der sie liebte, konnte es ihr nicht verweigern; und so kam Zeus in voller Majestät über sie, und Semele wurde von seiner Pracht ver-

zehrt, so daß nur ihre Asche blieb, aber der Sohn, den sie von Zeus empfangen hatte, der junge Dionysos, wurde nicht vernichtet, und Zeus rettete Dionysos und nahm ihn mit fort, in seinem Schenkel verwahrt, brachte ihn danach hervor und verlieh ihm Göttlichkeit –

– o Gott, ich bin Semele –

Sie zieht sich wieder zurück. Ruht, sammelt ihre Kräft neu. Die Gewalt dieses Wesens ist erschreckend. Aber es gibt Wege, sich gegen die Vernichtung abzuschirmen, das Überfließen der Energie zu verhindern. Sie will es noch einmal versuchen. Sie weiß, daß sie an der Schwelle zu Wundern steht. Jetzt. Jetzt. Der fragende Geist greift hinaus.

Ich bin Noelle. Ich komme in Liebe zu dir, Engel.

Kontakt.

Das Universum brennt. Stöße wilden silbernen Lichts schießen durch die Metallkuppel des Himmels. Worte werden zu Asche. Wände schmoren und gehen in Flammen auf. Es besteht Kontakt. Eine tanzende Sonnenfackel – ein Strom flüssigen Feuers – eine Sturzflut gleißender Strahlung, unwiderstehlich, unerträglich, in sie hineinfließend, sie überschwemmend, sie durchdringend. Überall Licht.

– *Semele.*

Der Engel lächelt, und sie erbebt. *Öffne dich mir,* ruft die ungeheure, schallende Stimme, und sie öffnet sich, und die Kraft dringt ganz ein und durchflutet bei ihr

Sehnervenkreuzung
Sylvische Furche Thalamus
Medulla oblongata Hypothalamus
limbisches System
Retikularsystem
Pons varolii
Balken Gürtelfurche
Cuneus Orbitalwindungen
Gürtelwindung Schwanzkern

– G r o ß h i r n ! –

Vormauer Deckel
Putamen Fornix
Glomus chloroidus Lemniscus medialis

– M i t t e l h i r n ! –
Dura mater
Sinus duralis
Spinnwebenhaut
Arachnoidalraum
Pia Mater

Kleinhirn
Kleinhirn
Kleinhirn

Sie ist seit Tagen in einem Koma, im Delirium. Sorgenvoll, angstvoll, hält der Jahres-Kapitän düster an ihrem Bett Wache. Manchmal scheint sie zum Bewußtsein emporzuschweben; verstehbare Worte, sogar ganze Sätze, lösen sich verträumt von ihren Lippen. Sie spricht von Licht, von einem gleißenden, unerträglichen weißen Glanz, von Energiebogen, von heftigen Sonneneruptionen. Ein Stern hält mich, murmelt sie. Sie erzählt ihm, daß sie sich mit einem Stern unterhält. Wie poetisch, denkt der Jahres-Kapitän: was für eine wunderschöne Metapher. Mit einem Stern sprechen. Aber wo ist sie, was geschieht mit ihr? Ihr Gesicht ist stark gerötet; ihre Augen rollen hin und her, zucken unter den geschlossenen Lidern wie gefangene Fische. Geist an Geist, flüstert sie, der Stern und ich, Geist an Geist. Sie beginnt zu summen – ein vervöser, heulender Laut, der fast bis zur Unhörbarkeit ansteigt, ein hohes Heulen. Es schmerzt ihn, es zu hören: harte Schallstrahlung. Dann verstummt sie.

Ihr Körper wird steif. Eine Art Krampf? Nein. Sie erwacht. Er sieht Lichtblitze der Wahrnehmung durch ihre zuckende Muskulatur schießen: der galvanisierte Frosch, zuckend an seinen Drähten. Ihre Lider zittern. Sie stöhnt schwach.

Sie blickt ihn an.

Der Jahres-Kapitän sagt leise: »Ihre Augen sind offen. Ich glaube, Sie können mich jetzt sehen, Noelle. Ihre Augen verfolgen mich, nicht wahr?«

»Ich kann Sie sehen, ja.« Ihre Stimme klingt zögernd, stammelnd, sonderbar für einen Augenblick, eine fremde Stimme, dann wird sie der alten ähnlicher, als sie fragt: »Wie lange war ich fort?«

»Acht Schiffstage. Wir haben uns Sorgen gemacht.«

»Sie sehen genauso aus, wie ich Sie mir vorgestellt habe«, sagt sie. »Ihr Gesicht ist hart. Aber nicht düster. Nicht feindselig.«

»Wollen Sie darüber sprechen, wo Sie gewesen sind, Noelle?«

Sie lächelt.

»Ich habe mit dem – Engel gesprochen.«

»Engel?«

»Nicht wirklich ein Engel, Jahres-Kapitän. Auch kein physisches Wesen, überhaupt keine Art fremder Gattung. Eher wie die Energiewesen, die Heinz erwähnt hat. Aber größer. Größer. Ich weiß nicht, was es war, Jahres-Kapitän.«

»Sie haben mir gesagt, Sie hätten mit einem Stern gesprochen.«

»– einem Stern!«

»In Ihrem Delirium. Das haben Sie gesagt.«

Ihre Augen funkeln vor Erregung.

»Ein Stern! Ja! Ja, Jahres-Kapitän! Ich glaube, das habe ich, ja!«

»Aber was heißt das: mit einem Stern sprechen?«

Sie lacht.

»Es heißt, mit einem Stern sprechen, Jahres-Kapitän. Eine Riesenkugel leuchtender Gase, Jahres-Kapitän, und sie hat einen Geist, sie hat Bewußtsein. Ich glaube, das war es. Jetzt bin ich sicher. Ich bin sicher!«

»Aber wie kann ein –«

Das Licht in ihren Augen erlischt plötzlich. Sie ist wieder unterwegs; sie ist nicht mehr bei ihm. Er wartet an ihrem Bett. Eine Stunde, zwei Stunden, einen halben Tag. In was für ein bizarres Reich ist sie eingedrungen? Ihre Atmung ist ein fernes, unpersönliches Summen. So fern von ihm jetzt, so fern von jedem Ort, den er begreift. Endlich zucken ihre Lider. Sie öffnet die Augen. Ihr Gesicht erscheint verwandelt. Für den Jahres-Kapitän scheint sie zum Teil immer noch in der anderen Welt außerhalb des Schiffes zu sein.

»Ja«, sagt sie. »Kein Engel, Jahres-Kapitän. Eine Sonne. Eine lebendige, intelligente Sonne.« Ihre Augen strahlen. »Eine Sonne, ein Stern, eine Sonne«, murmelt sie. »Ich habe das Bewußtsein einer Sonne berührt. Glauben Sie das, Jahres-Kapitän? Ich habe ein Netz von Sternen gefunden, die denken, die einen Geist, die Seele besitzen. Die sich verständigen. Das ganze Universum lebt.«

»Ein Stern«, sagt er dumpf. »Die Sterne sind geistbeseelt.«

»Ja.«

»Alle? Unsere eigene Sonne auch?«

»Alle. Wir sind zu der Stelle in der Galaxis gekommen, wo dieser Stern lebt, und er sendete auf meiner Wellenlänge, und seine Ausstrahlung überdeckte meine Verbindung mit Yvonne. Das war die Störung, Jahres-Kapitän. Der große Stern als Sender.«

Das Gespräch hat für ihn etwas Traumartiges angenommen. Er sagt leise: »Warum hat die Sonne der Erde Sie und Yvonne nicht überdeckt, als Sie auf der Erde waren?«

Sie zuckt die Achseln.

»Sie ist nicht alt genug. Es dauert – ich weiß nicht, Milliarden Jahre –, bis sie reif sind, bis sie senden können. Unsere Sonne ist nicht alt genug, Jahres-Kapitän. Keiner der Sterne in der Nähe der Erde ist alt genug. Aber hier draußen –«

»Stehen Sie jetzt mit ihm in Verbindung?«

»Ja. Mit ihm und vielen anderen. Und mit Yvonne.«

»Mit Yvonne auch?«

»Sie ist wieder bei mir angeschlossen. Sie ist in den Kreis aufgenommen.« Noelle macht eine Pause. »Ich kann die anderen mit hineinnehmen. Ich könnte Sie mit hineinnehmen, Jahres-Kapitän.«

»Mich?«

»Sie. Möchten Sie einen Stern mit Ihrem Geist berühren?«

»Was wird mit mir geschehen? Wird es mir schaden?«

»Hat es mir geschadet, Jahres-Kapitän?«

»Werde ich danach noch ich sein?«

»Bin ich noch ich, Jahres-Kapitän?«

»Ich habe Angst.«

»Öffnen Sie sich mir. Versuchen Sie es. Sehen Sie, was geschieht.«

»Ich habe Angst.«

»Berühren Sie einen Stern, Jahres-Kapitän.«

Er legt seine Hand auf die ihre.

»Also gut«, sagt er, und aus seiner Seele wird ein Solarium.

Danach, während die Sonnenimpulse noch in den Spiegeln seines Geistes vibrieren, während bläulich-weiße Funken in seinen Synapsen überspringen, sagt er: »Was ist mit den anderen?«

»Ich nehme sie auch mit hinein.«

Er spürt kurz ein Aufflackern von Groll. Er will die Erleuchtung nicht mit anderen teilen. Aber in dem Augenblick, in dem er seinen Groll empfindet, löscht er ihn. *Laß sie herein.*

»Nimm meine Hand«, sagt Noelle.

Sie greifen gemeinsam hinaus. Einen nach dem anderen berühren sie die Menschen im Schiff. Roy. Sylvia. Heinz. Elliot. Er spürt, wie Noelle in Gemeinschaft mit ihm sich ausdehnt, er spürt Yvonne, spürt größere Präsenzen, leuchtend, ewig. Alle sind vereinigt. Schiff-Schwester, Sternen-Schwester: alle werden eins. Der Jahres-Kapitän begreift, daß die Tage des Go-Spiels vorbei sind. Sie sind eine Person; sie sind über das Spielen hinaus.

»Und jetzt«, flüstert Noelle, »jetzt greifen wir zur Erde hinaus. Wir geben unsere Kraft an Yvonne weiter, und Yvonne –«

Yvonne zieht die sieben Milliarden auf der Erde in das Netz.

Das Schiff rast durch das Nicht-Raum-Rohr. Bald wird der Jahres-Kapitän die Suche nach einem bewohnbaren Planeten beginnen. Wenn sie einen entdecken, werden sie sich dort niederlassen. Wenn nicht, werden sie weiterfliegen, und es wird keine Rolle spielen, und das Schiff und seine sieben Milliarden Passagiere werden in Ewigkeit weiterziehen, erwärmt vom Licht der freundlichen Sterne.

Ein Meer von Gesichtern

Nennt man nicht solche auf dem Meer des Unbewußten schwimmenden Fragmente Freudsche Schiffe?

Josephine Saxton

Fallen.

Es ist dem Sterben sehr ähnlich, denke ich. Dieses Bewußtsein endlosen Stürzens, dieses Wissen vom gänzlichen Fehlen jeder Stütze. Hier oben ist alles Himmel. Dort unten ist weder Land noch Meer, nur Farbe ohne Form, so fern, daß ich die Farbe nicht einmal benennen kann. Der Kosmos ist aufgerissen, und ich stürze kopfüber, Arme und Beine wild rudernd, den grauen Stoff in meinem Schädel zu den Ohren zentrifugiert. Ich stürze wie Luzifer. *Von morgens fiel er bis zum Mittag, vom Mittag bis zum Abendtau, den ganzen Sommertag; und mit der Sonne stürzte er hinab, ein fallender Stern, tief vom Zenit.* Milton. Selbst jetzt kam mir meine humanistische Bildung gut zustatten. *Und wenn er fällt, fällt er wie Luzifer, und nie mehr kann er hoffen.* Shakespeare. Alles Teil desselben. Die ganze englische Literatur ist von einem einzigen Mann geschrieben, dessen überredende Stimme in meinem wirbelnden Kopf tickt, während ich falle. Gott gebe mir eine weiche Landung.

»Sie sieht ein bißchen aus wie du«, sagte ich zu Irene. »Wenigstens sah es für einen kurzen Augenblick so aus, als sie sich in meinem Sprechzimmer dem Fenster zuwandte, und die Sonne auf ihr Gesicht fiel. Natürlich ist das nur eine ganz oberflächliche Ähnlichkeit, eine Sache der Knochenstruktur, der Augenstellung, des Haarschnitts. Aber euer Ausdruck, euer äußerlich sichtbares inneres Selbst, sind grundverschieden. Du strahlst ungebundene gute Gesundheit und Vitalität aus, Irene, und sie rutscht so leicht ab in die klassischen schizoiden Phantasien, die Augen abwechselnd verträumt und unruhig, die Stirn blaß und schwitzig. Sie ist sehr geplagt.«

»Wie heißt sie?«

»Lowry. April Lowry.«

»Ein schöner Name, April. Jung?«

»Ungefähr dreiundzwanzig.«

»Wie traurig, Richard. Schizoid, sagst du?«

»Sie zieht sich ohne Anlaß ins Nichts zurück. Weiß der Himmel, wodurch das ausgelöst wird. Wenn es eintritt, sagt sie oft sechs oder acht Monate kein Wort. Der letzte Anfall war vor einem Jahr. Zur Zeit fühlt sie sich besser; sie ist bereit, ein wenig über sich selbst zu sprechen. Sie sagt, es sei so, als gebe es eine schwache Stelle in den Wänden ihres Gehirns, eine Öffnung, eine Falltür, einen Trichter, irgend etwas in dieser Richtung, und von Zeit zu Zeit werde ihre Seele unwiderstehlich davon angezogen und fließe hindurch und verschwinde weiß Gott wo, und von ihr bleibe nichts übrig als eine Hülle. Und früher oder später käme sie auf demselben Weg wieder zurück. Sie ist überzeugt davon, daß sie irgendwann einmal nicht mehr zurückkommen wird.«

»Kann man ihr helfen?« fragte Irene. »Was wirst du versuchen? Drogen? Hypnose? Schock? Isolieren von Sinneseindrükken?«

»Das ist alles schon versucht worden.«

»Was dann, Richard? Was wirst du tun?«

Angenommen, es gibt einen Weg. Wir wollen so tun, als gäbe es einen. Ist das eine tragbare Hypothese? Wir wollen so tun. Wir wollen einfach so tun und sehen, was dabei herauskommt.

Der ungeheure Ozean unter mir umfaßt mein ganzes Sehfeld. Seine Oberfläche ist konvex, in der Mitte hochgewölbt, an der Peripherie schwindelnd steil abstürzend; das Gefälle ist so extrem steil, daß ich mich frage, warum das Wasser nicht zu den Rändern abläuft und den Horizont ertränkt. Nicht weit unter dieser schimmernden, aufgedunsenen Oberfläche ist ein riesiges Muster von Kreuzschraffierung und gegenläufigen Strukturen sichtbar, wie ein gigantisches Wandgemälde, das knapp unter der Wasseroberfläche schwimmt. Während ich stürze, fügt sich für einen Augenblick das Muster zusammen und wird verständlich: Ich sehe das Gesicht Irenes, eine ruhige, blasse Maske, die blauen Augen fest und liebend auf mich gerichtet. Sie füllt den Ozean aus. Ihr Abbild erstreckt sich über ein Gebiet, das größer ist als jede Landmasse. Festes Kinn, kräftige, volle Lippen, zierliche, sich verjüngende Nase. Sie strahlt eine heiter-gelassene Aura inneren Friedens aus, die mich wie ein unsichtbares Netz sichert: Ich falle jetzt leicht, angenehm, die Arme ausgestreckt, das Gesicht nach unten, den ganzen Körper entspannt. Wie schön sie ist! Ich stürze weiter, und das Muster zersplittert; das Meer ist plötzlich voller metallener

Splitter und Scherben, die durch das dunkle Blaugrün wie grelles Gold schimmern; dann, als ich vielleicht tausend Meter tiefer bin, formiert sich das Muster plötzlich wieder. Erneut ein kolossales Gesicht. Ich begrüße Irenes Rückkehr, aber nein, das Gesicht ist das Gesicht von April, meiner stummen Traurigen. Ein gehetztes Gesicht, ein Gesicht voller Schatten: schwarze, entsetzte Augen, bebende Nasenflügel, eingefallene Wangen. Über der schmalen Unterlippe ist ein Schneidezahn halb sichtbar. Oh, meine arme, süße Taciturna. Nadeln widergespiegelten Sonnenlichts glitzern in ihrem ausgebreiteten, im Wasser schwimmenden Haar. Aprils Erscheinung ersetzt heitere Gelassenheit durch Turbulenz; wieder stürze ich unkontrolliert, wieder bin ich in der kosmischen Zentrifuge, der Atem wird mir vom Mund gerissen, und an meinem fallenden Körper fegt eine schreckliche Kälte vorbei. Verzweifelt ringe ich um Haltung und Gleichgewicht. Ich erringe sie endlich und blicke hinunter. Das Muster ist wieder zerfallen; wo April gewesen ist, sehe ich nur parallel verlaufende Streifen bernsteinfarbenen Lichts, verzerrt von wabernden Brechungen. Winzige weiße Punkte – Inseln, nehme ich an – sind im funkelnden Meer jetzt sichtbar.

Was für eine seltsame Ähnlichkeit manchmal zwischen April und Irene besteht!

Wie verwirrend für mich, sie zu verwechseln. Wie gefährlich für mich.

– Das ist die riskanteste Therapie, die Sie sich aussuchen konnten, Doktor Bjornstrand.

– Riskant für mich oder riskant für sie?

– Riskant für Sie wie für Ihre Patientin, würde ich sagen.

– Und was ist sonst neu?

– Sie haben mich um eine unparteiische Beurteilung gebeten, Doktor Bjornstrand. Wenn Sie meine Meinung nicht akzeptieren wollen –

– Ich schätze Ihre Meinung sehr, Erik.

– Aber Sie werden die Therapie wie geplant durchführen?

– Natürlich.

Das ist der Augenblick des Aufpralls.

Ich treffe ideal im Wasser auf und durchschneide die glänzende Oberfläche des Meeres mit chirurgischer Präzision, tauche fünfzig Meter tief, achtzig, hundert, schieße glatt durch die Haut und die darunterliegende kräftige Muskulatur des Ozeans. Sehr gut gemacht, Dr. Bjornstrand. Gute Note für die Form.

Vielleicht ist das tief genug.

Ich drehe mich, stoße mich ab, greife nach der Helligkeit über mir. Ich begreife, daß ich mich vielleicht überanstrengt habe. Meine Lunge brennt, und der Himmel, vor noch so kurzer Zeit meine Heimat, scheint entsetzlich weit weg zu sein. Aber mit kraftvollen Stößen ziehe ich mich hinauf und schnelle in die Luft wie ein störrischer Korken.

Ich treibe einen Augenblick lässig und hole Atem. Dann schaue ich mich um. Das grimmige Auge der Sonne betrachtet mich aus einer Spätvormittagshöhe. Das Meer ist warm und sanft, verführerisch wogend. Nur einige hundert Meter entfernt eine Insel: ein einladender Strand aus hellem Sand, eine Reihe schlanker Palmen dahinter. Ich schwimme darauf zu. Als ich mich dem Ufer nähere, machen die bodenlosen dunklen Tiefen einem herausragenden Unterwasser-Sandschelf Platz, und die Farbe des Meeres wandelt sich von Dunkelblau zu Hellgrün. Trotzdem dauert es länger, das Land zu erreichen, als ich erwartet habe. Vielleicht war meine Einschätzung der Entfernung zu optimistisch; trotz meiner Bemühungen scheint die Insel nicht näherzurücken. In manchen Augenblicken scheint sie sogar vor mir zurückzuweichen. Meine Arme werden schwer. Meine Schwimmstöße verlieren an Kraft. Ich keuche, ächze, spucke; hinter meiner Stirn pulsiert etwas. Aber plötzlich sehe ich direkt unter mir sonnengestreiften Sand. Meine Füße berühren den Grund. Ich wate erschöpft an Land und falle am Strand auf die Knie.

– Darf ich Sie April nennen, Miss Lowry?

– Wie Sie wollen.

– Ich glaube nicht, daß das eine sehr bedrohliche Stufe intimer Beziehungen zwischen Arzt und Patientin ist, nicht wahr?

– Kaum.

– Zucken Sie bei jeder Antwort die Achseln?

– Das ist mir noch nicht aufgefallen.

– Sie zucken die Achseln. Sie vermeiden es auch angestrengt, irgendeinen Gesichtsausdruck zu zeigen. Sie versuchen, ganz unerforschlich zu sein, April.

– Vielleicht fühle ich mich so sicherer.

– Aber wer ist der Feind?

– Darüber dürften Sie mehr wissen als ich, Doktor.

– Glauben Sie das wirklich? Ich bin hier drüben. Sie sind dort in Ihrem eigenen Kopf. Sie wissen mehr über sich, als ich je erfahren kann.

– Sie könnten ja immer noch in meinen Kopf kommen, wenn Sie das wollen.

– Würde Sie das nicht erschrecken?

– Es würde mich töten.

– Ich weiß nicht, April. Sie sind viel stärker, als Sie von sich glauben. Sie sind auch sehr schön, April. Ich weiß, das liegt neben der Sache. Aber Sie sind es.

Es ist nur eine kleine Insel. Das sehe ich daran, wie das Ufer schnell von mir wegkurvt. Ich liege ausgestreckt am Wasser, das Gesicht am Boden, ausgelaugt, die Finger in den warmen, feuchten Sand gekrallt. Die Sonne ist heiß; ich spüre, wie Hitzewellen auf meinem Rücken trommeln. Ich trage nur zerfetzte, verwaschene Jeans, ganz eng, an den Knien unordentlich abgetrennt. Mein Gürtel ist durchtränkt und rissig vom Salz, so, als sei ich tagelang im Meer getrieben, bevor ich Land erreicht hatte. Vielleicht war es so. An diesem Ort ist es schwer, ein verläßliches Zeitgefühl zu behalten.

Ich sollte aufstehen. Ich sollte erkunden.

Ja. Aufstehen jetzt. Ein bißchen schwindlig, wie? Ja. Aber ich gehe gleichmäßig den sanft ansteigenden Strand hinauf. Fünfzig Meter landeinwärts geht der Sand in sandige Erde über, locker, dünnschichtig; rundes, weißes Korallengestein stößt von unten durch. Durstiger Boden. Trotzdem, wie üppig hier alles wächst. Eine Mauer von verfilzten Ranken und Lianen. Lange, glänzende tropengrüne Blätter, glattrandig, mit großen Adern. Die zerfurchten Stämme der Palmen. Das leise Geräusch der Brandung, *fssssch, fsssch*, Hintergrund für alles andere. Wie blau das Meer ist. Wie grün der Himmel. *Fsssch.*

Ist das das Bild eines Gesichts am Himmel?

Das Gesicht einer Frau, ja. Irene? April? Die Züge sind undeutlich. Aber ich sehe es ganz klar, ja, ein paar hundert Meter über dem Wasser schwebend, wie von dem sonnengestreiften Laken hinaufprojiziert, das die Haut des Ozeans ist: ein Strahlen, ein Leuchten in der Form eines zarten Gesichts – Nasenflügel, Lippen, Brauen, Wangen, gewiß ein Gesicht, und auch nicht nur eines, denn mit der Kraft meines Blickes führe ich herbei, daß es sich spaltet und wieder spaltet, so daß eine ganze Reihe in der Luft hängt, hundert, tausend Gesichter, überall Gesichter um mich, ein Meer von Gesichtern. Sie wirken sehr ernst. *Lächelt!* Auf Befehl lächeln die Gesichter. Viel besser. Die Luft selbst wird heller von diesem Lächeln. Die Gesichter verschmelzen, verschwimmen, werden scharf, verschwimmen wieder, überlappen sich zum Teil, tanzen, schimmern, schmelzen, zerfließen. Illusionen, entstehend durch die Hitze. Töchter der Sonne. Süße Täuschungen. Ich blicke an ihnen vorbei höher, in die klaren Weiten des wolkenlosen Himmels.

Falken!

Falken, hier? Sollte ich nicht Möwen sehen? Die Vögel schwirren und stürzen hinab, dunkle Figuren am blendenden Himmel, die Schwingen ausgebreitet, Federn wie Finger. Ich sehe ihre scharfen, gekrümmten Schnäbel. Sie schnappen große Käfer aus der dampfenden Luft und schweben hoch davon, verdauend. Dann gibt es keine Vögel mehr, nur noch die Gesichter, noch immer lächelnd. Ich drehe ihnen den Rücken zu und gehe langsam durch das Unterholz, um zu sehen, was für einen Ort mir das Meer gegeben hat.

Solange ich in Ufernähe bleibe, fällt das Gehen nicht schwer; durch das dichtbewachsene Innere vorzustoßen, könnte eine andere Sache sein. Ich wende mich nach links und folge dem wasserbenagten Strand. Bevor ich hundert Schritte zurückgelegt habe, mache ich eine neue Entdeckung: die Insel schwimmt.

Ich blicke zum Meer und bemerke, daß am Horizont ein dunkles Ufer, umrandet von schwarzen, dreieckigen Bergen, liegt, ein oder zwei Tage Fahrt entfernt. Vor Minuten habe ich in dieser Richtung nur offenes Meer gesehen. Vielleicht sind die Berge erst gerade in diesem Augenblick entstanden, aber wahrscheinlicher ist, daß die sich in den Strömungen langsam drehende Insel sich erst jetzt so weit gedreht hat, daß man sie erkennt. Das muß die Antwort sein. Ich stehe lange Zeit ganz still, und es scheint mir, daß ich diese Berge jetzt aus dem einen, dann aus einem etwas anderen Winkel sehe. Wie sonst wären solche Parallaxenwirkungen zu erklären? Die Insel treibt frei umher. Sie bewegt sich, und ich bewege mich mit ihr, auf der Brust der beständigen, ungebundenen See.

Der berühmte junge amerikanische Therapeut Richard Bjornstrand begann am dritten August 1987 mit seiner experimentellen Behandlung von Miss April Lowry. Binnen fünfzehn Tagen war der Ort der Störung lokalisiert, und Dr. Bjornstrand empfahl Bewußtseinsdurchdringungs-Behandlung, eine Methode, die in den Vereinigten Staaten immer beliebter wird. Miss Lowrys Arzt war zunächst gegen den Vorschlag, weitere Konsultationen zeigten jedoch den potentiellen Wert eines solchen Vorgehens, und am neunzehnten September wurden die Eingangsprozeduren eingeleitet. Wir erwarten im Verlauf des Unternehmens weitere Berichte von Dr. Bjornstrand.

»Aber was ist, wenn du dich in sie verliebst?« fragte Leonie.

»Na und?« sagte ich. »Therapeuten verlieben sich dauernd in ihre Patientinnen. Reich hat eine seiner Patientinnen geheiratet, Fenichel auch, und Dutzende der ersten Analytiker hatten Affären mit ihren Patienten, ja, sogar Freud, bei dem es das nicht gab, hat mehrmals bemerkt –«

»Freud hat vor langer Zeit gelebt«, sagte Leonie.

Ich bin jetzt um die ganze Insel herumgegangen. Die Umrundung nahm vier Stunden in Anspruch, schätze ich, weil die Sonne fast senkrecht am Himmel stand, als ich anfing, und jetzt mehr als den halben Weg zum Horizont zurückgelegt hat. In diesen Breiten kommt der Sonnenuntergang wohl ziemlich früh, vielleicht gegen halb sieben Uhr, selbst im Sommer.

Während meiner ganzen Wanderung an diesem Nachmittag blieb die Insel auf einem geraden Kurs, eine Seite ständig der offenen See zuwendend, die andere dem dunklen Bergufer. Trotzdem ist sie weitergetrieben, denn in der Lage der Berge relativ zur Insel gibt es kleinere Schwankungen, und das Ufer selbst scheint mit der Zeit näherzurücken. (Wiewohl das eine Illusion sein mag!) Gesichter tauchen auf, verschwinden, tauchen wieder in den unteren Bereichen des Himmels auf, ohne ein vorhersehbares Schema des Ablaufs oder der Identität: April, Irene, April, Irene, Irene, April, April, Irene. Manchmal lächeln sie mich an. Manchmal tun sie es nicht. Ich glaubte, ein Zwinkern von Irene gesehen zu haben; ich schaute noch einmal hin, und das Gesicht gehörte April.

Die Insel besitzt, obwohl sie sehr klein ist, verschiedene deutlich unterscheidbare geographische Zonen. Auf der Seite, wo ich an Land gekommen bin, steht eine Reihe von Palmen eng beieinander, Krone an Krone, und hinter ihr senkt sich der Strand zum Meer. Ich habe diese Seite der Insel willkürlich *Osten* getauft. Die Westseite liegt tiefer und ist vertrocknet, die Vegetation ein verfilztes Dickicht. An der Nordseite befindet sich ein hoher Korallenkamm, platt an der Front, steil ins Wasser abfallend. Weiße Wellen klatschen unermüdlich an die abgerundeten Spitzen und Kuppeln der narbigen Korallenwand. Das Südufer der Insel besitzt Dünen, durchaus saharaähnlich, deren gelblich-rote Kämme sich beim Hinsehen geringfügig verschieben. Landeinwärts erhebt sich die Insel zu einem Gipfel etwa fünfzig Meter über dem Meer, und hier im porösen, verwitterten Kalkstein gibt es offenbar tiefe Mulden mit Regenwasser, denn die Vegetation ist vielfältig und üppig. An mehreren Stellen stoße ich kurz ins Innere vor, stehe vor einem Sumpfgebiet mit glucksendem Treibsand; an einer anderen Stelle komme ich zu einer kühlen, dunklen Waldlichtung, durchzogen von den Tunnels und Hügeln der Termiten, an einer dritten zu einem Wäldchen kleiner, früchtetragender Bäume mit weitreichenden Ästen.

Im ganzen genommen ist die Insel sehr schön. Ich werde genug zu essen und zu trinken haben, und es gibt Unterschlupf. Trotzdem sehne ich mich schon nach einem Ende der Reise. Die nackten, spitzen Berge des Festlandes rücken immer näher; eines Tages werde ich das Ufer erreichen, und meine eigentliche Arbeit kann beginnen.

Das Wesen dieser Art von Therapie ist das Risiko. Der Therapeut muß darauf vorbereitet sein, Kräften zu begegnen, die die seinen weit übertreffen, und sie mit dem Wissen anzugehen, daß sie leicht über ihn triumphieren könnten. Die Patientin dagegen muß die Erkenntnis akzeptieren, daß das Eindringen des Therapeuten in ihr Bewußtsein weitreichende Persönlichkeitsveränderungen hervorrufen kann, die nicht alle zum Besseren ausschlagen müssen.

Ein verwirrender Tag. Die Morgendämmerung war rotgefleckt von purpurnen Venen – ein gedunsener, grotesker, verletzter Himmel. Dann kam starker Wind auf; die Palmen bebten und schwankten, und große Wedel wurden abgerissen. Eine Flaute folgte. Ich fürchtete umstürzende Bäume und Sturmfluten und drang eine halbe Stunde in das Innere vor, ehe ich mich endlich in einer Art natürlichem Amphitheater aus abgestorbenen, alten Korallenschichten niederließ, einer verwitterten Mulde, die vor Jahrtausenden aus dem Meer heraufgestoßen worden war. Hier wartete ich den ganzen Vormittag. Gegen Mittag verdeckten dicke, dunkle Wolken den Himmel. Ich spürte eine Bedrohung, als sammelten unwiderstehliche Kräfte ihre Energie, wie ich manchmal empfinde, wenn ich die gespannte kleine Orchesterpassage gegen Schluß des Agnus Dei in der ›Missa solemnis‹ höre, und Augenblicke danach fegten Hagel, Regen, Graupel, Sturm, wüste Hitze, sogar Schnee auf mich herab – jegliche Art von Wetter zugleich. Ich glaubte, die Erde werde bersten und Magma auf mich herabschütten. Nach fünf Minuten war alles vorbei, jede Spur des Sturmes verschwunden. Die Wolken rissen auf; die Sonne trat heraus, sanft und unschuldig; Vögel vielerlei Gefieders segelten durch die Luft und sangen süß. Die Gesichter von Irene und April, unendlich oft wiederholt, strahlten und erloschen vor der Kulisse des Himmels. Die bergige Küste hing starr am Horizont, kam nicht näher, zog sich nicht weiter zurück, so, als hätten die Tumulte und Ausbrüche des Tages die erschreckte Insel veranlaßt, Wurzeln zu schlagen.

In der Nacht Regen, warm und dampfend. Wolken von Mükken. Ein böses, summendes Geräusch, schmierig hallend, alles durchdringend. Ich schlief endlich und wurde von einem Laut geweckt, der einem mächtigen Donnerschlag glich; im Westen sah ich langsam eine riesige, verkrümmte Sonne aufgehen.

Wir saßen auf Donalds Terrasse am Rotholztisch: Irene, Donald, Erik, Paul, Anna, Leonie und ich. Paul und Erik tranken Bourbon, wir anderen schlürften Shine, das neue Getränk, Cannabisessenz vermischt mit (glaube ich) Ingwerbier und Erdbeersirup. Wir waren high.

»Es gibt keinen Grund, weshalb wir uns nicht der neuesten technologischen Entwicklungen bedienen sollten«, sagte ich. »Da ist dieses unglückliche Mädchen, das an einer unbestimmbaren, aber verkrüppelnden psychologischen Krankheit leidet, und ich habe die Chance, in ihre Seele einzudringen und –«

»In ihre *was?*« fragte Donald.

»In ihr Bewußtsein, ihre Anima, ihren Geist, ihr Gemüt, wie immer man es nennen will.«

»Unterbrich ihn nicht«, sagte Leonie zu Donald.

Irene fragte: »Bringst du sie wenigstens zuerst zu Erik, um eine neutrale Meinung einzuholen?«

»Wie kommst du darauf, daß Erik neutral ist?« meinte Anna.

»Er versucht es zu sein«, sagte Erik kühl. »Ja, bringen Sie sie mir, Doktor Bjornstrand.«

»Ich weiß, was Sie mir sagen werden.«

»Trotzdem. Auch dann.«

»Ist das nicht schrecklich gefährlich?« fragte Leonie. »Ich meine, wenn du nun in ihr steckenbleibst, Richard?«

»Steckenbleibst?«

»Gibt es das nicht? Ich weiß ja von dem Verfahren nichts, aber –«

»Ich dringe nur in einem absolut metaphorischen Sinn in sie ein«, erklärte ich. Irene lachte. Anna fragte: »Glaubst du das wirklich?« und sah Irene listig an. Irene schüttelte nur den Kopf. »Über Richards Treue mache ich mir keine Sorgen«, sagte sie gedehnt.

Ihr Gesicht füllt heute den Himmel aus.

April. Irene. Wer sie auch sein mag. Sie verdunkelt die Sonne und erhellt den Tag mit ihrer eigenen überirdischen Strahlung.

Der Kurs der Insel ist umgekehrt worden, und jetzt treibt sie aufs Meer hinaus. Seit drei Tagen beobachte ich, wie die Berge des Festlandes kleiner werden. Offenbar haben die Strömungen gewechselt; oder vielleicht gibt es in Küstennähe Widerstandszonen, die wandernde Inseln wie die meine fernhalten sollen. Ich muß einen Weg finden, damit fertig zu werden. Ich bin überzeugt davon, daß ich für April nichts tun kann, bis ich das Festland erreiche.

Ich bin in ein stilles Gebiet geraten, wo die See ein Spiegel ist und die drückend schwüle Luft die gespiegelten Bilder in einer unendlich verwirrenden Vielfalt wiedergibt. Ich sehe jetzt kein Gesicht außer dem meinen, und ich sehe es überall. Eine Million Versionen von mir tanzt im dampfenden Dunst. Mein Gesicht ist mit Bartstoppeln übersät, und ein breiter roter Streifen Sonnenbrand führt über Nase und Backenknochen. Ich grinse, und die zahllosen Bilder grinsen mich an. Ich greife nach ihnen, und sie greifen nach mir. Kein Land ist in Sicht, keine andere Insel – nichts als diese Wand von Spiegelungen. Ich komme mir vor wie eingesperrt in einen Kasten aus poliertem Metall. Mein schimmerndes Bild überschwemmt die flammende Atmosphäre. Ich habe ein fortwährendes Erstickungsgefühl; eine schreckliche Trägheit überkommt mich; ich erflehe Orkane, Regengüsse, Umwälzungen des Meeresbodens, irgendeinen Ausbruch, der die barbarische, klaustrophobische Spannung löst.

Ist Irene meine Frau? Meine Geliebte? Meine Begleiterin? Meine Freundin? Meine Schwester?

Ich bin in Aprils Bewußtsein, und Irene ist eine Erfindung.

Ich bin auf den Gedanken gekommen, daß das eher eine Therapie für mich als für April sein könnte.

Ich habe mich darangemacht, Maschinen herzustellen, die mich zum Festland zurückbringen sollen. Diese ganze Woche habe ich mühselig Palmen gefällt, mit einer Reihe von weichen, stumpfen Handbeilen, aus toter Koralle geschlagen. Nachdem ich die Bäume zu einer vorgelagerten Stelle am Südende der Insel geschleppt hatte, verknüpfte ich sie locker mit Ranken und legte sie ins Wasser, so daß sie wie die Ruder einer Galeere auf beiden Seiten herausragten. Wenn ich an einer ungewöhnlich dicken Liane zerre, die mitten durch die ganze Konstruktion verläuft, bin ich tatsächlich in der Lage, sie wie Ruder zu betätigen, und ich habe die Hauptranke an einer außergewöhnlich dicken Palme befestigt, die sich aus dem Hauptkamm des Vorgebirges erhebt. Was ich im Grunde gebaut habe, ist eine Art Kolbenmaschine; die Strömungen, von denen die Wipfel meiner gefällten Palmen bewegt werden, vermitteln den Ranken dazwischen eine Spannung, und der Widerstand des riesigen Zentralbaumes auf den Zug der Hauptranke veranlaßt die gefällten Bäume, durch das Wasser zu streichen und die ganze Insel küstenwärts zu schieben. Durch zweckbestimmtes Handeln, sagt Goethe, rechtfertigen wir unser Dasein vor dem Angesicht Gottes.

Die ›Riemen‹ funktionieren gut. Ich bin wieder unterwegs zum Festland.

Ich bin mit großer Geschwindigkeit unterwegs zum Festland. Zu schnell, wie es scheint. Ich glaube, daß ich in eine mächtige Strömung geraten bin.

Die Strömung hat meine Insel eindeutig erfaßt, und ich werde schnell mitgerissen, ob ich will oder nicht. Ich nähere mich dem Eiland, wo Skylla wartet. Das ist gewiß Skylla: das Wesen, das unmittelbar vor mir wartet. Ein Ausweichen ist nicht möglich; die Kraft des Wassers ist unerbittlich, meine hilflosen Riemen hängen schlaff herab. Das Ungeheuer mit den vielen Hälsen sitzt ganz offen auf einem nackten Felsen, in sich zusammengerollt, wartend. Wo soll ich mich verbergen? Soll ich ins Dickicht kriechen und dort kauern, bis ich vorbei bin? Schau da: sechs Häupter, jedes mit drei Reihen spitzer Zähne, und zwölf Schlangenglieder. Ich könnte mich wohl verbergen, aber wie feige wäre das, wie nutzlos. Ich werde mich ihr zeigen. Ich stehe exponiert am Strand. Ich lausche ihrem gefürchteten Bellen. Wie kann ich mich gegen Skyllas Gebisse schützen? Irene lächelt aus den niedrigen, flauschigen Wolken. Es gibt einen Weg, scheint sie zu sagen. Ich greife nach einer Wolke und forme sie zu einem Abbild meiner selbst. Sieh: hier steht ein zweiter Bjornstrand, sonnenverbrannt, halbnackt. Ich stelle eine zweite Kopie her, eine dritte, vollständig bis zum Bart, vollständig bis zu den Hautunreinheiten. Ein Dutzend von ihnen. Passiv, leer, seelenlos. Werden sie sie täuschen? Wir werden sehen. Das Bellen wird immer heftiger. Sie ist nah. Meine Insel fegt durch die Rinne. Schlag zu, Skylla! Schlag zu! Die langen Hälse heben und senken sich, heben und senken sich. Ich höre die Schreie meiner anderen Ichs; ich sehe ihre Arme und Beine wirbeln, als sie sie packt und hochhebt. Sie verschlingt sie. Ich treibe gesichert an der gräßlichen Bestie vorbei. Aprils Gesicht, unendlich oft im blauen Gewölbe über mir vervielfältigt, lächelt. Ich habe durch diese Begegnung an Macht gewonnen. Ich brauche mich nicht mehr zu fürchten; ich bin unverwundbar geworden. Tu, was du willst, Ozean! Bring mich zu Charybdis. Ich bin bereit. Ja. Bring mich zu Charybdis.

Das Ganze, hat D. H. Lawrence geschrieben, ist eine sonderbare Ansammlung scheinbar nicht zusammenpassender Teile, die aneinander vorbeigleiten. Ich gebe ihm recht. Aber die Unvereinbarkeit ist weniger real als scheinbar, sonst gäbe es kein Ganzes.

Ich glaube, ich habe die Insel jetzt völlig unter Kontrolle. Ich kann sie nach meinen Bedürfnissen umkonstruieren, und ich habe sie in Stromlinie gebracht, schiffsförmig, spitz am Bug, breit am Heck. Meine Anhäufung gefällter Palmen ist ersetzt; jetzt peitschen biegsame Ausläufer der Insel selbst die See und treiben mich stetig auf das Festland zu. Breitblättrige Schattenbäume machen die Hitze des Tages erträglicher. Auf meinen Befehl springen Frischwasserquellen aus dem Sand, kühl und funkelnd.

Mit der Zeit dehne ich meinen Einflußbereich über die Ausdehnung der Insel hinaus aus. Ich habe innerhalb eines Riffs eine haifreie Zone geschaffen. Dort schwimme ich völlig ungefährdet, und wenn ich Hunger bekomme, ziehe ich mit den Händen willige Fische heraus.

Ich bilde aus Wolken Abbilder: April, Irene. Ich simuliere die Züge von Doktor Richard Bjornstrand am Himmel. Ich führe April und Irene zusammen, und sie verschmelzen, sie werden eine einzige Frau.

Der Küste nah. Noch ein, zwei Tage, und ich werde dort sein.

Das ist das Festland. Ich lenke meine Insel in einen weiten, halbmondförmigen Hafen, überschattet von den großen, nackten Bergen, die sich wie zugefeilte schwarze Zähne aus dem nahen Inneren erheben. Die Insel schiebt ein dickes Holskabel hinaus, das sie an ihrem Platz verankert; das Kabel als Laufplanke benützend, gehe ich an Land. Die Luft ist hier kühler. Die Vegetation ist spärlich und kakteenartig: dicke, fleischige, dornenbesetzte Fässer meist, größer als ich. Ich schlage mit einer Stange auf eines der Gewächse, und eine blaßrote Flüssigkeit rinnt heraus: Ich probiere, und das Getränk ist kühl, süßlich, ein wenig berauschend.

Der Kakteensaft ernährt mich während meines fünftägigen Marsches zum Gipfel des nächsten Berges. Nackte Sohlen klatschen auf nacktes Gestein. Hitze am Tag, Mondkälte in der Nacht; die Felsblöcke klirren nachts, wenn die Wärme sie verläßt. Hinter mir dehnt sich sie See, unendlich, stumm. Die Luft flirrt von den stirnrunzelnden Gesichtern von Frauen. Ich steige in einer Spirale langsam hinauf, ruhe mich oft aus und treibe mich weiter, bis ich endlich auf dem höchsten Grat der Kette stehe. Auf der Landseite fällt der Berg steil ab in ein gequältes, unregelmäßiges Tal, übersät mit Steinblöcken und eisig, durchzuckt von glitzernden weißen Seen gleich so vielen Narben. Dahinter eine Zone niedriger, brustförmiger Hügel, dicht bewaldet, hinabführend in ein zentrales Tiefland, aus dem sich eine pulsierende Lichtfontäne erhebt – gezackte, irisierende Blitze aus Blau und Gold und Grün und Rot, die in die Luft schießen, verblassen und verschwinden. Ich wage nicht, mich der Fontäne zu nähern; ich weiß, daß ich in ihrem Flammenglanz verzehrt werde, denn dort hat das Wesen Aprils sein Lager, der barbarische Seelenkern, der nie von einem anderen betreten werden darf.

Ich wende mich meerwärts und schaue nach links, die Küste entlang. Zuerst sehe ich nichts Besonderes: eine Reihe bogenförmig gezackter Buchten, einige Streifen sandiger Strand, eine weiße Brandungslinie, ein Schwarm dunkler Vögel im Flug. Aber dann entdecke ich weit vorne an der Küste etwas Bemerkenswerteres: Zwei lange, schmale Vorgebirge recken sich vom Festland wie gekrümmte Finger hinaus, Daumen und Zeigefinger, aufeinander zurückend, und in dem weiten Golf zwischen ihnen brodelt die See wild, als koche sie. Im Wirbel der Unruhe herrscht jedoch Ruhe. Da! Da ist Charybdis! Der Mahlstrom!

Ich würde Tage brauchen, ihn über Land zu erreichen. Der Seeweg ist schneller. Die Hänge hinabeilend, kehre ich zu meiner Insel zurück und durchtrenne das Kabel, das sie mit dem Ufer verbindet. Auf perverse Weise wächst es wieder nach. Ein bösartiger Einfluß negiert meine Macht. Ich trenne; das Kabel schließt sich wieder zusammen. Ich trenne; es vereinigt sich. Wieder, wieder, wieder. Aufgebracht verursache ich einen Riß durch die Insel von einem Rand zum anderen, wo mein Kabel verwurzelt ist; das ganze Segment um diesen Anker löst sich und bleibt zurück im Hafen, während der Rest der Insel auf das offene Meer hinaustreibt.

Warte. Der Prozeß der Spaltung setzt sich aus Eigenem fort. Die Insel kalbt wie ein Gletscher, zerfällt, und riesige Bruchstücke treiben davon. Ich springe verzweifelt über gähnende Schlünde, halte mich immer auf dem größten Sektor, mühe mich, mein schwimmendes Heim neu aufzubauen, bis ich begreife, daß nichts Wesentliches von der Insel bleibt, nur ein ständig schrumpfendes Floß aus Korallengestein, das sich halbiert und wieder halbiert. Meine Insel hat jetzt nicht mehr als zehn Quadratmeter. Fünf. Weniger als fünf. Verschwunden.

Das Meer habe ich immer gefürchtet. Diese große, umgestülpte Schüssel kalten Wassers, hallend von dröhnenden, salzigen Geräuschen, überschwemmt von dunklen, gummiartigen Gewächsen, bewohnt von bissigen Ungeheuern – sie plagte meinen Geist, saugte mich aus, füllte sich mit mir. Natürlich war es die nördliche See, die ich kannte und haßte, den stumpfen, schmutzigen Atlantik, schmierig an der Küste von Massachusetts leckend. Eine schwarze, felsige Küste, undurchdringliche Rätsel des Wassers, eine Linie von Morgenwrackgut, das die sandigen kleinen Buchten verseuchte, zahllose Krebse und kleinere Schalentiere überall. Beim Schwimmen stellte ich mir unfreundliche Seeungeheuer vor, die an meinen baumelnden Beinen herumstupsten. Ich blickte angewidert auf das unsichtbare, schimmernde Gewirr von Planktoniten mit behaarten Scheren, dieser Fantasia fasriger Fäden und knackender Fühler. Und am meisten fürchtete ich die langsamen, trägen Bewegungen des Kraken, der lässig seine riesigen Tentakel zu den Booten an der Oberfläche hinaufschweben läßt. Und ich treibe hier auf der Brust der See. Aprils Gesicht am Himmel zeigt ein Lächeln. Das Gesicht Irenes verzieht sich zu einem Zwinkern.

Ich werde vom Mahlstrom angezogen. Schwimmen ist unnötig; das Wasser trägt mich zielbewußt darauf zu. Trotzdem schwimme ich, Zug um Zug, ohne der Kraft der See nachzugeben. Das erste Vorgebirge taucht auf. Ich schwimme um so energischer. Ich erlaube dem Strudel nicht, mich zu packen; ich muß mich ihm freiwillig überlassen.

Jetzt drehe ich mich in den äußeren Windungen der Charybdis immer wieder um mich selbst. Das ist der Ort, durch den der Geist abgesaugt wird: Ich kann Aprils Gesicht wie eine leere Plastikmaske sehen, schwebend, hinabgezogen, mit dem Kinn voraus verschwindend durch das Loch des Strudels, wieder auftauchend, wieder untertauchend, ein unendlicher Zyklus von Ertrinken und Verschwinden und Auftauchen und Neubelebung. Ich muß ihr folgen.

Sinnlos, hier schwimmen zu wollen. Man kann nur seine Arme und Beine an den Körper pressen und nachgeben, während man durch eine Stufe des Mahlstroms nach der anderen hinabgeschwemmt wird, bis man das Herz des Strudels erreicht, und dann – *swuusch* – das letzte Stürzen. Jetzt falle ich. Es dauert ewig. *Von morgens fiel er bis zu Mittag, vom Mittag bis zum Abendtau.* Ich schieße hinab durch das hohle Herz des Wirbels, von einer ungeheuerlichen Saugkraft gepackt, bis ich plötzlich in eine dunkle Region kalten, stillen Wassers gelange: tief unter der Oberfläche des Meeres. Meine Lunge schmerzt; mein Brustkorb, über einem Klumpen heißer, verbrauchter Luft gedehnt, feuert wütende Proteste in meine Achselhöhlen. Ich gleite die glatte, vertikale Fassade eines Unterwasserberges hinab. Meine Füße finden Halt auf einem Sims; ich taste mich weiter und erreiche endlich die Öffnung einer Höhle, in scharfem Winkel gegen die senkrechte Felswand geneigt. Ich kippe hinein.

Drinnen finde ich einen mit Luft gefüllten Raum, muffig, glitschig, von einem unerklärlichen inneren Leuchten erhellt. Dort ist April, an die Rückwand der Höhle gekauert. Sie ist nackt und fröstelt, mürrisch, das Haar in feuchten Strähnen an die blasse Säule ihres Halses geklebt.

Sie sieht mich, steht auf, tritt aber nicht auf mich zu. Ihre Brüste sind klein, ihre Hüften schmal, ihre Schenkel mager: der Körper eines Kindes.

Ich strecke eine Hand nach ihr aus.

»Komm. Schwimmen wir gemeinsam hinaus, April.«

»Nein. Es geht nicht. Ich ertrinke.«

»Ich bin bei dir.«

»Trotzdem«, sagt sie. »Ich werde ertrinken, ich weiß es.«

»Was willst du dann tun? Einfach hierbleiben?«

»Vorerst.«

»Bis wann?«

»Bis es ungefährlich ist, herauszukommen«, sagt sie.

»Wann wird das sein?«

»Ich werde es wissen.«

»Ich warte zusammen mit dir. Ist dir das recht?«

Ich dränge sie nicht. Endlich sagt sie: »Gehen wir.«

Diesmal bin ich derjenige, der zögert, zu meiner eigenen Überraschung. Es ist, als hätte in der Höhle ein Kraftaustausch stattgefunden, und ich sei geschwächt worden. Ich weiche zurück, aber sie ergreift meine Hand und führt mich entschlossen zur Öffnung der Höhle. Ich sehe draußen das Wasser wirbeln, in Schach gehalten, weil es keine Möglichkeit hat, die Luftblase fortzudrücken, die unsere Höhle in der Bergwand füllt.

April beginnt den glitschigen Gang hinunterzurutschen, der uns aus der Höhle führt. Sie ist erregt, strahlend, funkelnde Augen, wogende Brust.

»Komm«, sagt sie. »Jetzt! *Jetzt!*«

Wir springen beide aus der Höhle.

Das Wasser hämmert auf mir herum. Ich ringe nach Luft, ersticke halb, werde herumgeschleudert. Der Druck ist unfaßbar. Meine Trommelfelle kreischen schrille Klagen. Wassersäulen stoßen in meine Nasenlöcher. Ich fühle, wie der Strudel hoch über mir tobt. Vor Entsetzen drehe ich mich um und versuche in die Höhle zurückzuklettern, aber sie nimmt mich nicht an, ich pralle ohnmächtig gegen einen Luftschild und lasse mich vom Wasser verschlingen. Ich beginne zu ertrinken, glaube ich. Meine Augen liefern keine Bilder. Dumpf nehme ich wahr, daß April an mir zerrt, mich packt und hinaufzieht. Was will sie tun, von unten durch den Strudel schwimmen? Alles ist Dunkelheit. Ich registriere nur die Berührung ihrer Hand. Ich mühe mich, zu sehen, und endlich erkenne ich sie durch ein purpurnes Chaos. Wie sehr sie Irene gleicht! Wer ist sie, April oder Irene? Es ist wohl nicht so wichtig. Ertrinken ist jetzt meine Beschäftigung. Bald wird alles vorbei sein. Laß mich los, sage ich zu ihr, laß mich los, laß mich ertrinken, damit es ein Ende hat. Rette dich selbst. Rette dich selbst. Rette dich selbst. Aber sie achtet nicht darauf und zerrt weiter an mir.

Wir schnellen hinauf ins Sonnenlicht.

An der Oberfläche treibend, genießen wir die herrliche Wärme.

»Schau«, ruft sie. »Da ist eine Insel! Schwimm, Richard, schwimm! In zehn Minuten sind wir dort. Da können wir uns ausruhen.«

Irenes Gesicht füllt den Himmel aus.

»Schwimm!« drängt April.

Ich versuche es. Ich habe keine Kraft. Ein paar Schwimmzüge, und ich erschlaffe. April, die anscheinend nichts bemerkt, ist mir weit voraus, gleitet energisch durchs Wasser, der Insel zu. April, rufe ich. April. April, hilf mir. Ich denke an den Strand, an den warmen, feuchten Sand, an die Palmenreihe, an die ausgewaschenen Korallenblöcke. Ja. Zeit, heimzukehren. Irene wartet auf mich. April! April!

Sie stürmt an Land. Ihre schlanke, nackte Gestalt schimmert im heißen Sonnenschein.

April?

Das Meer hat mich. Ich treibe davon, albernes Treibgut, wieder dem Mahlstrom entgegen.

Hinab. Hinab. Keine Gegenwehr mehr möglich. April ist verschwunden. Ich sehe nur Irene, in den Wellen schimmernd. Hinab.

Diese kühle, dunkle Höhle.

Wo bin ich? Ich weiß es nicht.

Wer bin ich? Dr. Richard Bjornstrand? April Lowry? Alle beide? Keiner von beiden? Ich glaube, ich bin Bjornstrand. War es. Hier, Dickie Dickie Dickie.

Wie komme ich hier heraus? Ich weiß es nicht.

Ich werde warten. Früher oder später werde ich kräftig genug sein, um hinauszuschwimmen. Früher. Später. Wir werden sehen.

Irene?

April?

Hier, Dickie Dickie Dickie. Hier.

Wo?

Hier.

Ein wandernder Geist

Mein Enkel David wird nächsten Frühling seinen Bar-Mizwa haben. Niemand in unserer Familie hat sich seit mindestens dreihundert Jahren diesem Ritus unterzogen – gewiß nicht, seitdem wir Levins uns in Alt-Israel niedergelassen haben, dem Israel auf der Erde, bald nach der europäischen Massenvernichtung. Mein Freund Eliahu fragt mich vor nicht so langer Zeit, was ich bei David Bar-Mizwa empfände, ob die Vorstellung mich ärgere, ob ich ihn als störendes Element empfände. Nein, erwiderte ich: der Junge ist schließlich Jude; soll er seinen Bar-Mizwa haben, wenn er will. Das sind Zeiten des Übergangs und des Umsturzes, wie alle Zeiten. David ist nicht gebunden durch die Ansichten seiner Vorfahren.

»Seit wann ist ein Jude nicht durch die Haltung seiner Vorfahren gebunden?« fragte Eliahu.

»Du weißt, was ich meine«, sagte ich.

Er wußte es. Wir sind gebunden und doch frei. Wenn uns aus der Vergangenheit etwas beherrscht, dann das Stammesband selbst, nicht die Philosophien unserer toten Vorfahren. Wir akzeptieren, was wir akzeptieren wollen; trotzdem bleiben wir Juden. Ich stamme aus einer Familie, die gern, vor allem Christen, erklärt hat, wir seien Juden, aber nicht jüdisch, das heißt, wir anerkennen und schätzen unser altes Erbteil, aber wir wollen uns nicht in veraltete Rituale und Gebräuche verstricken. Das haben meine Vorväter erklärt, bis hin zu den säkular denkenden Levins, die vor drei Jahrhunderten gekämpft haben, um die Freiheit des Landes Israel zu erringen uns zu schützen. (Alt-Israel, meine ich.) Ich würde hier dasselbe sagen, wenn es Nichtjuden auf dieser Welt gäbe, denen man solche Dinge erklären müßte. Aber in diesem Neu-Israel unter den Sternen haben wir natürlich nur uns selbst, keine Nichtjuden im Umkreis von einem Dutzend Lichtjahren, außer, man rechnet unsere Nachbarn, die Kunivaru. (Können Wesen, die keine Menschen sind, so genannt werden? Ich bin nicht sicher. Außerdem beharren die Kunivaru jetzt darauf, daß sie Juden seien. Mir schwindelt. Das ist eine Frage von talmudischer Kompliziertheit, und ich bin, weiß Gott, kein Talmud-Gelehrter. Hillel, Akiba, Rashi, helft mir!)

Jedenfalls wird am fünften Tag des Sivan der Sohn meines Sohnes seinen Bar-Mizwa feiern, und ich werde den stolzen Opa spielen, wie fromme alte Juden es sechstausend Jahre lang getan haben.

Alle Dinge hängen zusammen. Daß mein Enkelsohn einen Bar-Mizwa haben würde, ist nur das letzte Glied in einer Kette von Ereignissen, die zurückgeht bis – wann? Zu dem Tag, als die Kunivaru beschlossen, den jüdischen Glauben anzunehmen? Zu dem Tag, als der Dybuk in Seul, den Kunivar, schlüpfte? Zu dem Tag, als wir Flüchtlinge von der Erde den fruchtbaren Planeten entdeckten, den wir manchmal Neu-Israel und manchmal Mazel Tov IV nennen? Zu dem Tag des Letzten Pogroms auf der Erde? Reb Jossele, der Hasidim, würde vielleicht sagen, Davids Bar-Mizwa sei an dem Tag bestimmt worden, als Gott der Herr Adam aus Staub gemacht hat. Aber ich finde, das wäre übertrieben.

Der Tag, an dem der Dybuk Besitz vom Körper Seuls ergriff, war vermutlich derjenige, an dem es wirklich anfing. Bis dahin lief hier alles ziemlich unkompliziert. Die Chassidim hatten ihre Siedlung, wir Israelis die unsere, und die Eingeborenen, die Kunivaru hatten den Rest des Planeten; im allgemeinen gingen wir einander aus dem Weg. Nach dem Dybuk aber war alles anders. Es geschah vor über vierzig Jahren, in der ersten Generation nach der Landung, am neunten Tag Tishri im Jahr 6302. Ich arbeitete auf dem Feld, denn Tishri ist ein Erntemonat. Der Tag war heiß, und ich arbeitete flott, singend und summend. Während ich die langen Reihen der Knister-Kapseln entlangging und die bezeichnete, die man ernten konnte, erschien auf dem Kamm des Hügels über unserem Kibbuz ein Kunivar. Er schien in Bedrängnis zu sein, denn er wankte und taumelte den Hang mit außerordentlichem Ungeschick herunter und stolperte über seine eigenen vier Beine, als könne er kaum damit umgehen. Als er etwa hundert Meter von mir entfernt war, rief er: »Shimon! Hilf mir, Shimon! In Gottes Namen, hilf mir!«

An diesem Aufschrei war mehrerlei merkwürdig, und ich nahm das der Reihe nach wahr, das Banalste zuerst. Es erschien mir seltsam, daß ein Kunivar mich mit meinem Vornamen anredete, denn die Kunivaru sind ein auf gute Umgangsformen bedachtes Volk. Noch eigenartiger erschien mir, daß ein Kunivar mich in ganz ordentlichem Hebräisch ansprach, da zu dieser Zeit noch keiner von ihnen unsere Sprache gelernt hatte. Am sonderbarsten aber – allerdings erkannte ich das erst nach einer Weile – schien es zu sein, daß ein Kunivar die Stimme meines lieben, toten Freundes Joseph Avneri haben sollte, dunkel und sonor.

Der Kunivar stolperte in den kultivierten Teil des Feldes und blieb, am ganzen Körper zitternd, stehen. Sein seidiger grüner Pelz war vom Schweiß zu Klumpen verklebt, und seine großen, goldenen Augen rollten und schielten auf schreckliche Weise. Er stand plattfüßig da, die Beine unter den vier Ecken seines gedrungenen Körpers wie Tischbeine herausspreizend, und hatte die langen, kraftvollen Arme um seinen Brustkorb geschlungen. Ich erkannte den Kunivar als Seul, einen Unterhäuptling des nahen Ortes, mit dem wir vom Kibbuz gelegentlich zu tun hatten.

»Wie kann ich dir helfen?« fragte ich. »Was ist passiert mit dir, Seul?«

»Shimon – Shimon –« Ein schreckliches Stöhnen entrang sich dem Kunivar. »O Gott, Shimon, das übersteigt jeden Glauben! Wie kann ich das ertragen? Wie kann ich das auch nur begreifen?«

Kein Zweifel – der Kunivar sprach mit der Stimme von Joseph Avneri.

»Seul?« sagte ich zögernd.

»Mein Name ist Joseph Avneri.«

»Joseph Avneri ist seit dem letzten Elul ein Jahr tot. Ich wußte nicht, daß du ein so guter Imitator bist, Seul.«

»Imitator? Du sprichst zu mir von Imitieren, Shimon? Das ist keine Imitation. Ich bin dein Joseph, tot, aber noch bewußt, für meine Sünden in diesen monströsen fremden Körper geschleudert. Bist du Jude genug, um zu wissen, was ein Dybuk ist, Shimon?«

»Ein wandernder Geist, ja, der Besitz vom Körper eines Lebewesens ergreift.«

»Ich bin ein Dybuk geworden.«

»Es gibt keine Dybuks. Dybuks sind Phantome aus der mittelalterlichen Legende«, sagte ich.

»Du hörst die Stimme von einem.«

»Das ist unmöglich«, sagte ich.

»Ich gebe dir recht, Shimon, ich gebe dir recht.« Seine Stimme klang ein wenig ruhiger. »Es ist völlig unmöglich. Ich glaube auch nicht an Dybuks, so wenig wie an Zeus, an den Minotaurus, an Werwölfe, Gorgonen und Golems. Aber wie erklärst du mich sonst?«

»Du bist Seul, der Kunivar, der sich einen cleveren Trick ausgedacht hat.«

»Glaubst du das wirklich? Hör mir zu, Shimon: ich habe dich

gekannt, als wir kleine Jungen in Tiberias waren. Ich habe dich gerettet, als wir auf dem See gefischt haben und dein Boot umgekippt ist. Ich war an dem Tag mit dir zusammen, als du Lea kennengelernt hast, die deine Frau wurde. Ich war der Pate deines Sohnes Yigal. Ich habe mit dir in Jerusalem an der Universität studiert. Ich bin mit dir in den entsetzlichen Tagen des Letzten Pogroms geflüchtet. Ich habe mit dir an Bord der Arche Wache gestanden, in den Jahren unseres Fluges von der Erde. Erinnerst du dich, Shimon? Erinnerst du dich an Jerusalem? Die Altstadt, den Ölberg, das Grab Absaloms, die Klagemauer? Bin ich ein Kunivar, Shimon, wenn ich die Klagemauer kenne?«

»Es gibt kein Überleben des Bewußtseins nach dem Tode«, beharrte ich störrisch.

»Vor einem Jahr hätte ich dir recht gegeben. Aber wer bin ich, wenn nicht der Geist Joseph Avneris? Wie kannst du mich sonst erklären? Lieber Gott, glaubst du, ich *möchte* daran glauben, Shimon? Du weißt, wie ich gespottet habe. Aber es ist wirklich so.«

»Vielleicht leide ich unter einer sehr lebhaften Halluzination.«

»Dann ruf die anderen. Wenn zehn Personen dieselbe Halluzination haben, ist es dann noch eine Halluzination? Sei vernünftig, Shimon! Hier stehe ich vor dir und erzähle dir Dinge, die nur ich wissen kann, und du bestreitest, daß ich –«

»Vernünftig?« sagte ich. »Was hat Vernunft damit zu tun? Erwartest du, daß ich an Gespenster glaube, Joseph, an wandernde Dämonen, an Dybuks? Bin ich ein abergläubischer Bauer aus den Wäldern Polens? Sind wir im Mittelalter?«

»Du hast mich Joseph genannt«, sagte er leise.

»Ich kann dich wohl kaum Seul nennen, wenn du mit dieser Stimme sprichst.«

»Dann glaubst du an mich!«

»Nein.«

»Schau, Shimon, hast du je einen größeren Skeptiker gekannt als Joseph Avneri? Ich konnte mit der Thora nichts anfangen, ich habe gesagt, Moses sei eine Erfindung, ich habe zu Jom Kippur die Felder gepflügt, ich habe Gott in sein nicht vorhandenes Gesicht gelacht. Was ist das Leben? habe ich gesagt. Und geantwortet: ein bloßer Zufall, eine vorübergehende biologische Erscheinung. Und trotzdem bin ich hier. Ich erinnere mich an den Augenblick meines Todes. Ein ganzes Jahr bin ich körperlos auf dieser Welt herumgewandert, habe alles wahrgenommen, ohne mich mitteilen zu können. Und heute sehe ich mich in den Körper dieses Wesens versetzt und weiß, daß ich ein Dybuk bin. Wenn *ich* glaube, Shimon, wie kannst du es wagen, nicht zu glauben? Im Namen unserer Freundschaft, hab Vertrauen in das, was ich dir sage!«

»Du bist wirklich ein Dybuk geworden?«

»Ich bin ein Dybuk geworden«, sagte er.

Ich zuckte die Achseln.

»Nun gut, Joseph. Du bist ein Dybuk. Es ist Wahnsinn, aber ich glaube es.« Ich starrte den Kunivar entgeistert an. Glaubte ich es? Glaubte ich, daß ich glaubte? Wie konnte ich nicht glauben? Es gab keinen anderen Weg für die Stimme Joseph Avneris, um aus der Kehle eines Kunivar zu kommen. Der Schweiß lief an meinem Körper herunter. Ich stand von Angesicht zu Angesicht vor dem Unmöglichen, und meine ganze Philosophie war zerstört. Nun war alles möglich. Gott mochte als brennender Dornbusch erscheinen. Die Sonne mochte stillstehen. Nein, sagte ich mir. Glaub nur jeweils ein irrationales Ding, Shimon. Offenkundig gibt es Dybuks; nun, dann gibt es eben Dybuks. Aber alles andere, das zur Unsichtbaren Welt gehört, bleibt unwirklich, bis es in Erscheinung tritt.

»Warum, glaubst du, ist dir das zugestoßen?« fragte ich.

»Das kann nur als Strafe gedacht sein.«

»Wofür, Joseph?«

»Für meine Experimente. Du hast gewußt, daß ich Untersuchungen über den Kunivaru-Metabolismus angestellt habe, nicht wahr?«

»Ja, gewiß. Aber –«

»Hast du gewußt, daß ich an lebendigen Kunivarus in unserem Krankenhaus chirurgische Experimente ausgeführt habe? Daß ich Patienten für verbotene Forschungen verwendet habe, ohne sie oder andere zu unterrichten? Es war Vivisektion, Shimon.«

»Was?«

»Es gab Dinge, die ich wissen mußte, und nur einen Weg, wie ich sie erfahren konnte. Der Hunger nach Wissen führte mich in die Sünde. Ich sagte mir, diese Wesen seien krank, sie würden ohnehin bald sterben, und es sei vielleicht für alle von Nutzen, wenn ich sie öffnete, solange sie noch lebten, verstehst du? Außerdem waren es keine menschlichen Wesen, Shimon, es waren nur Tiere – sehr intelligente Tiere, gewiß, aber doch nur –«

»Nein, Joseph. Ich kann eher an Dybuks glauben als an das. Du sollst so etwas getan haben? Mein ruhiger, vernünftiger Freund, mein Wissenschaftler, mein Weiser?« Ich schauderte und trat ein paar Schritte zurück. »Auschwitz!« schrie ich. »Buchenwald! Dachau! Sagen dir diese Namen etwas? ›Es waren keine menschlichen Wesen‹, haben die Nazichirurgen gesagt. ›Es waren nur Juden, und unser Bedürfnis nach wissenschaftlichen Erkenntnissen ist so groß –‹ Das ist erst dreihundert Jahre her, Joseph. Und du, ein Jude, ausgerechnet ein Jude –«

»Ich weiß, Shimon. Ich weiß. Erspar mir die Predigt. Ich habe schrecklich gesündigt, und für meine Sünden habe ich diesen grotesken Körper bekommen, diesen plumpen, häßlichen, schweren Körper, diese vier Beine, mit denen ich kaum umgehen kann, diese verkrümmte Wirbelsäule, diesen heißen, stinkigen Pelz. Ich glaube immer noch nicht an einen Gott, Shimon, aber ich denke, ich glaube an eine Art ausgleichender Kraft, die in diesem Universum Konten auf Gleichstand bringt, und bei mir ist das geschehen, o ja, Shimon! Ich hatte heute sechs Stunden Entsetzen und Ekel, wie ich sie nie für möglich gehalten hätte. In diesen Körper zu schlüpfen, in dieser Hitze zu braten, in einer solchen Fleischmasse durch diese Landschaft zu wandern, mich mit den Sinneswahrnehmungen eines so fremdartigen Wesens bombardiert zu sehen – es war die Hölle, das sage ich dir ohne Übertreibung. Ich wäre schon nach den ersten zehn Minuten am Schock gestorben, wenn ich nicht schon zufällig tot wäre. Erst jetzt, wo ich dich sehe und mit dir spreche, bekomme ich mich in die Gewalt. Hilf mir, Shimon.«

»Was soll ich tun?«

»Hol mich hier heraus. Das ist Marterung. Ich bin ein Toter; ich habe Anspruch auf Ruhe, wie die anderen Toten. Befrei mich, Shimon.«

»Und wie?«

»Wie? Wie? Weiß ich das? Bin ich ein Fachmann Dybuks? Muß ich meinen eigenen Exorzismus leiten? Wenn du wüßtest, was für eine Anstrengung es allein ist, diesen Körper aufrecht zu erhalten, mit dieser Zunge hebräische Laute zu bilden, Dinge so zu sagen, daß du sie verstehst –« Plötzlich sank der Kunivar auf die Knie, ein langsamer, komplizierter Faltprozeß, der mich an die Art erinnerte, wie auf der alten Erde die Kamele sich auf dem Boden niederließen. Das fremde Wesen begann zu blubbern und zu stöhnen und mit den Armen zu rudern; Schaum trat auf seine breiten, elastischen Lippen. »Gott im Himmel, Shimon«, rief Joseph, »befrei mich!«

*

Ich rief meinen Sohn Yigal, und er kam von der anderen Seite der Felder herübergerannt, ein schlanker, gesunder Junge, erst elf Jahre alt, aber schon langbeinig und kräftig. Ohne auf Einzelheiten einzugehen, zeigte ich auf den leidenden Kunivar und sagte Yigal, er solle Hilfe aus dem Kibbuz holen. Ein paar Minuten später kam er mit sieben oder acht Männern zurück – Abrasah, Itzhak, Uri, Nahum und ein paar anderen. Wir mußten alle anpacken, um den Kunivar in den Korb einer Erntemaschine zu heben und ihn in unser Krankenhaus zu transportieren. Zwei von den Ärzten – Moshe Shiloah und ein zweiter – begannen das kranke Wesen zu untersuchen, und ich schickte Yigal ins Kunivaru-Dorf, damit er dem Oberhaupt mitteile, daß Seul auf unseren Feldern zusammengebrochen sei.

Die Ärzte diagnostizierten den Fall schnell als Hitzschlag. Sie besprachen, welche Injektion der Kunivar erhalten sollte, als Joseph Avneri, ein Schweigen brechend, das seit Seuls Zusammenbruch angedauert hatte, seine Anwesenheit im Körper des Kunivar mitteilte. Uri und Nahum waren mit mir im Krankenzimmer geblieben; da ich nicht wollte, daß dieser Irrsinn im ganzen Kibbuz bekannt worden, führte ich sie hinaus und sagte ihnen, sie sollten die ganzen Phantasien vergessen. Als ich zurückkam, waren die Ärzte mit ihren Vorbereitungen beschäftigt, und Joseph erklärte ihnen geduldig, daß er ein Dybuk sei, der ungewollt von dem Kunivar Besitz ergriffen habe.

»Die Hitze hat das arme Wesen verrückt gemacht«, murmelte Moshe Shiloah und stieß eine lange Kanüle in Seuls Schenkel.

»Sorg dafür, daß sie mir zuhören«, sagte Joseph.

»Ihr kennt die Stimme«, sagte ich zu den Ärzten. »Hier ist etwas sehr Ungewöhnliches geschehen.«

Aber sie waren so wenig bereit, an Dybuks zu glauben, wie daran, daß Flüsse bergauf strömen. Joseph protestierte immer weiter, und die Ärzte fuhren methodisch fort, Seuls Körper mit Beruhigungsmitteln, Stärkungsmitteln und anderen Säften zu füllen. Selbst als Joseph vom Kibbuz-Klatsch des vergangenen Jahres anfing – wer mit wem hinter wessen Rücken geschlafen habe, wer unerlaubt Güter aus dem Gemeinschafts-Lagerhaus an die Kunivaru verhökert habe –, achteten sie nicht darauf. Es war so, als falle es ihnen so schwer, zu glauben, ein Kunivar könne hebräisch sprechen, daß sie unfähig waren, in dem, was er sagte, einen Sinn zu entdecken, so daß sie Josephs Worte für Seuls Delirium hielten. Plötzlich wurde Josephs Stimme zum erstenmal laut, und er rief:

»Du, Moshe Shiloah! An Bord der Arche habe ich dich mit Tevia Kohns Frau im Bett ertappt, erinnerst du dich? Kann ein Kunivar so etwas wissen?«

Moshe Shiloah ächzte, wurde rot und ließ seine Spritze fallen. Der andere Arzt war beinahe ebenso entgeistert.

»Was soll das?« fragte Moshe Shiloah. »Wie kann das sein?«

»Verleugne mich jetzt!« brüllte Joseph. »Kannst du mich verleugnen?«

Die Ärzte standen vor demselben Problem wie ich, wie Joseph vor uns. Wir waren in dieserm Kibbuz alle rational denkende Menschen, und das Übernatürliche hatte in unserem Leben keinen Platz. Aber das Phänomen ließ sich nicht wegleugnen. Da kam die Stimme Joseph Avneris aus der Kehle Seuls, des Kunivar, und die Stimme sagte Dinge, die nur Joseph gesagt hätte, und Joseph war seit über einem Jahr tot. Nenn es einen Dybuk, nenn es Halluzination, nenn es, wie du willst: Josephs Gegenwart konnte nicht ignoriert werden.

Moshe Shiloah sperrte die Tür ab und sagte zu mir: »Wir müssen auf irgendeine Weise damit fertig werden.«

Nervös besprachen wir die Lage. Es war, da bestand Einigkeit unter uns, eine delikate und schwierige Angelegenheit. Joseph, der tobte und sich gemartert fühlte, verlangte, ausgetrieben zu werden, damit er den Schlaf der Toten schlafen könne; wenn wir ihn nicht beschwichtigten, würde er uns alle quälen. In seiner Wut, in seinem Schmerz, mochte er alles mögliche sagen, mochte er alles preisgeben, was er über unser Privatleben wußte; ein Toter steht außerhalb aller Regeln des Anstands in der Gesellschaft. Wir konnten uns dem nicht aussetzen. Aber was sollten wir mit ihm anfangen? Ihn in einem Nebengebäude anketten und verstecken? Kaum. Der unglückliche Joseph verdiente Besseres; und es galt auch Seul zu bedenken, den armen, verdrängten Seul, den unfreiwilligen Wirt des Dybuks. Wir konnten keinen Kunivar im Kibbuz festhalten, gefangen oder frei, selbst wenn sein Körper den Geist von einem von uns beherbergte, und wir konnten die Hülle Seuls auch nicht mit Joseph als erzürntem Passagier in das Kunivaru-Dorf zurückkehren lassen. Was tun? Auf irgendeine Weise Seele vom Körper trennen: Seul wieder zur Ganzheit verhelfen und Joseph ins Reich der Toten schicken. Aber wie? In der üblichen Arzneimittelkunde stand nichts über Dybuks. Was tun? Was tun?

Ich ließ Shmarja Asch und Yakow Ben-Zion holen, die in diesem

Monat den Kibbuz leiteten, und Shlomo Feig, unseren Rabbi, einen klugen und robusten Mann, in seiner Orthodoxie sehr unorthodox, fast so weltlich wie wir anderen. Sie befragten Joseph Avneri gründlich, und er erzählte ihnen die ganze Geschichte, seine skandalösen Geheimexperimente, sein Jahr als wandernder Geist nach dem Tod, seine plötzliche, leidvolle Inkarnation in Seul. Schließlich wandte sich Shmarja Asch Moshe Shiloah zu uns und knurrte: »Es muß eine Therapie für solche Fälle geben.«

»Ich kenne keine.«

»Das ist Schizophrènie«, sagte Shmarja Asch in seiner entschiedenen, dogmatischen Art. »Für Schizophrenie gibt es Heilung. Es gibt Drogen, es gibt Elektroschockbehandlung, es gibt – Sie wissen das besser als ich, Moshe.«

»Das ist keine Schizophrenie«, gab Moshe Shiloah zurück. »Das ist ein Fall von dämonischer Besessenheit. Ich bin auf diesem Gebiet nicht ausgebildet.«

»Dämonische Besessenheit?« brüllte Shmarja. »Haben Sie den Verstand verloren?«

»Friede, Friede, ihr alle«, sagte Shlomo Feig, als alle gleichzeitig durcheinanderzuschreien begannen. Die Stimme des Rabbi übertönte den Tumult und brachte uns alle zum Schweigen. Er war ein Mann von außerordentlicher Kraft, physisch wie moralisch, dem der ganze Kibbuz sich stets zuwandte, wenn er der Führung bedurfte, obwohl es praktisch keinen unter uns gab, der die wichtigeren Riten des Judaismus beachtete. Er sagte: »Mir fällt das Verstehen ebenso schwer wie euch. Aber der Beweis triumphiert über meine Skepsis. Wie können wir leugnen, daß Joseph Avneri als Dybuk zurückgekehrt ist? Moshe? Sie wissen keine Methode, wie dieser Eindringling veranlaßt werden kann, den Körper des Kunivar zu verlassen?«

»Keine«, sagte Moshe.

»Vielleicht wissen die Kunivaru selbst einen Weg«, meinte Yakov Ben-Zion.

»Genau«, sagte der Rabbi. »Mein nächster Punkt. Die Kunivaru sind ein primitives Volk. Sie sind der Welt der Zauberei und Magie, der Dämonen und Geister näher als wir, deren Gehirne in den Gewohnheiten der Vernunft geschult sind. Vielleicht kommen solche Fälle der Besessenheit oft bei ihnen vor. Vielleicht haben sie Methoden, unerwünschte Geister zu vertreiben. Wenden wir uns an sie. Sie sollen ihren Angehörigen selbst heilen.«

*

Es dauerte nicht lange, bis Yigal eintraf und sechs Kunivaru mitbrachte, darunter Gyaymar, das Oberhaupt des Dorfes. Sie füllten das kleine Krankenzimmer und drängten sich darin wie eine Delegation großer, pelzbedeckter Zentauren. Der scharfe Geruch von so vielen Exemplaren auf einmal störte mich, und obwohl sie immer freundlich gesinnt gewesen waren und nie Einwände erhoben hatten, als wir Flüchtlinge erschienen waren, um uns auf ihrem Planeten niederzulassen, fürchtete ich sie jetzt wie nie zuvor. Sie scharten sich um Seul, stellten in ihrer eigenen geschmeidigen Sprache Fragen, und als Joseph Avneri auf hebräisch antwortete, flüsterten sie Unverständliches für uns miteinander. Dann brach unerwartet die Stimme Seuls durch, sprach mit stockenden, verkrampften, einsilbigen Worten, die den entsetzlichen Schock erkennen ließen, den sein Nervensystem erhalten haben mußte; dann verklang die Stimme Seuls, und Joseph Avneri sprach wieder mit seinem Mund, bat um Verzeihung und erflehte Befreiung.

Shlomo Feig wandte sich Gyaymar zu und sagte: »Sind solche Dinge auf dieser Welt schon früher geschehen?«

»O ja, ja«, sagte der Häuptling. »Oft. Wenn einer von uns stirbt und eine schuldige Seele hat, wird ihm die Ruhe verweigert, und der Geist kann seltsame Wanderungen durchmachen, bevor die Vergebung kommt. Welche Sünde hat dieser Mann begangen?«

»Es wäre schwierig, das jemandem zu erklären, der nicht Jude ist«, sagte der Rabbi hastig und senkte den Blick. »Die wichtigste Frage ist, ob ihr Mittel habt, ungeschehen zu machen, was dem unglücklichen Seul zugestoßen ist, dessen Leiden wir alle beklagen.«

»Wir haben ein Mittel, ja«, sagte Gyaymar.

Die sechs Kunivaru hoben Seul auf ihre Schultern und trugen ihn aus dem Kibbuz; wir erfuhren, daß wir sie begleiten durften, wenn wir das wünschten. Ich ging also mit, ebenso Moshe Shiloah, Shmarja Asch, Yakov Ben-Zion, der Rabbi, und vielleicht noch ein paar andere. Die Kunivaru trugen ihren Genossen nicht in ihr Dorf, sondern zu einer Wiese mehrere Kilometer östlich davon, in der Richtung, wo die Chassidim lebten. Nicht lange nach der Landung hatten uns die Kunivaru wissen lassen, daß die Wiese für sie heilig sei, und keiner von uns hatte sie je betreten.

Es war ein herrlicher Ort, grün und feucht, eine sanft abfallende Mulde, durchzogen von einem Dutzend kühler, kleiner Bäche. Sie legten Seul an einen der Wasserläufe und gingen in den Wald neben der Wiese, um Feuerholz und Kräuter zu sammeln. Wir blieben in Seuls Nähe.

»Das wird nichts nützen«, murmelte Joseph Avneri mehr als einmal. »Zeitverschwendung, eine unsinnige Energievergeudung.«

Drei von den Kunivaru errichteten einen Holzstoß. Zwei saßen in der Nähe, zerzupften die Kräuter, machten Haufen aus Blättern, Stengeln und Wurzeln. Mit der Zeit erschienen immer mehr von ihnen, bis die Wiese voll war; es hatte den Anschein, als käme das ganze Dorf, etwa vierhundert Kunivaru, um zuzusehen oder am Ritus teilzunehmen. Viele trugen Musikinstrumente, Trompeten und Trommeln, Rasseln und Klappern, Leiern, Lauten, kleine Harfen, Schlagbretter, Holzflöten, alles von komplizierter, ausgefallener Machart; wir hatten einen solchen kulturellen Hochstand nicht erwartet. Die Priester – ich vermute, daß es Priester waren, Kunivaru von Statur und Würde – trugen reichverzierte Zeremonienhelme und schwere goldene Umhänge aus Seetierfell. Die gewöhnlichen Dorfbewohner trugen Streifen und Bänder, bunte Stoffe, polierte Steinspiegel und anderes Schmuckgerät. Als Moshe Shiloah, im Herzen ein Amateur-Anthropologe, sah, wie feierlich es zugehen würde, rannte er in den Kibbuz zurück, um Kamera und Recorder zu holen. Er kam atemlos zurück, gerade als der Ritus begann.

Und ein prächtiger Ritus war es: Weihrauch, ein hochflammendes Feuer, der durchdringende Duft frisch gepflückter Kräuter, schwerfälliges, quasi-orgiastisches Tanzen, und ein Chor, der rauhe, scharfe arhythmische Melodien sang. Gyaymar und der Hohepriester des Ortes brachten einen eleganten, antiphonischen Gesang zu Gehör, mit langen, gewundenen, verschlungenen Melismen, während sie Seul mit einer süß riechenden, rötlichen Flüssigkeit aus einem geschnitzten Holzgefäß bespritzten. Nie hatte ich ein so erregendes Schauspiel gesehen. Aber Josephs düstere Voraussage erwies sich als richtig; es war alles völlig nutzlos. Zwei Stunden hartnäckiger Exorzismus zeigten keine Wirkung. Als die Zeremonie endete – die Schlußpunkte waren fünf gräßliche Schreie des Hohepriesters – behielt der Dybuk entschieden Besitz von Seul.

»Ihr habt mich nicht besiegt«, erklärte Joseph dumpf.

Gyaymar sagte: »Offenbar haben wir keine Macht, einer Seele von der Erde zu befehlen.«

»Was tun wir jetzt?« sagte Yakov Ben-Zion zu keiner bestimmten Person. »Unsere Wissenschaft und ihre Zauberei versagen beide.«

Joseph Avneri deutete nach Osten, zum Ort der Chassidim, und murmelte etwas Undeutliches.

»Nein!« rief Rabbi Shlomo Feig, der in diesem Augenblick dem Dybuk am nächsten stand.

»Was hat er gesagt?« fragte ich.

»Es war nichts«, sagte der Rabbi. »Es war Unsinn. Die lange Zeremonie hat ihn erschöpft, und seine Gedanken verwirren sich. Achtet nicht darauf.«

Ich trat näher an meinen alten Freund heran.

»Sag es mir, Joseph.«

»Ich habe gesagt, daß wir vielleicht den Baal Schem holen sollten«, erwiderte der Dybuk langsam.

»Unfug!« sagte Shlomo Feig und spuckte aus.

»Warum dieser Zorn?« wollte Shmarja Asch wissen. »Sie, Rabbi Shlomo, waren einer der ersten, der Kunivaru-Magie vorgeschlagen hat. Sie ziehen gerne fremde Hexenmeister zu, Rabbi, und werden wütend, wenn jemand vorschlägt, Ihre jüdischen Glaubensgenossen sollten Gelegenheit erhalten, den Dämon zu vertreiben? Seien Sie konsequent, Shlomo!«

Rabbi Shlomos kraftvolles Gesicht wurde fleckig vor Wut. Es war eigenartig, diesen ruhigen, besonnenen Mann so erregt zu sehen.

»Mit den Chassidim will ich nichts zu tun haben!« rief er.

»Ich glaube, hier handelt es sich um Berufskonkurrenz«, meinte Moshe Shiloah.

Der Rabbi sagte: »Das anzuerkennen, was der größte Aberglaube des Judaismus ist, das, was am irrationalsten und groteskesten und veraltetsten und mittelalterlichsten ist? Nein! Nein!«

»Aber Dybuks sind auch irrational und grotesk und veraltet und mittelalterlich«, meinte Joseph Avneri. »Wer kann sie besser austreiben als ein Rabbi, dessen Seele noch in den alten Glaubenssätzen verwurzelt ist?«

»Ich verbiete das!« stieß Shlomo Feig hervor. »Wenn der Baal Shem geholt wird, werde ich... werde ich –«

»Rabbi«, schrie Joseph, »das ist eine Sache meiner gequälten Seele gegen Ihren beleidigten Stolz. Geben Sie nach! Geben Sie nach! Holen Sie den Baal Schem!«

»Ich weigere mich!«

»Schaut!« rief Yakov Ben-Zion. Der Streit war plötzlich hinfällig geworden. Uneingeladen erschienen unsere Vettern, die Chassidim, auf der heiligen Wiese, eine lange Prozession, unheimliche, prähistorisch wirkende Gestalten in ihren traditionellen langen, schwarzen Gewändern, breitkrempigen Hüten, mit langen Bärten und Korkenzieherlocken; und an der Spitze der Gruppe ging ihr Tsaddik, ihr heiliger Mann, ihr Prophet, ihr Führer, Reb Shmuel, der Baal Schem.

Es war keineswegs unsere Idee gewesen, Chassidim mitzunehmen, als wir aus den rauchenden Ruinen des Landes Israel geflohen waren. Unsere Absicht war es, die Erde und ihr ganzes Leid weit hinter uns zu lassen und auf einer anderen Welt neu anzufangen, wo wir endlich eine dauernde jüdische Heimat gründen konnten, endlich frei von unseren ewigen nichtjüdischen Feinden, und auch frei von den religiösen Fanatikern unter uns, deren Gegenwart stets an unserer Lebenskraft gezehrt hatte. Wir brauchten keine Mystiker, keine Ekstatiker, keine Schluchzer, keine Stöhner, keine Hüpfer, keine Sänger; wir brauchten nur Arbeiter, Bauern, Maschinisten, Ingenieure, Baumeister. Aber wie konnten wir ihnen einen Platz in der Arche verweigern? Es war ihr Glück, daß sie auf uns stießen, gerade als wir die letzten Vorbereitungen für unseren Flug trafen. Der Alptraum, der unseren Schlaf seit drei Jahrhunderten heimsuchte, war wahrgemacht worden: die Heimat lag in Flammen, unsere Armeen waren aus dem Hinterhalt vernichtet worden, die Philister schritten mit langen Messern durch unsere verwüsteten Städte. Unser Schiff stand bereit, zu den Sternen zu springen. Wir waren keine Feiglinge, nur Realisten, denn es war Torheit, sich einzubilden, wir könnten weiterkämpfen; und wenn irgendein Bruchteil unserer alten Nation überleben sollte, dann nur fern von dieser bitteren Welt der Erde. Wir gedachten also zu fliegen; und hier kamen Bittsteller, die uns um Hilfe baten, Reb Shmuel und seine dreißig Anhänger. Wie konnten wir sie zurückweisen, in dem Wissen, daß sie ganz gewiß untergehen würden? Sie waren menschliche Wesen, sie waren Juden. Trotz all unserer Bedenken ließen wir sie an Bord.

Und dann wanderten wir Jahr um Jahr durch den Himmel, und dann erreichten wir einen Stern, der keinen Namen hatte, nur eine Nummer, und dann fanden wir, daß sein vierter Planet schön und furchtbar war, eine glücklichere Welt als die Erde, und wir dankten dem Gott, an den wir nicht glaubten, für das Glück, das er uns geschenkt hatte, und wir riefen einander Glückwünsche zu: Mazel-tov! Mazel-tov! Viel Glück, viel Glück, viel Glück! Und jemand blickte in ein altes Buch und sah, daß *mazel* einstmals eine astrologische Bedeutung gehabt, daß in den Tagen der Bibel es nicht nur ›Glück‹ bedeutet, sondern einen glücklichen Stern bedeutet hatte, und so nannten wir unseren Glücksstern Mazel Tov, und wir landeten auf Mazel Tov IV, dem Planeten, der das Neue Israel werden sollte. Hier fanden wir keine Feinde, keine Ägypter, keine Assyrer, keine Römer, keine Kosaken, keine Nazis, keine Araber, nur die Kunivaru, freundliche Wesen schlichter Art, die ernsthaft unsere pantomimisch vorgeführten Erklärungen verfolgten und dann mit Gesten erwiderten: Seid willkommen, hier gibt es mehr Land, als wir je brauchen werden. Und wir bauten unseren Kibbuz.

Aber wir hatten nicht den Wunsch, in der Nähe jener Menschen aus der Vergangenheit zu leben, der Chassidim, und sie empfanden wenig Liebe für uns, denn sie sahen uns als Heiden, als gottlose Juden, die schlimmer waren als Nichtjuden, als Gojim, und sie bauten sich ein eigenes kleines schlammiges Dorf. Manchmal, in klaren Nächten, konnten wir ihren lauten Gesang hören, aber sonst gab es kaum Kontakte zwischen ihnen und uns.

Ich konnte Rabbi Shlomos feindselige Reaktion auf den Gedanken einer Intervention durch den Baal Schem verstehen. Die Chassidim standen für die mystische Seite des Judaismus, die dunkle, unbeherrschbare dionysische Seite, das Skelett im Schrank des Stammes; Shlomo Feig mochte belustigt oder angeregt sein von einem Exorzismus, den bepelzte Zentauren vollführten, aber wenn Juden an derselben Art von Übernatürlichkeit teilnahmen, verabscheute er das. Dazu kam die häßliche Tatsache, daß der vernünftige, rationale Rabbi Shlomo praktisch überhaupt keine Anhänger unter den vernünftigen, rationalen, säkularisierten Juden unseres Kibbuz hatte, während Reb Shmuels Chassidim ihn mit Ehrfurcht betrachteten, ihn als einen Wunderwirkenden sahen, als Seher, als Heiligen. Trotzdem, Rabbi Shlomos verständliche Eifersucht und seine Vorurteile beiseite, Joseph Avneri hatte recht: Dybuks waren Dämpfe aus dem Reich des Phantastischen, und das Phantastische war das Reich des Baal Schem.

Er war eine unfaßbar hochgewachsene, kantige Gestalt, fast wie ein Skelett, mit spitzen Backenknochen, weichem, dicht gekräuseltem Bart und sanften, verträumten Augen. Ich nehme an, daß er um die Fünfzig war, obwohl ich es auch geglaubt hätte, wenn man sein Alter mit Dreißig oder Siebzig oder Neunzig angegeben hätte. Sein Sinn für Dramatik war unfehlbar; nun – es war später Nachmittag – stellte er sich vor der herabsinkenden Sonne auf, so daß sein langer Schatten uns alle erfaßte, und breitete die Arme aus.

»Wir haben Berichte über einen Dybuk unter euch gehört«, sagte er.

»Es gibt keinen Dybuk!« gab Rabbi Shlomo erbost zurück.

Der Baal Schem lächelte.

»Aber gibt es einen Kunivar, der mit einer Israeli-Stimme spricht?«

»Es hat eine seltsame Verwandlung gegeben, ja«, räumte Rabbi Shlomo ein. »Aber in diesem Zeitalter, auf diesem Planeten, kann niemand Dybuks ernst nehmen.«

»Das heißt, *du* kannst Dybuks nicht ernst nehmen«, sagte der Baal Schem.

»Aber ich!« rief Joseph Avneri verzweifelt. »Ich! Ich! Ich bin der Dybuk! Ich, Joseph Avneri, seit vergangenen Elul ein Jahr tot, wegen meiner Sünden verdammt, diesen Kunivar-Kadaver zu bewohnen. Ein Jude, Reb Shmuel, ein toter Jude, ein armseliger, sündiger, elender Jid. Wer läßt mich heraus? Wer befreit mich?«

»Es gibt keinen Dybuk?« fragte der Baal Schem liebenswürdig.

»Dieser Kunivar ist wahnsinnig geworden«, sagte Shlomo Feig.

Wir husteten und traten von einem Bein aufs andere. Wenn jemand wahnsinnig geworden war, dann unser Rabbi, der auf diese Weise die Erscheinung bestritt, die er selbst als echt anerkannt hatte, wenn auch noch so widerstrebend, und das erst vor wenigen Stunden. Neid, verletzter Stolz und Starrsinn hatten sein Urteil aus dem Gleichgewicht gebracht. Joseph Avneri begann wütend das Aleph Beth Gimel zu brüllen, das Shma Yisroel, alles, was seine Dybuk-Eigenschaft beweisen mochte. Der Baal Shem wartete geduldig, die Arme ausgebreitet, ohne ein Wort zu sagen. Rabbi Shlomo stand ihm gegenüber, die kräftige, stämmige Gestalt fast zwergenhaft vor dem langbeinigen Chassid, und behauptete energisch, es müsse eine vernünftige Erklärung für die Metamorphose Seuls geben.

Als Shlomo Feig endlich schwieg, sagte der Baal Schem: »In diesem Kunivar ist ein Dybuk. Glaubst du, Rabbi Shlomo, daß die Dybuks ihre Wanderungen eingestellt haben, als die Shtetl von Polen eingeäschert wurden? Nichts geht im Angesicht Gottes verloren, Rabbi. Juden fliegen zu den Sternen; die Thora und der Talmud und der Zohar sind auch zu den Sternen gekommen; auch auf diesen fremden Welten kann es Dybuks geben. Rabbi, darf ich diesem geplagten Geist und dem erschöpften Kunivar Frieden bringen?«

»Tu, was du willst«, murmelte Shlomo Feig angewidert und entfernte sich mit finsterer Miene.

Reb Shmuel begann sofort mit dem Exorzismus. Er rief zuerst nach der Minian. Acht seiner Chassidim traten vor. Ich wechselte einen Blick mit Shmarja Asch, und wir zuckten die Achseln und traten ebenfalls vor, aber der Baal Schem winkte lächelnd ab und holte zwei weitere seiner Anhänger in den Kreis. Sie begannen zu singen; zu meiner immerwährenden Schande habe ich keine Ahnung, was gesungen wurde, denn die Worte waren Jiddisch galizischer Art, für mich beinahe so fremd wie die Sprache der Kunivaru. Sie sangen zehn oder fünfzehn Minuten; die Chassidim wurden lebhafter, klatschten in die Hände, umtanzten ihren Baal Schem; plötzlich ließ Reb Shmuel die Arme sinken, sie verstummten, und er begann halblaut hebräische Sätze zu rezitieren, die ich einen Augenblick später als die des Einundneunzigsten Psalms erkannte: Meine Zuversicht und meine Burg, mein Gott, auf den ich hoffe. Der Psalm rollte melodiös bis zu seinem Ende, seinem tröstlichen Versprechen von Erhörung und Erlösung. Einen langen Augenblick blieb es ganz still. Dann befahl der Baal Schem mit einer furchterregenden Stimme, nicht laut, aber unfaßbar befehlend, dem Geist Joseph Avneris, den Körper von Seul, dem Kunivar, zu verlassen.

»Hinaus! Hinaus! In Gottes Namen, hinaus, und fort zu deiner ewigen Ruhe!« Einer der Chassidim reichte Reb Shmuel einen Schofar. Der Baal Schem hob das Widderhorn an die Lippen und blies einen einzigen, ungeheuerlichen Ton.

Joseph Avneri wimmerte. Der Kunivar, in dem er hauste, machte drei ungeschickte, wankende Schritte.

»Oh, Mama, Mama«, rief Joseph. Der Kopf des Kunivar zuckte zurück; seine Arme schossen seitlich hinaus; er taumelte auf seine vier Knie. Eine Ewigkeit ging vorbei. Dann erhob sich Seul – diesmal gewandt, mit der natürlichen Grazie der Kunivaru – ging zum Baal Schem, kniete nieder und berührte den schwarzen Kaftan des Tsaddik. So wußten wir, daß es vorbei war.

Augenblicke später löste sich die Spannung. Zwei von den Kunivaru-Priestern stürzten auf den Baal Schem zu, dann Gyaymar, dann einige der Musikanten, und schließlich schien der ganze Stamm sich um ihn zu drängen, bemüht, den Heiligen zu berühren. Die Chassidim machten besorgte Gesichter und murmelten miteinander, aber der Baal Schem, über dem sich stoßenden und schiebenden Haufen emporragend, segnete ruhig die Kunivaru und streichelte ihre dichten Rückenpelze. Nach einigen Minuten begannen die Kunivaru rhythmische Rufe auszustoßen, und es dauerte einige Zeit, bis ich begriff, was sie sagten. Moshe Shiloah und Yakov Ben-Zion begriffen ungefähr zur gleichen Zeit wie ich, und wir begannen zu lachen, und dann erstarb unser Gelächter.

»Was bedeuten ihre Worte?« rief der Baal Schem.

»Sie sagen, daß sie von der Macht eures Gottes überzeugt sind«, erwiderte ich. »Sie wollen Juden werden.«

Zum erstenmal zerbrach Reb Shmuels Haltung und Gelassenheit. Seine Augen glühten wild, und er stieß die ihn umdrängenden Kunivaru beiseite, bahnte sich eine Gasse, kam auf mich zu und fauchte: »Das ist absurd!«

»Trotzdem – sehen Sie sich die Wesen an. Sie verehren Sie, Reb Shmuel.«

»Ich lehne das ab.«

»Sie haben ein Wunder gewirkt. Können Sie es ihnen übelnehmen, daß sie Sie anbeten und nach Ihrem Glauben dürsten?«

»Sollen sie«, sagte der Baal Schem. »Aber wie können sie Juden werden? Das wäre Hohn.«

Ich schüttelte den Kopf.

»Was haben Sie zu Rabbi Shlomo gesagt? Nichts geht im Angesicht Gottes verloren. Es hat immer Übertritte zum Judaismus gegeben; wir regen sie nicht an, aber wir weisen die Leute auch nicht ab, wenn sie es ehrlich meinen, nicht wahr, Reb Shmuel? Selbst hier, zwischen den Sternen, setzt die Tradition sich fort, und die Tradition sagt, daß wir unsere Herzen nicht gegen jene verhärten sollen, die die Wahrheit Gottes suchen. Das sind gute Wesen; nehmen wir sie in Israel auf.«

»Nein«, sagte der Baal Schem. »Ein Jude muß zuallererst ein Mensch sein.«

»Zeigen Sie mir das in der Thora.«

»Die Thora! Sie spaßen mit mir. Ein Jude muß zuallererst ein Mensch sein. Durften Katzen Juden werden? Pferde?«

»Diese Leute sind weder Katzen noch Pferde, Reb Shmuel. Sie sind so menschlich wie wir.«

»Nein! Nein!«

»Wenn es auf Mazel Tov Vier einen Dybuk geben kann«, sagte ich, »dann kann es auch Juden mit sechs Gliedmaßen und grünem Pelz geben.«

»Nein. Nein. Nein. *Nein!*«

Der Baal Schem hatte genug von dieser Debatte. Er stieß die nach ihm greifenden Hände der Kunivaru auf höchst unheilige Weise weg, sammelte seine Anhänger und stakte davon, ein Turm beleidigter Würde, ohne sich von uns zu verabschieden.

Aber wie kann wahrer Glaube verleugnet werden? Die Chassidim ermutigten sie nicht, also kamen die Kunivaru zu uns; sie lernten Hebräisch, und wir liehen ihnen Bücher, und Rabbi Shlomo unterwies sie in der Religion, und zu ihrer eigenen Zeit und auf ihre eigene Weise nahmen sie den jüdischen Glauben an. All das ist Jahre her, in der ersten Generation nach der Landung. Die meisten von damals sind tot – Rabbi Shlomo, Reb Shmuel, der Baal Schem, Moshe Shiloah, Shmarja Arsch. Ich war damals ein junger Mann. Ich weiß jetzt vieles mehr, und wenn ich Gott nicht nähergekommen bin als ja zuvor, ist vielleicht Er mir heute näher. Ich esse bei einer Mahlzeit Fleisch und Butter zugleich, und ich pflüge mein Land am Sabbath, aber das sind alte Gewohnheiten, die wenig mit Glauben oder Unglauben zu tun haben.

Wir sind den Kunivaru jetzt auch viel näher als damals; sie kommen uns nicht mehr wie fremde Wesen vor, sondern einfach als Nachbarn, deren Körper eine andere Form haben. Vor allem die Jüngeren in unserem Kibbuz fühlen sich zu ihnen hingezogen. Im vorletzten Jahr schlug Rabbi Lhaoyir, der Kunivar, einigen von unseren Jungen vor, zu Lektionen in die Talmud-Thora zu kommen, der religiösen Schule, die er im Kunivaru-Dorf betreibt; seit dem Tod Shlomo Feigs hat es im Kibbuz niemand mehr gegeben, der solchen Unterricht gehalten hätte. Als Reb Jossele, Sohn und Nachfolger von Reb Shmuel, dem Baal Schem, das hörte, erhob er starke Einwände. Wenn eure jungen Männer unterrichtet werden sollen, sagte er, dann schickt sie wenigstens zu uns und nicht zu grünen Ungeheuern. Mein Sohn Yigal warf ihn aus dem Kibbuz. Wir lassen unsere jungen Männer die Thora lieber bei grünen Ungeheuern lernen, sagte Yigal zu Reb Jossele, als daß wir sie Chassidim werden lassen.

Und so hat der Sohn meines Sohnes seinen Unterricht bei der Talmud-Thora von Rabbi Lhaoyir, dem Kunivar, erhalten, und im nächsten Frühling feiert er seinen Bar-Mizwa. Früher wäre ich bei solchen Vorgängen entsetzt gewesen, aber jetzt sage ich nur: Wie seltsam, wie unerwartet, wie interessant! Der Herr muß, wenn es Ihn gibt, wahrlich einen großen Sinn für Humor haben. Ich mag einen Gott, der lächeln und zwinkern kann, der sich nicht allzu ernst nimmt. Die Kunivaru sind Juden! Ja! Sie bereiten David auf seinen Bar-Mizwa vor! Ja! Heute ist Jom Kippur, und ich höre die Töne des Schofar aus ihrem Dorf. Ja! Ja. So sei es. So sei es, ja, und Ihm sei alles Lob.

Der Weg ins Chaos

1

Am ersten Sommertag stahl Silena Ruiz, meine Monats-Frau, das Hauptprogramm unseres Distrikts aus dem Computerzentrum Ganfield Hold und verschwand damit. Ein Wachtposten aus dem Hold hat gestanden, daß sie Zugang erlangte, indem sie ihn verführte und ihm anschließend eine Droge einflößte. Manche sagen, sie sei jetzt in Conning Town, andere haben Gerüchte gehört, sie sei in Morton Court gesehen worden, wieder andere behaupten, ihr Ziel sei die Mill gewesen. Es spielt wohl keine Rolle, wo sie hingegangen ist, nehme ich an. Wir haben elf Tage ohne das Programm gelebt, und der Zerfall beginnt. Die Hitze ist abscheulich groß, aber wir müssen jeden Thermostaten auf Handschaltung umstellen, bevor wir unser Kühlsystem verwenden können; ich glaube, wir werden in unserer Haut gesotten sein, bevor das bewältigt ist. Ein Versagen der Kameras, die unseren Müllkompaktor steuern, hat die Müllsammler zum Stillstand gebracht, die nicht hinausfahren, wenn sie keinen Ort haben, wo sie abliefern können, was sie einsammeln. Da niemand den richtigen Befehl weiß, den man dem Kompaktor geben muß, sammelt sich Abfall, bildet in jeder Straße pestilenzartig stinkende Hügel, und über ihnen schweben dichte Schwärme von Fliegen oder Schlimmerem. Ab dem vierten Tag kam auch unsere Polizei zum Stillstand – wer kann sagen, warum? –, und inzwischen stehen sie alle regungslos. Manche fangen bereits an zu rosten, da die Wartungspläne durcheinandergeraten sind. Es verbreitet sich, daß wir ohne Schutz sind, und Fremde gelangen ungestraft in den Distrikt, belästigen unsere Frauen, stehlen unsere Kinder, berauben unsere Lebensmittellager. In Ganfield Hold arbeiten ganze Abteilungen müder, schwitzender Techniker fortwährend daran, das fehlende Programm zu ersetzen, aber es kann Monate, ja, Jahre dauern, bis sie ein neues herstellen können.

Theoretisch werden Programmduplikate innerhalb der Gemeinschaft an verschiedenen Orten deponiert, um eben eine solche Katastrophe zu verhindern. Tatsächlich besitzen wir keines. Das im Büro des Distriktsvorstehers erwies sich als seit zwanzig Jahren veraltet; das in der Obhut im Haus des Seelenvaters ist von Ratten gefressen worden; das Programm in den Gewölben der Steuereinnehmer schien intakt zu sein, aber als es in den Eingangsschlitz geschoben wurde, verfehlte es auf rätselhafte Weise, die Computer in Betrieb zu setzen. So sind wir hilflos: ein ganzer Distrikt, Hunderttausende von Menschen, losgerissen, auf dem Meer des Zufalls treibend. Silena, Silena, Silena! Ganz Ganfield lahmzulegen, unser schon mühseliges Leben noch mehr zu erschweren, mich dem Haß meiner Nachbarn auszusetzen – warum, Silena? Warum?

Die Leute funkeln mich auf den Straßen böse an. Sie schieben mir in gewisser Beziehung die Verantwortung für alles zu. Sie zeigen auf mich und murmeln vor sich hin; in ein paar Tagen werden sie ausspucken und fluchen, und wenn nicht bald Hilfe kommt, werden sie vielleicht mit Steinen werfen. Hört, möchte ich schreien, sie war nur meine Monats-Frau, und sie hat immer ganz nach ihrem eigenen Willen gehandelt. Ich versichere euch, ich hatte keine Ahnung, daß sie so etwas tun würde. Und trotzdem geben sie mir die Schuld. In den reichen Häusern von Morton Court werden sie heute in Ganfield gestohlene Babys verzehren, und ich werde verantwortlich gemacht.

Was soll ich tun? Wohin kann ich mich wenden?

Ich muß vielleicht fliehen. Der Gedanke, Distriktsgrenzen zu überschreiten, macht mich schaudern. Ist es die Todesgefahr, die ich fürchte, oder nur der Verlust all dessen, was mir vertraut ist? Wahrscheinlich beides; ich sehne mich nicht nach dem Tod, und ich will Ganfield nicht verlassen. Trotzdem werde ich gehen, gleichgültig, wie schwer es sein wird, Zuflucht zu finden, wenn ich sicher über die Grenze gelange. Wenn sie fortfahren, mich mit Silenas Verbrechen zu belasten, wird mir nichts anderes übrigbleiben. Ich glaube, ich würde lieber durch die Hände von Fremden sterben, als durch die meiner eigenen Leute.

2

In dieser schwülen Nacht stehe ich auf dem Ganfield-Turm, suche kühlen Luftzug und die Zuflucht der Dunkelheit. Der halbe Distrikt ist auf den Gedanken gekommen, der Hitze zu entfliehen, indem man hier heraufsteigt, wie es den Anschein hat; um den zornigen Augen und zusammengepreßten Lippen zu entgehen, bin ich zur fünften Brüstung hinaufgestiegen, wo sonst nur die Kühnen und Törichten hingehen. Ich bin keines von beiden, aber trotzdem bin ich hier.

Während ich langsam im Turm herumgehe, mich vorsichtig an dem alten, verwitterten Geländer festhaltend, sehe ich unseren ganzen Distrikt. Ganfield ist der Form nach wie eine flache Mulde, von dem Mitteldorn des Turmes sanft hinaufführend zu einer Erhebung am Umkreis des Distrikts. Es heißt, ein großer See sei einmal dort gewesen, wo jetzt Ganfield steht; er sei vor Jahrhunderten abgelassen und überbaut worden, als das Bedürfnis nach neuem Lebensraum zu groß wurde. Gestern habe ich gehört, daß man große Pumpen einsetzt, um zu verhindern, daß der alte See in unsere Keller durchbricht, und daß bald die Pumpen versagen oder sich zu Wartungszwecken abschalten werden, so daß wir überflutet werden. Mag sein. Ganfield hat einmal den See verschlungen; wird der See nun Ganfield erobern? Werden wir in das dunkle Wasser stürzen und verschluckt werden, ohne betrauert zu sein?

Ich schaue über Ganfield hinaus. Diese hohen Ziegelkästen sind unsere Behausungen, zwanzig Stockwerke hoch, aber von meiner hohen Warte aus zwergenhaft. Dieser Splitter Land, schwarz im rauchigen Mondlicht, ist unser armseliger Fetzen Gemeinschaftspark. Diese niedrigen, flachen Gebäude sind unsere Läden, ein zusammengewürfelter Haufen. Das ist unser Industriegebiet, soweit vorhanden. Diese gedrungene, umschattete Masse nördlich des Turms ist Ganfield Hold, wo unsere verkrüppelten Computer einer nach dem anderen in Untätigkeit verfallen. Ich habe fast mein ganzes Leben in dieser engen Kompaßrunde verbracht, die Ganfield darstellt. Als ich ein Junge war und es zwischen einem Distrikt und seinem Nachbarn noch nicht so schlecht stand wie heute, nahm mein Vater mich zu den Ferien mit nach Morton Court, und einmal zur Mill. Als junger Mann wurde ich geschäftlich durch drei Distrikte nach Parley Close geschickt. Ich erinnere mich an diese Reisen deutlich und lebhaft.

Aber jetzt ist alles ganz anders, und ich habe Ganfield seit zwanzig Jahren nicht mehr verlassen. Ich bin nicht einer der bevorrechtigten Pendler, die fröhlich von Zone zu Zone ziehen. Die ganze Welt sei eine einzige, große Stadt, heißt es, die Wüsten besiedelt, die Flüsse überbrückt, alle offenen Stellen ausgefüllt, eine allumfassende Stadt, die die alten Grenzen beseitigt hat, und trotzdem sind es zwanzig Jahre, seitdem ich das letztemal von einem Distrikt in den anderen gegangen bin. Ich frage mich: sind wir eine einzige Stadt oder nur Tausende zersplitterter, winziger Staaten?

Hier etwa, am Umkreis. Es gibt keine Grenzen mehr, aber was

ist das? Das ist unsere Grenze, Ganfield Crescent, dieser breite, gekurvte Boulevard rings um den Distrikt. Bist du ein Mensch aus irgendeiner anderen Zone? Dann überquerst du den Crescent auf dein eigenes Risiko. Siehst du unsere Polizeimaschinen, mit stumpfen Schnauzen, glänzend, überaus mächtig, wie Felsblöcke auf der breiten Straße verteilt? Sie werden dich verhören, und wenn deine Antworten unsicher klingen, vernichten sie dich vielleicht. Natürlich können sie heute nacht keinem etwas tun.

Schau jetzt hinaus, auf unsere Horde streitsüchtiger Nachbarn. Ich sehe hinaus über den Boulevard, nach Osten, zu den hageren Türmen von Conning Town, und im Westen, stufenweise in das Tal hinabschreitend, die schäbigen, dunkelwandigen Gebäude von der Mill, mit dem glücklichen Morton Court auf der anderen Seite, und irgendwo in der rauchigen Ferne andere Orte, Folkstone und Budleigh und Hawk Nest und Parley Close und Kingston und Old Grove und alle anderen, die Distrikte, die Myriaden Distrikte, Teil der Kette, die sich von Meer zu Meer erstreckt, unseren Kontinent überspannt, die Distrikte, die Splitter aus buntem Glas, die das globale Mosaik ausmachen, die unendlich vielen Gemeinschaften, die alle Bestandteile der allumfassenden Welt-Stadt sind. Heute nacht werden in der Hauptstadt für die Distrikte die Regenfälle im nächsten Monat geplant, die keiner der Planer je gesehen hat. Distrikts-Nahrungsmittelzuteilungen – unzureichend, immer unzureichend – werden von Männern bestimmt, für die unser Appetit etwas gänzlich Abstraktes ist. Glauben sie an unsere Existenz? Glauben sie wirklich, daß es einen Ort namens Ganfield gibt? Was wäre, wenn wir ihnen eine Abordnung geachteter Bürger schickten, um Hilfe für den Ersatz unseres verlorenen Programms zu erbitten? Würden sie sich darum kümmern? Würden sie auch nur zuhören? Gibt es denn überhaupt eine Hauptstadt? Wie kann ich, der ich nicht einmal das nahe Old Grove gesehen habe, allein auf Treu und Glauben hin das Vorhandensein eines fernen Regierungszentrums akzeptieren, distanziert, unzugänglich, in Mythen gehüllt? Vielleicht ist es nur eine Konstruktion irgendeiner listigen unterirdischen Maschine, die uns in Wahrheit regiert. Das würde mich nicht überraschen. Nichts überrascht mich. Es gibt keine Hauptstadt. Es gibt keine Zentralplaner. Hinter dem Horizont ist alles Nebel.

3

Im Büro wagt wenigstens niemand, mir Feindseligkeit zu bezeugen. Es gibt keine finsteren Gesichter, kein böses Funkeln, keine hämischen Bemerkungen über das verschwundene Programm. Schließlich bin ich erster Stellvertreter des Distriktkommissars für Ernährung, und da der Kommissar meist nicht da ist, leite ich praktisch die Abteilung. Wenn Silenas Verbrechen meine Laufbahn nicht zerstört, könnte es sich für meine Untergebenen als unklug erweisen, mich verächtlich behandelt zu haben. Außerdem sind wir so beschäftigt, daß wir keine Zeit für solche Manöver haben. Wir sind dafür verantwortlich, daß die Gemeinschaft ordnungsgemäß verpflegt wird; unsere Aufgaben sind durch den Verlust des Programms unendlich kompliziert geworden, weil es keinen zuverlässigen Weg mehr gibt, unsere Zuteilungslisten zu bearbeiten, und wir müssen Nahrung nach Vermutungen und Gedächtnis anfordern und verteilen. Wie viele Ballen Planktonwürfel verbrauchen wir jede Woche? Wie viele Kilogramm Proteoid-Mixtur? Wie viel Brot für die Läden von Lower Ganfield? Welche Diätmoden werden den Distrikt diesen Monat heimsuchen? Wenn Angebot und Nachfrage als Ergebnis unserer Fehlberechnungen ins Ungleichgewicht geraten, könnte es weitverbreitet Gewalttaten geben, Vorstöße in Nachbardistrikte, sogar neuerliche Ausbrüche von Kannibalismus in Ganfield selbst. Wir müssen unsere Schätzungen also mit äußerster Präzision aufstellen. Was für eine schreckliche, geistige Isolierung wir verspüren, solche Dinge zu entscheiden, ohne von Computern geleitet zu werden!

4

Am vierzehnten Tag der Krise läßt mich der Distriktsvorsteher rufen. Seine Mitteilung kommt am späten Nachmittag, als wir alle schwindlig sind vor Erschöpfung, erstickt von der Feuchtigkeit. Mehrere Stunden lang war ich mit komplizierten Verhandlungen mit einem hohen Beamten des Amtes für Meeresnahrung beschäftigt; das ist ein Arm der Zentralstadt-Regierung, und ich muß deshalb größten Takt walten lassen, damit Ganfields Planktonzuteilung nicht wegen der Verärgerung eines Bürokraten willkürlich herabgesetzt wird. Die Telefonverbindung ist schlecht – das Amt hat seine Zentrale in Melrose New Port, einen halben Kontinent entfernt, an der Südostküste –, und die Leitung wird gestört durch ein Zischen und Knistern, das unsere Computer, wenn das Hauptprogramm in Betrieb wäre, normalerweise herausfiltern würden. Gerade als wir bei der Verhandlung in eine Krise geraten, reicht mein Unterstellvertreter mir einen Zettel hin: ›Distriktsvorsteher wünscht Sie zu sprechen‹. Nicht jetzt, sage ich mit lautlosen Lippenbewegungen. Das Verhandeln geht weiter. Ein paar Minuten später kommt ein zweiter Zettel: ›Es ist dringend‹. Ich schüttle den Kopf und wische den Zettel von meinem Schreibtisch. Der Unterstellvertreter zieht sich zurück ins Vorzimmer, wo ich ihn aufgeregt mit einem Mann in der grau-grünen Uniform vom Stab des Distriktsvorstehers reden sehe. Der Bote deutet mit heftigen Bewegungen auf mich. In diesem Augenblick wird die Verbindung unterbrochen. Ich werfe den Hörer hin und rufe hinaus: »Was ist los?«

»Der Vorsteher, Sir. Bitte sofort zu seinem Büro.«

»Unmöglich.«

Er zeigt einen Ausweis mit dem Siegel des Vorstehers.

»Er verlangt Ihr sofortiges Erscheinen.«

»Sagen Sie ihm, daß ich delikate Geschäfte abzuschließen habe«, gebe ich zurück. »Vielleicht noch fünfzehn Minuten.«

Er schüttelt den Kopf.

»Ich bin nicht ermächtigt, eine Verzögerung zuzulassen.«

»Ist das also eine Festnahme?«

»Eine Ladung.«

»Aber mit der Kraft einer Festnahme?«

»Mit der Kraft einer Festnahme, ja«, sagt er.

Ich zucke die Achseln und gebe nach. Alle Last fällt von mir ab. Mag der Unterstellvertreter sich mit dem Amt herumschlagen; mag der Angestellte im Vorzimmer es tun, oder gar keiner; mag der ganze Distrikt verhungern. Mich geht das nichts mehr an. Ich bin festgenommen. Meine Verantwortung hat aufgehört. Ich übergebe meinen Tisch dem Unterstellvertreter und fasse, vielleicht in hundert Worten, meine mühsamen Verhandlungsstunden zusammen. All das ist jetzt das Problem eines anderen.

Der Bote führt mich aus dem Gebäude auf die heiße, muffige Straße hinaus. Der Himmel ist dunkel und regenwolkenverhangen, offenbar hat es eine Weile geregnet, denn die Abwässerkanäle sind verstopft, und schlammiges Wasser gurgelt knöchelhoch durch die Rinnsteine. Auch die Kanalisation wird von Ganfield Hold aus gesteuert, und sie scheint jetzt zu versagen. Wir eilen über den schmalen Platz vor meiner Dienststelle, gehen um einen Schlammsee herum, drängen uns in eine dichtgepackte Menge gereizter Arbeiter auf dem Heimweg. Die Uniform des Boten erzeugt eine unsichtbare Sphäre der Unberührbarkeit für uns; die Menschenmassen öffnen sich bereitwillig und schließen sich wieder hinter uns. Wortlos werde ich zum Steinfassadenbau des Distriktsvorstehers geführt, und in sein Büro. Das ist kein fremder Ort für mich, aber als Gefangener hierherzukommen, ist etwas ganz anderes, als an einer Sitzung des Distriktsrates teilzunehmen. Meine Schultern hängen herab, mein Blick ist auf den abgewetzten Bodenbelag gerichtet.

Der Distriktsvorsteher erscheint. Er ist ein Mann von sechzig Jahren mit silbernen Haaren, aufrechter Haltung, offenem, direktem Blick; seine Züge verraten wenig von der Belastung, die seine Stellung auf ihn ausüben muß. Er regiert unseren Distrikt seit zehn Jahren. Er begrüßt mich mit Namen, aber ohne Wärme, und sagt: »Von Ihrer Frau haben Sie nichts gehört?«

»Das hätte ich gemeldet.«

»Vielleicht. Vielleicht. Haben Sie irgendeine Ahnung, wo sie ist?«

»Ich kenne nur die Gerüchte«, sagte ich. »Conning Town, Morton Court, die Mill.«

»Sie ist dort nirgends.«

»Sind Sie sicher?«

»Ich habe die Vorsteher dieser Distrikte befragt«, sagt er. »Sie bestreiten, etwas von ihr zu wissen. Man hat natürlich keinen Anlaß, ihnen zu vertrauen, aber warum sollten sie sich andererseits die Mühe machen, mich zu täuschen?« Sein Blick haftet auf meinem Gesicht. »Welche Rolle haben Sie beim Diebstahl des Programms gespielt?«

»Keine, Sir.«

»Sie hat nie hochverräterische Dinge mit Ihnen besprochen?«

»Nie.«

»In Ganfield herrscht die Meinung vor, daß es sich um eine Verschwörung gehandelt hat.«

»Wenn das der Fall war, habe ich nichts davon gewußt.«

Er prüft mich mit einem durchdringenden Blick. Nach einer langen Pause sagt er schwerfällig: »Sie hat uns vernichtet, wissen Sie. Wir können auf der jetzigen Stufe der Ordnung, ohne das Programm, vielleicht noch sechs Wochen existieren – wenn es keine Seuche gibt, wenn wir nicht überflutet werden, wenn uns nicht

Banditen von außerhalb überrennen. Danach werden die gesammelten Auswirkungen vieler kleiner Ausfälle uns lähmen. Wir werden ins Chaos stürzen. Wir werden an unseren eigenen Abfällen ersticken, verhungern, keine Luft mehr bekommen, zur Barbarei zurückkehren, bis zum Ende wie die Tiere leben – wer weiß? Ohne das Hauptprogramm sind wir verloren. Warum hat sie uns das angetan?«

»Ich habe keine Ahnung«, sage ich. »Sie behielt ihre Meinung für sich. Es war gerade ihre innere Unabhängigkeit, die mich angezogen hat.«

»Sehr wohl. Ihre innere Unabhängigkeit soll dann auch sein, was Sie jetzt zu ihr hinzieht. Suchen Sie sie und bringen Sie das Programm zurück.«

»Suchen? Wo?«

»Das müssen Sie feststellen.«

»Ich weiß von der Welt außerhalb Ganfields nichts!«

»Sie werden es lernen«, sagt der Vorsteher kühl. »Es gibt Leute hier, die Sie des Hochverrats anklagen möchten. Ich halte nichts davon. Was nützt es uns, Sie zu bestrafen? Aber wir können Sie *benützen.* Sie sind ein kluger und einfallsreicher Mann; Sie können durch die feindseligen Distrikte ziehen, Informationen sammeln und vielleicht sogar das Glück haben, sie zu finden, können Sie sie vielleicht dazu bewegen, das Programm herauszugeben. Niemand sonst könnte hoffen, das zu erreichen. Wir bieten Ihnen Straffreiheit im Austausch für Ihre Mitarbeit.«

Die Welt dreht sich um mich. Meine Haut brennt vor Schrecken.

»Bekomme ich sicheres Geleit durch die Nachbardistrikte?« frage ich.

»Soweit wir das vereinbaren können. Viel wird es nicht sein, fürchte ich.«

»Dann geben Sie mir Begleitung mit? Zwei oder drei Mann?«

»Wir sind der Meinung, daß Sie allein besser vorankommen. Eine Gruppe von mehreren Männern wirkt leicht wie ein Invasionstrupp; man würde ihr mit Argwohn oder Schlimmerem begegnen.«

»Dann wenigstens einen Diplomatenausweis?«

»Ein Brief zur Identifizierung, der alle Vorsteher bittet, Ihre Mission zu akzeptieren und Sie höflich zu behandeln.«

Ich weiß, wieviel Wert ein solcher Brief in Hawk Nest oder Folkstone haben wird.

»Mir macht das Angst«, sage ich.

Er nickt, nicht unfreundlich.

»Das verstehe ich. Trotzdem muß jemand sie suchen, und wen gibt es außer Ihnen? Wir billigen Ihnen einen Tag zur Vorbereitung zu. Sie machen sich übermorgen auf den Weg, und Gott möge Ihre Rückkehr beschleunigen.«

5

Vorbereitungen. Wie kann ich mich vorbereiten? Welche Karten sollte ich besorgen, wenn mein Ziel unbekannt ist? Ins Büro zurückzukehren ist undenkbar; ich gehe sofort nach Hause und wandere stundenlang von einem Raum zum anderen, so, als stehe mir bei Tagesanbruch die Exekution bevor. Endlich nehme ich mich zusammen und bereite ein kleines Mahl zu, aber das meiste bleibt auf dem Teller. Keine Freunde rufen an; ich rufe keinen an. Seit Silenas Verschwinden meiden mich meine Freunde. Ich schlafe schlecht. In der Nacht tönen heisere Schreie und schrille Alarmzeichen durch die Straße; in den Morgennachrichten erfahre ich, daß fünf Männer aus Conning Town, hier, um zu plündern, von einer der neuen Bürgerwehrgruppen gefaßt worden sind, die an die Stelle der Polizeimaschinen treten, und auf der Stelle umgebracht worden sind. Ich sehe keinen Anlaß zur Freude, wenn ich bedenke, daß ich in ein, zwei Tagen in Conning Town sein könnte.

Welche Hinweise habe ich für Silenas Weg? Ich verlange, mit dem Wachtposten sprechen zu können, durch den sie Zugang zu Ganfield Hold erlangt hat. Er ist seitdem in Haft; der Vorsteher ist zu beschäftigt, um über sein Schicksal zu entscheiden, und inzwischen wird er eben festgehalten. Er ist ein kleiner, stämmiger Mann mit borstigen roten Haaren und verschwitzter Stirn; seine Augen funkeln vor Zorn, seine Nasenflügel beben.

»Was gibt es da zu sagen?« fährt er mich an. »Ich hatte Dienst im Hold. Sie kam herein. Ich hatte sie noch nie vorher gesehen, obwohl ich wußte, daß sie von hoher Kaste sein mußte. Ihr Mantel war offen. Sie schien nackt zu sein. Sie wirkte erregt.«

»Was hat sie Ihnen gesagt?«

»Daß sie mich begehre. Das waren ihre ersten Worte.« Ja. Ich konnte mir Silena so vorstellen, auch wenn es mir schwerfiel, sie in der Umarmung dieses gedrungenen kleinen Mannes zu sehen, sie mit ihrem langen, schlanken Körper. »Sie sagte, sie wisse von mir und sei begierig darauf, daß ich sie besitze.«

»Und dann?«

»Ich verriegelte das Tor. Wir gingen in einen Innenraum, wo ein Feldbett steht. Es war eine ruhige Stunde; ich dachte, es könne nichts geschehen. Sie ließ den Mantel fallen. Ihr Körper –«

»Lassen Sie ihren Körper.« Ich konnte das jetzt nur allzu gut vor mir sehen, die schlanken Schenkel, der straffe Bauch, die kleinen, hohen Brüste, die Kaskade schokoladenbraunen Haars, auf ihre Schultern herabfallend. »Worüber habt ihr gesprochen? Hat sie etwas Politisches gesagt? Ein Schlagwort, etwas gegen die Regierung?«

»Nichts. Wir lagen eine Weile nackt beieinander und liebkosten uns nur. Dann sagte sie, sie habe eine Droge bei sich, mit der die Liebesfreuden um das Zehnfache gesteigert werden könnten. Es war ein schwarzes Pulver. Ich trank es in Wasser; sie trank auch, oder tat jedenfalls so. Ich schlief auf der Stelle ein. Als ich wach wurde, war der Hold in Aufruhr und ich ein Gefangener.« Er funkelt mich an. »Ich hätte von Anfang an etwas ahnen müssen. Solche Frauen gieren nicht nach Männern meines Schlages. Womit habe ich Sie je verletzt? Warum haben Sie mich als Opfer Ihres Plans ausgesucht?«

»Ihr Plan«, sage ich. »Nicht der meine. Ich hatte nichts damit zu tun. Ihr Motiv ist mir ein Rätsel. Wenn ich herausbekommen könnte, wo sie ist, würde ich hingehen und die Antworten aus ihr herausquetschen. Jede Hilfe, die Sie mir geben können, bringt Ihnen vielleicht eine Begnadigung und Ihre Freiheit ein.«

»Ich weiß nichts«, sagt er mürrisch. »Sie kam herein, sie umgarnte mich, sie betäubte mich, sie stahl das Programm.«

»Denken Sie nach. Kein Wort? Vielleicht hat sie den Namen irgendeines anderen Distrikts erwähnt?«

»Nichts.«

Ein Werkzeug, das ist alles, was er ist, unschuldig, unnütz. Als ich gehe, ruft er, ich solle mich für ihn verwenden, aber was kann ich tun?

»Ihre Frau hat mich ruiniert!« tobt er.

»Sie hat uns vielleicht alle ruiniert«, erwidere ich.

Auf meine Bitte begleitet mich ein Distrikts-Ankläger zu Silenas Apartment, das seit ihrem Verschwinden amtlich versiegelt ist. Der Inhalt ist gründlich durchsucht worden, aber vielleicht gibt es einen Hinweis, der nur mir auffällt. Als ich eintrete, empfinde ich einen scharfen Stich des Verlusts, denn der Anblick von Silenas Habseligkeiten erinnert mich an glücklichere Zeiten. Diese Dinge sind mir schmerzhaft vertraut: ihre säuberlich aufgereihten Bücher, ihre Kleidung, ihre Möbel, ihr Bett. Ich habe sie nur elf Wochen gekannt, sie war nur für zwei Wochen meine Monats-Frau; ich hatte nicht gewußt, daß sie mir so schnell so viel bedeutet hatte. Wir schauen uns um, der Ankläger und ich. Die Bücher bezeugen die Lebhaftigkeit ihres ruhelosen Geistes: wenig leichte Lektüre, hauptsächlich historische Werke, Analysen sozialer Probleme, Voraussagen künftiger Entwicklungen. Holman, ›Die Ära der Welt-Stadt‹. Sawtelle, ›Megalopolis im Triumph‹. Doxiadis, ›Die Neue Welt des Stadtmenschen‹. Heggebend, ›Fünfzig Milliarden Leben‹. Marks, ›Kalkutta ist überall‹. Chasin, ›Die neue Gemeinschaft‹. Ich nehme ein paar der Bücher heraus, streichle sie, als hätte ich Silena vor mir. Oft, wenn ich einen Abend hier verbracht habe, griff sie nach einem dieser Bücher, Sawtelle oder Heggebend oder Marks oder Chasin, um mir einen Absatz vorzulesen, der unterstrich, was sie mir klarzumachen versuchte. Beiläufig blättere ich. Dutzende von Absätzen sind dünn unterstrichen, und ausführliche Bemerkungen am Rand finden sich überall.

»Wir haben das alles nach seiner möglichen Bedeutung geprüft«, sagt der Ankläger. »Das einzige, was wir daraus entnommen haben, ist ihre Ansicht, daß die Welt zu überfüllt sei.« Ein krächzendes Lachen. »Wer hat die nicht?« Er deutet auf einen Stapel gründgebundener Broschüren im Regal. »Die könnten für Ihre Suche allerdings nützlicher sein. Wissen Sie etwas darüber?«

Der Stapel besteht aus neun Exemplaren eines Textes mit dem Titel ›Walden Drei‹: offenbar ein utopisches Phantasiegebilde, in einem idyllischen Land von Flüssen und Wäldern angesiedelt. Die Broschüren sind mir neu; Silena muß sie erst kurz vorher bekommen haben. Warum neun Exemplare? Diente sie als Verteilerin? Sie tragen das Signum eines Verlages in Kingston. Ganfield und Kingston haben ihre Handelsbeziehungen seit langem abgebrochen; dort veröffentlichtes Material ist hier selten.

»Ich habe sie nie gesehen«, sage ich. »Wo, glauben Sie, hatte sie sie her?«

»Es gibt drei Hauptwege für subversive Literatur aus Kingston. Der eine ist –«

»Das Pamphlet ist also subversiv?«

»Oh, sehr sogar. Es tritt für eine völlige Umkehrung der sozialen Strömungen der letzten hundert Jahre ein. Wie gesagt, es gibt drei Hauptwege. Wir haben eine Vertriebskette über Wisleigh und Cedar Mall aufgespürt, eine zweite durch Old Grove, Conning

Town und Hawk Nest, und die dritte über Parley Close und die Mill. Es liegt nahe, daß Ihre Frau jetzt in Kingston ist, hingelangt auf einem dieser Untergrund-Vertriebswege, den ganzen Weg geschützt von ihren Genossen. Aber wir haben keine Möglichkeit, das konkret zu bestätigen.« Er lächelt leer. »Sie könnte entlang der drei Wege in jeder beliebigen Gemeinschaft sein. Oder in keiner davon.«

»Ich sollte mir Kingston als eigentliches Ziel vorstellen, bis ich etwas Gegenteiliges erfahre, nicht wahr?«

»Was können Sie sonst tun?«

Was wohl? Ich muß wahllos in einer unbekannten Anzahl feindlicher Distrikte suchen, ohne einen Hinweis als den dürftigen, der sich aus diesen Broschüren ergibt, während die Zeit weiterläuft und Ganfield jeden Tag tiefer ins Chaos versinkt.

Das Büro des Anklägers stattet mich mit nützlichen Dingen aus: Landkarten, Einführungsbriefe, Pendler-Paß, der mir gestatten soll, wenigstens einige Distriktsgrenzen unbelästigt zu überschreiten, und Geld in verschiedenen Währungen, ebenso Banknoten der Zentralbank, die in den meisten Distrikten gültig sind. Gegen meinen Wunsch erhalte ich auch eine Waffe – eine kleine Hitze-Pistole und dazu eine Kapsel, die ich in dem Fall schlucken kann, daß ein schneller und leichter Tod wünschenswert erscheint. Als letzten Abschnitt meiner Vorbereitungen verbringe ich eine Stunde im Gespräch mit einem Geheimagenten im Ruhestand, dessen Spionagelaufbahn ihn sicher in Hunderte von Gemeinschaften geführt hat, bis nach Threadmuire und Reed Meadow. Welchen Rat gibt er einem, der versuchen will, hinüberzukommen?

»Bewahren Sie Haltung«, sagt er. »Seien Sie zuversichtlich und selbstsicher, so, als gehörten Sie dorthin, wo Sie sich gerade befinden. Niemals heimlich auftreten. Stets wachsam sein. Immer auf der Hut.« Solche Regeln hätte ich auch ohne seine Hilfe aufstellen können. Er hat nichts an konkreten Hinweisen für das Überleben anzubieten. Jeder Distrikt stellt einzigartige Probleme, sagt er, die sich fortwährend ändern; nichts kann vorausgesehen werden, allem muß begegnet werden, wie es sich ergibt. Wie tröstlich!

Als es dunkel wird, gehe ich zum Seelenvater-Haus im Schatten des Turms von Ganfield. Ohne Segen fortzugehen, erscheint nicht klug. Aber mein Besuch hat etwas Inszeniertes, Unspontanes, und mein Glaube verflüchtigt sich, als ich eintrete. In der düsteren Vorkammer entzünde ich die neun Kerzen, ich pflücke die fünf

Grashalme aus der Zeremonienvase, ich tue die anderen angemessenen rituellen Dinge, aber mein Geist bleibt kalt und hohl, und ich kann nicht beten. Der Seelenvater selbst, von meiner Mission unterrichtet, gewährt mir Audienz – ein hagerer, alter Mann mit undurchdringlichen Augen, die tief in knochigen Höhlen liegen – und bedenkt mich mit einer sanften, federleichten Umarmung.

»Geh in Sicherheit«, murmelt er. »Gott wacht über dich.«

Ich wäre froh, davon überzeugt zu sein. Auf dem Heimweg mache ich den größtmöglichen Umweg, so, als wolle ich von Ganfield so viel in mich hineinsaugen, wie das in meiner letzten Nacht noch möglich ist. Die schrumpfende Vergangenheit durchfließt mich wie ein vertrocknender Strom. Mein Geburtshaus, meine Schule, die Straßen, wo ich gespielt habe, das Schlafhaus, in dem ich meine Jugendjahre verbracht habe, das Haus meiner ersten Monats-Frau. Lebt wohl. Morgen gehe ich hinüber. Ich kehre allein in mein Apartement zurück; wieder schlafe ich unruhig; eine Stunde nach Tagesanbruch finde ich mich, selbst erstaunt, in der Reihe der Pendler am Zugang der Transit-Röhre, unterwegs nach Conning Town. Und so beginnt meine Reise.

6

In der Bahn spricht niemand. Die Gesichter sind angespannt, die Körper sitzen starr auf den Plastiksesseln. Gelegentlich sieht mich jemand von der anderen Seite her an, als frage er sich, wer dieser Neuzugang in der Pendlergruppe sein möge, aber die Augen zukken schnell zur Seite, wenn ich aufmerke. Ich kenne keinen von diesen Pendlern, obwohl sie so lange in Ganfield leben müssen wie ich; ihr Leben hat sich mit dem meinen noch nie gekreuzt. Ingenieure, Kaufleute, Diplomaten, was immer – ihre Laufbahnen sind mit anderen Distrikten verbunden, als mit ihrem eigenen. Es ist eine der Anomalien unserer immer bruchstückhafteren und vielschichtigen Gesellschaft, daß zwischen Kommune und Kommune noch ein regelmäßiger Kontakt besteht; eine gewisse Anzahl von Personen muß jeden Tag zu anderen Distrikten fahren, wo sie eingekapselt arbeiten, isoliert unter unfreundlichen Fremden.

Wir fegen mit unvorstellbarer Geschwindigkeit ostwärts. Gewiß haben wir die Grenze Ganfields schon hinter uns und befinden uns unter fremdem Gebiet. Eine Leuchttafel im Wagen zeigt unsere Route: CONNING TOWN – HAWK NEST – OLD

GROVE – KINGSTON – FOLKSTONE – PARLEY CLOSE – BUDLEIGH – CEDAR MALL – THE MILL – MORTON COURT – GANFIELD, eine weitere Schleife durch unsere nächsten Nachbarn.

Ich versuche mir die einzelnen Glieder in dieser Kette von Distrikten vorzustellen, jedes eine Gemeinschaft von drei- oder vierhunderttausend loyalen und patriotischen Bürgern, jedes mit eigener Art, eigener Schattierung, besonderer Beschaffenheit, seinem Regierungsapparat, seinen Gebräuchen und Ritualen. Aber ich kann sie mir nur als eine Vielzahl von Ganfields vorstellen, jeder Ort ganz ähnlich jenem, den ich verlassen habe. Ich weiß, daß dem nicht so ist. Die Welt-Stadt ist nicht eine homogene Ansammlung von Gleichförmigkeiten, ein globaler Haufen ununterscheidbarer Vororte. Nein, es gibt eine unfaßbare Vielfalt, einen Schwarm einzigartiger Stadtkerne, die von den gemeinsamen Bedürfnissen zu einer zerbrechlichen Einheit zusammengefaßt werden. Kein Großplan hat sie entstehen lassen: jeder hat sich zu einem anderen Zeitpunkt entwickelt, um den Notwendigkeiten eines bestimmten Zwecks zu dienen. Dieser Distrikt breitet sich behaglich an einer Flußbiegung aus, jener erklettert kühn die Hänge nackter Berge; hier spiegelt die vorherrschende Architektur ein sanftes, angenehmes Klima, dort ringt sie mit der unfreundlichen Natur; die Form hält sich an die Topographie, an die örtliche Funktion, und erzeugt Individualität. Die Welt ist Reichtum: warum sehe ich nur zehntausend Ganfields?

Natürlich ist es nicht so einfach. Wir sind gefangen in der Spannung zwischen Kräften, die Unterscheidbarkeit anregen, und Kräften, die alle Distrikte zur Gleichförmigkeit drängen. Zentrifugale Kräfte haben die riesigen alten Städte auseinandergebrochen, die Londons und Tokios und New Yorks, in Nachbargemeinschaften, die quasi-autonome Macht ergriffen haben. Diese Riesenstädte waren zu schwerfällig, um zu überleben; die Bevölkerungsdichte, die Fernstreckentransport undurchführbar und Kommunikation schwierig machte, zersprengte das Stadtgefüge, zerstörte die Autorität der Zentralregierung und hinterließ die enggeschlossene Unterstadt in Kleinmaßstab als die einzig lebensfähige Einheit. Dann setzten sich zwei dynamische und widersprüchliche Prozesse durch. Stolz und der Drang nach lokalen Vorteilen führte jede Gemeinschaft in die Spezialisierung; hier ein Zentrum vorwiegend industrieller Produktion, dort das Hauptgewicht auf höherer Ausbildung, da die Verarbeitung von Rohstoffen, daneben Finanzierung, hier Dienstleistungen, da Einzelhandel, und so weiter; Form und Struktur jedes Distrikts wurden durch seine erwählte Funktion bestimmt. Und trotzdem verlangte die neue Dezentralisierung einen hohen Grad an Überfluß, an Verdoppelung von Regierungsstrukturen, an öffentlichen Diensten, an Bürokratien; zu seiner eigenen Sicherheit glaubte jeder Distrikt sich in einen Mikrokosmos der früheren Vollstadt verwandeln zu müssen. Idealerweise hätten wir im perfekten Gleichgewicht zwischen Spezialisierung und Vielfachkopie schweben müssen, alle Gemeinschaften bestrebt, die Bedürfnisse aller anderen Gemeinschaften mit der geringsten Überlappung und Verschwendung von Ressourcen zu erfüllen; in Wirklichkeit hat unsere menschliche Schwäche diese unwiderruflichen Strömungen von Rivalität und irrationaler Angst hervorgerufen, Distrikt von Distrikt getrennt, so daß wir gegen unser eigenes Interesse von Jahr zu Jahr unsere Bindungen wechselseitiger Abhängigkeit mehr durchtrennen und störrisch Selbstgenügsamkeit auf Distriktsebene suchen. Da das nicht möglich ist, verarmt unser Leben immer mehr. Am Ende werden alle Distrikte gleich sein, und wir werden eine Welt pathetisch hinkender Ganfields haben, ohne Grazie, ohne Vielfalt.

So. Die U-Bahn hält. Das ist Conning Town. Ich habe die erste Distriktsgrenze überschritten. Ich gehe mit einer Reihe ernst blikkender Pendler hinaus. Sie nachahmend, nähere ich mich einer riesigen Kameraanlage mit Zyklopenauge und zeige meinen Paß vor. Er enthält keine Visa; die anderen Pässe sind voll davon. Ich zittere, aber die Maschine akzeptiert mich und knallt einen Stempel herunter, der in schimmerndem, blutigem Rot auf der hellvioletten Seite leuchtet:

›Distrikt Conning Town
Einreisevisum
Gültig 24 Stunden‹

Auf die Stunde, die Minute, die Sekunde datiert. Willkommen, Fremder, aber verschwinde aus der Stadt, bevor die Sonne aufgeht!

Hinauf mit der surrenden Rampe, in die Straße hinaus. Greller Sonnenschein zwängt die schlanken, rußigen, eng beeinanderstehenden Türme von Conning Town auseinander. Die Luft ist kühl und duftend, fremdartig für mich nach so vielen schwülen Tagen im programmlosen, entmechanisierten Ganfield. Treibt unsere schlechte Luft über die Grenze und beleidigt sie? Mürrische Augen betrachten mich; die Leute um mich erkennen mich als Außenseiter. Ihre Kleidung ist fremdartig, eng an den Schultern, ausgestellt an den Hüften. Ich ertappe mich dabei, daß ich auf ihre unfreundlichen Blicke mit einem törichten Lächeln reagiere.

Eine Stunde gehe ich ziellos durch die Innenstadt, bis meine erste Angst verblaßt und mich eine komische Keckheit überfällt: Ich bilde mir ein, daß ich ein Hiesiger sei, und ich genieße die durchsichtige Täuschung. Dieser Ort ist Ganfield nicht unähnlich, und doch ist nichts genauso. Die Gehsteige sind breiter; die Straßenlampen haben schlanke, gebogene Hälse, statt der eckigen; die Hydranten sind grün und golden gestrichen, nicht blau und orange. Die Polizeimaschinen haben flachere Kuppeln als die unseren, mit einem Ring von zehn oder zwölf Spionaugen, wo die unseren sechs oder acht haben. Anders, anders, alles anders.

Dreimal werde ich von Polizeimaschinen angehalten. Ich zeige meinen Paß, mein Visum, darf weitergehen. Bis jetzt war es einfacher, herüberzukommen, als ich gedacht habe. Niemand belästigt mich hier. Ich sehe wohl harmlos aus. Warum habe ich geglaubt, meine Fremdheit allein werde diese Leute dazu führen, mich anzugreifen? Ganfield liegt mit seinen Nachbarn schließlich nicht im Krieg.

Auf der Suche nach einer Buchhandlung nach Osten unterwegs, komme ich durch eine schäbige Wohngegend und durch ein Gebiet trister Fabriken, bevor ich einen Bezirk mit kleinen Läden erreiche. Am späten Nachmittag entdecke ich drei Buchhandlungen in einer Straße, aber es sind sterile Läden, nicht von der Art, die subversive Propaganda wie ›Walden Drei‹ führen könnten. Die ersten beiden sind vollautomatisiert, nackte Wände, Kreditplatte und Kamera. Die dritte hat einen menschlichen Angestellten, einen Mann um die Dreißig mit gelbem Schnauzbart und wachen, blauen Augen. Er erkennt den Stil meiner Kleidung und sagt: »Ganfield, was? Allerhand Probleme dort drüben.«

»Sie haben davon gehört?«

»Nur Gerüchte. Computerdefekt, nicht?«

Ich nicke.

»So ungefähr.«

»Keine Polizei, keine Müllabfuhr, keine Wettersteuerung, kaum etwas, das funktioniert – so heißt es.« Er scheint weder überrascht noch beunruhigt zu sein davon, daß er einen Fremden in seinem Laden hat. Sein Verhalten ist freundlich und entspannt. Forscht er etwa nach Angaben über unsere Verwundbarkeit? Ich muß darauf achten, ihm nichts mitzuteilen, was gegen uns verwendet werden kann. Offenbar weiß man hier jedoch schon alles.

»Es ist für euch ein bißchen so, als fiele man in die Steinzeit zurück«, sagt er. »Muß wirklich schwer sein.«

»Wir kommen zurecht«, sage ich steif und beiläufig.

»Wie ist das überhaupt passiert?«

Ich zucke vorsichtig die Achseln.

»Das weiß ich nicht genau.« Noch immer nichts verraten. Aber dann fällt mir verspätet etwas auf, das den reflexartigen, automatischen Argwohn, mit dem ich seinen Fragen begegne, etwas dämpft. Ich schaue mich um. Niemand sonst ist im Laden. Ich lege etwas Verschwörerisches in meine Stimme und sage: »Es muß gar nicht einmal so schlimm sein, sobald wir uns daran gewöhnt haben. Ich meine, es hat ja einmal eine Zeit gegeben, wo wir uns nicht so stark auf Maschinen verlassen haben, die für uns denken, und wir sind am Leben geblieben, sogar ganz gut. Ich habe vorige Woche ein kleines Buch gelesen, das sagen zu wollen schien, daß wir gewinnen könnten, wenn wir versuchen würden, zum alten Lebensstil zurückzukehren. Das Buch ist in Kingston erschienen.«

»›Walden Drei‹.« Keine Frage, sondern eine Feststellung.

»Richtig.« Meine Augen prüfen ihn. »Sie haben es gelesen?«

»Gesehen.«

»Viel Vernünftiges in dem Buch, finde ich.«

Er lächelt.

»Das finde ich auch. Bekommen Sie in Ganfield viel Material aus Kingston?«

»Eigentlich sehr wenig.«

»Hier gibt es auch nicht viel.«

»Aber einiges.«

»Einiges, ja«, sagt er.

Bin ich auf ein Mitglied von Silenas Untergrundbewegung gestoßen? Ich sage eifrig: »Wissen Sie, vielleicht könnten Sie mir helfen, Leute kennenzulernen, die –«

»Nein.«

»Nein?«

»Nein.« Sein Blick ist noch freundlich, aber sein Gesicht hat sich verkrampft. »Hier gibt es so etwas nicht«, sagt er mit einer plötzlich tonlosen, distanzierten Stimme. »Da müßten Sie nach Hawk Nest hinübergehen.«

»Ich habe gehört, daß das ein unangenehmer Ort sein soll.«

»Trotzdem. Sie sollten nach Hawk Nest gehen. Nate und Holly

Bordens Laden, gleich an der Box Street.« Schlagartig gibt er sich übertrieben höflich. »Kann ich sonst etwas für Sie tun, Sir? Wenn Sie an Super-Romanen interessiert sind, wir haben eben ein paar gute, neue, doppelverstärkte Kassetten hereinbekommen. Vielleicht kann ich Ihnen zeigen –«

»Danke, nein.« Ich lächle, schüttle den Kopf, verlasse den Laden. Eine Polizeimaschine wartet draußen. Ihre Kuppel rotiert; Auge um Auge prüft mich gründlich, schließlich sagt die sonore Stimme: »Ihren Paß, bitte.« Dieser Vorgang ist mir inzwischen vertraut. Ich ziehe das Dokument heraus. Durch das Schaufenster sehe ich den Angestellten ausdruckslos herausblicken. Die Polizeimaschine sagt: »Wo wohnen Sie in Conning Town?«

»Nirgends. Ich bin mit einem 24-Stunden-Visum hier.«

»Wo werden Sie übernachten?«

»In einem Hotel, nehme ich an.«

»Bitte zeigen Sie Ihre Zimmerreservierung.«

»Ich habe mich noch nicht darum gekümmert«, sage ich.

Ein langer Augenblick Stille: die Maschine hält zweifellos Rücksprache mit ihrer Zentrale und holt sich Anweisungen aus dem Hauptprogramm von Conning Town. Schließlich sagt sie: »Sie werden aufgefordert, eine ordnungsgemäße Reservierung zu besorgen und sie innerhalb der nächsten vier Stunden frühestmöglich einem Monitor zu zeigen. Wenn Sie sich nicht daran halten, wird Ihr Visum gelöscht, und Sie werden sofort aus Conning Town verwiesen.« Aus den Tiefen der Maschine dringen ominöse Klicklaute. »Sie stehen jetzt unter Beobachtung«, erklärt sie.

Von Fragen bedrängt, kehre ich hastig in die Buchhandlung zurück. Der Angestellte sieht mich ungern wiederkommen. Jeder, der Monitoren zu seinem Geschäft führt – ›Monitoren‹ heißen hier offenbar die Polizeimaschinen –, ist unwillkommen.

»Können Sie mir sagen, wie ich das nächste anständige Hotel finde?« frage ich.

»Sie werden keines finden.«

»Keine anständigen Hotels?«

»Keine Hotels. Jedenfalls keines, wo Sie ein Zimmer bekämen. Wir haben nur zwei oder drei Durchgangshäuser, und die Unterkünfte werden den regelmäßigen Pendlern Monate im voraus zugeteilt.«

»Weiß der Monitor das?«

»Natürlich.«

»Wo sollen Fremde dann unterkommen?«

Der Mann zuckt die Achseln.

»Es gibt hier kein Strukturprogramm für Fremde als solche. Die regelmäßigen Pendler werden untergebracht. Unbefugte Eindringlinge gehören überhaupt nicht hierher. Sie stehen irgendwo dazwischen, denke ich. Es gibt keine legale Möglichkeit für Sie, die Nacht in Conning Town zu verbringen.«

»Aber mein Visum –«

»Trotzdem.«

»Dann fahre ich wohl besser nach Hawk Nest.«

»Es ist spät. Sie haben den letzten Zug versäumt. Es bleibt Ihnen nichts anderes übrig, als hierzubleiben, außer, Sie wollen versuchen, eine Grenze im Dunkeln zu Fuß zu überqueren. Das würde ich Ihnen nicht empfehlen.«

»Bleiben? Aber wo?«

»Schlafen Sie auf der Straße. Wenn Sie Glück haben, lassen die Monitoren Sie in Ruhe.«

»In irgendeiner abgelegenen Gasse, nehme ich an.«

»Nein«, sagt er. »Wenn Sie an einem abgelegenen Ort schlafen, werden Sie ganz sicher von Nachtbanditen aufgeschlitzt. Gehen Sie zu einer der bezeichneten Schlafstraßen. Inmitten einer großen Menschenmenge fallen Sie vielleicht nicht auf, obwohl Sie unter Beobachtung stehen.« Während er das sagt, geht er im Laden herum und trifft Vorbereitungen, ihn für die Nacht zu schließen. Er wirkt unruhig und verlegen. Ich ziehe meinen Stadtplan von Conning Town heraus, und er zeigt mir, wo ich hingehen soll. Der Plan ist offenbar schon einige Jahre alt; er korrigiert ihn mit gereizten Bleistiftstrichen. Wir verlassen gemeinsam das Geschäft. Ich lade ihn ein, mich als mein Gast in ein Restaurant zu begleiten, aber er sieht mich an wie einen Pestkranken.

»Leben Sie wohl«, sagt er. »Viel Glück.«

7

Allein, abgesehen von der Handvoll anderer Gäste, esse ich in einer schmutzigen, trüb beleuchteten Automaten-Cafeteria am Rande der Innenstadt zu Abend. Stumme Maschinen bieten mir dünne, scharfe Suppe, blasses, schwammiges Brot und einen klumpigen Eintopf mit undefinierbaren Brocken, wofür ich mit gelben Plastikmarken, der Währung von Conning Town, bezahle. Freudlos verlasse ich das Lokal und sehe am Westhimmel ein rötliches Glühen; es kann ein herrlicher Sonnenuntergang sein, oder auch ein Zeichen, daß Ganfield brennt. Ich halte Ausschau nach Monitoren. Meine vierstündige Gnadenfrist ist fast abgelaufen. Ich muß bald in einer Menschenmenge verschwinden. Zum Schlafen scheint es noch zu früh zu sein, aber ich bin nur einige Straßen von der Stelle entfernt, wo ich nach dem Vorschlag des Buchhändlers die Nacht verbringen soll, also gehe ich hin. Und das ist gut so: als ich sie erreiche – einen großen Platz, umgeben von grauen Gebäuden mit Schmuckfassaden –, sehe ich, wie sie sich schon mit Straßenschläfern füllt. Es müssen an die achthundert sein, Männer, Frauen, Familien, die sich in kleinen Pflastergevierten niederlassen, die offenbar nach irgendeinem Abstecksystem Nacht für Nacht mit Beschlag belegt werden. Immer mehr Menschen treffen ein, von den drei Zugängen zum Platz her, finden ihre Plätze, breiten Schaumpolster oder Kleiderbündel als ihre Matratzen aus. Es ist eine freundliche Menge: diese Leute verbindet Nachbarschaft, gemeinsame Armut. Sie lachen, umarmen sich, spielen Glücksspiele, flüstern vertraulich miteinander, streiten sich, schließen Geschäfte ab und vereinigen sich zu den Riten der örtlichen Religion, bei denen sechs Personen sich an den Händen halten und singen. Privates Dasein scheint hier veraltet zu sein. Sie ziehen sich freimütig voreinander aus, und es kommt hier und dort zur offenen Paarung. Die Buntheit der Szene – ein mittelalterlicher Jahrmarkt bietet sich mir als Vergleich an, ein Breughelsches Fest – wird nur durch mein Wissen gestört, daß diese Herde von Fröhlichen unter dem ungastlichen Himmel ohne Obdach ist, ausgesetzt dem Regen, Schneeregen, Nebel, Schnee und anderen Unfreundlichkeiten von Winter und Sommer in diesen Breiten. In Ganfield haben wir nur vereinzelte Straßenschläfer, jene, die ihre Wohnerlaubnis verloren haben und vorübergehend ins Freie getrieben worden sind, aber hier scheint das eine Institution zu sein, so, als habe Conning Town vor Jahren den Bau neuer Wohnhäuser eingestellt, ohne gleichzeiig die Bevölkerungszunahme zu prüfen.

Ich steige über die Menschen, schlängle mich zwischen ihnen hindurch, erreiche die Mitte des Platzes und suche mir eine unbesetzte Stelle auf dem Pflaster aus. Aber einen Augenblick später kommt eine kleine Frau mit rotem Gesicht, aufgeregt und lebhaft, mit einem so krassen Conning-Town-Akzent, daß ich sie kaum verstehen kann, als sie mir erklärt, daß das ihr Platz sei. Ihre Augen funkeln drohend; ihre Hände sind nahe daran, zu Krallen zu werden, mehrere Leute in der Nähe setzen sich auf und betrachten mich angriffslustig. Ich entschuldige mich für meinen Fehler und ziehe mich zurück, stolpere über ein Kind und kippe beinahe einen brodelnden Kochtopf um. Weiter. Hier nicht. Da nicht. Eine Hand greift unter einem Stapel Decken hervor und streichelt mein Bein, als ich mich hilflos umsehe. Nicht hier. Ein Mann mit bemaltem Gesicht taucht aus einem grünen Miniaturzelt auf und redet mich in einer Sprache an, die ich nicht verstehe. Nicht hier. Ich gehe weiter und weiter und glaube, daß ich ganz vom Platz vertrieben werde, ausgeschlossen, disqualifiziert sogar vom Schlaf in den Straßen dieses Distrikts, aber endlich finde ich eine winzige Ecke, wo die Umliegenden erkennen lassen, daß ich willkommen bin.

»Ja?« sage ich.

Sie grinsen und gestikulieren. Dankbar besetze ich den Platz.

Es ist dunkel geworden. Der Platz füllt sich weiter; mindestens tausend Menschen sind noch nach mir gekommen, zwängen sich in jede freie Lücke, und der Strom läßt nicht nach. Ich höre dröhnendes Gelächter, träges Plaudern, ernsthafte, romantische Überredung, die spröden Laute häuslicher Streitigkeiten. Jemand läßt einen Krug Wein kreisen, auch bei mir: bitteres Zeug, wahrscheinlich aus gegorenem Muschelsaft, aber ich bin für die Geste dankbar. Die Nacht ist warm, fast stickig. Der Geruch fremdartiger Speisen zieht durch die Luft – etwas Scharfes, Würziges, ein schwerer, durchdringender Geruch. Curry? Ist das also wahrlich Kalkutta? Ich schließe die Augen und rolle mich zusammen. Die harten Pflastersteine unter mir sind kalt. Ich habe keine Matratze und kann mich vor so vielen Fremden nicht ausziehen. Es wird schwer für mich sein, in diesem Tollhaus zu schlafen, denke ich. Aber mit der Zeit läßt der Lärm nach, und erschöpft und ausgelaugt versinke ich in einen tiefen, unruhigen Schlaf.

Häßliche Träume. Der erstickende Druck eines vordrängenden Mobs. Flüsse, die aus ihren Betten treten. Stürzende Türme. Schlammfontänen, aus Tausenden von hohen Fenstern spritzend. Stahlbänder, die meine Schenkel umschließen; meine Beine verdorren nutzlos. Eine Flut von Läusen überschwemmt mich. Eine frostige Hand berührt mich. Berührt mich. Berührt mich. Reißt mich aus dem Schlaf.

Grelles, weißes Licht blendet mich. Ich blinzle, zucke zurück, bedecke die Augen. Dann erkenne ich, daß ein Monitor vor mir steht. Die Schläfer ringsum sind wach, weichen zurück, murmeln, deuten.

»Ihre Straßenschlaf-Erlaubnis, bitte.«

Ertappt. Ich murmle Ausreden, behaupte Unkenntnis des Gesetzes, erbitte Verzeihung. Aber eine Polizeimaschine ist weder bösartig noch barmherzig; sie folgt nur ihrem Programm. Sie verlangt meinen Paß und prüft mein Visum. Dann erinnert sie mich daran, daß ich unter Beobachtung stehe. Da ich nicht, wie verlangt, ein Hotelzimmer besorgt, da ich mich nicht in der vorgeschriebenen Zeit an einen Monitor gewandt habe, werde ich ausgewiesen.

»Nun gut«, sage ich. »Bring mich zur Grenze von Hawk Nest.«

»Sie werden sofort nach Ganfield zurückkehren.«

»Ich habe in Hawk Nest zu tun.«

»Illegal Einreisende werden zu ihrem Ursprungsort zurückgebracht.«

»Was spielt es für eine Rolle, wohin ich gehe, solange ich Conning Town verlasse?«

»Illegal Einreisende werden zu ihrem Ursprungsort zurückgebracht«, sagt die Maschine unerbittlich.

Ich wage nicht zurückzukehren, nachdem ich so wenig erreicht habe. Während ich noch mit dem Monitor streite, werde ich vom Platz geführt, durch dunkle, schluchtartige Straßen zum Eingang der Untergrundbahn. In der Station werde ich einem zweiten Monitor übergeben.

»In drei Stunden trifft der nach Ganfield fahrende Zug ein«, teilt mir der erste Monitor mit. Er rollt davon.

Zu spät wird mir klar, daß die Maschine versäumt hat, mir meinen Paß zurückzugeben.

8

Monitor Zwei zeigt geringes Interesse an mir. Er patrouilliert durch die Station, zieht einen weiten Bogen um mich, eine Kamera beiläufig auf mich gerichtet, aber unbekümmert um das, was ich tue. Wenn ich zu fliehen versuche, wird er mich natürlich töten. Nervös studiere ich meine Karte. Hawk Nest liegt nordöstlich von Conning Town; wenn das die Station ist, die ich meine, kann die Grenze nicht weit sein. Fünf Minuten zu Fuß, vielleicht. Ohne Paß kann ich nirgends hin, außer nach Ganfield; mein Pendler-Status ist aufgehoben. Aber in Hawk Nest gelten rechtmäßige Dinge wenig.

Wie entkommen?

Ich entwerfe einen Plan. Seine Schlichtheit läßt ihn absurd erscheinen, aber Absurdität ist beim Umgang mit Maschinen oft nützlich. Der Monitor ist beauftragt, mich in den Zug nach Ganfield zu setzen, ja. Aber nicht unbedingt, mich dort festzuhalten.

Ich warte die mühsam verrinnenden Stunden bis zum Tagesanbruch. Ich höre das Heulen der komprimierten Luft tief im Tunnel. Stumpfnasig, seidenweich, gleitet der Zug in die Station. Der Monitor weist mich hinein. Ich betrete den Wagen, durchquere ihn schnell und steige durch die offene Tür an der anderen Seite aus. Selbst wenn der Monitor das Manöver beobachtet hat, kann er nicht gut in einen vollen Zug schießen. Als ich den Wagen verlasse, beginne ich zu laufen, hetze vorbei an verblüfften Reisenden und renne die Treppe hinauf in den nebligen Morgen. Auf der Straße zu laufen, ist unklug. Ich gehe mit schnellen Schritten weiter und schlüpfe in die Menge der Früharbeiter. Die Straße ist der Crystal Boulevard. Gut. Ich habe mir einen Weg eingeprägt: Auf dem Crystal Boulevard zum Falgstone-Platz, dann über die Mechanic Street zur Grenze.

Vermutlich sind alle Monitoren, verbunden mit dem Zentralnervensystem, das die Maschinen im Distrikt Conning Town benützen, augenblicklich von meinem Verschwinden informiert worden. Aber das ist nicht dasselbe, wie zu wissen, wo ich zu finden bin. Ich gehe auf dem Crystal Boulevard nach Norden – der Name ist von dunkler Ironie, oder es liegt an den großen Wandlungen, die von der Zeit bewirkt werden – und erreiche, mitgetrieben vom Gedränge der Fußgänger, den Falgstone-Platz, eine düstere, schiefe Fläche, von der links die Mechanic Street abzweigt. Ich gehe unangefochten durch diese Straße mit kleinen Läden. Der Ort, wo mit Schwierigkeiten zu rechnen sein wird, ist die Grenze.

Ich erreiche sie nach wenigen Minuten. Es ist eine breite, staubige Straße, leer und lautlos, auf der Seite von Conning Town eine Reihe kantiger Lagerhäuser aus Ziegelsteinen, auf der Seite von Hawk Nest niedrige, schiefe Häuser, manche in Ruinen, selbst die besten halb verfallen. Es gibt keine Sperre. Eine Distriktsgrenze abzusperren, ist ungesetzlich, außer im Krieg, und ich habe von keinem Krieg zwischen Conning Town und Hawk Nest gehört.

Soll ich es wagen, hinüberzugehen? Polizeimaschinen von zwei Gattungen überwachen die Straße: solche mit flachen Kuppeln aus Conning Town, und schwarze, mit sechseckigen Köpfen, aus Hawk Nest. Die eine oder die andere wird mich sicherlich im Niemandsland zwischen den Distrikten niederschießen. Aber ich habe keine Wahl. Ich muß weitergehen.

Ich laufe in dem Augenblick auf die Straße, als die beiden Polizeimaschinen, die auf gegenläufigen Wegen aneinander vorbeikommen, eine unüberwachte Strecke von vielleicht einer Blocklänge lassen. Mitten auf meinem Weg entdeckt mich der Monitor aus Conning Town und plärrt einen Befehl. Die Worte sind mir unverständlich, und ich laufe im Zickzack weiter, in der Hoffnung, dem Blitz auszuweichen, der sehr wahrscheinlich folgen muß. Aber die Maschine feuert nicht; ich muß schon auf der Seite von Hawk Nest sein, und Conning Town schert sich nicht mehr darum, was aus mir wird.

Die Maschine auf Hawk Nest hat mich bemerkt. Sie rollt auf mich zu, als ich atemlos und ächzend auf den Randstein stolpere.

»Halt!« ruft sie. »Dokumente vorzeigen!«

In diesem Augenblick tritt ein Mann mit wilden Augen, rotem Bart und breiten Schultern aus einem verfallenen Haus in meiner Nähe. In meinem Gehirn entsteht ein Plan. Gelten die Gebräuche von Bürgschaft und Zuflucht auch in diesem rauhen Distrikt?

»Bruder!« rufe ich. »Was für ein Glück!« Ich umarme ihn, und bevor er mich wegstoßen kann, flüstere ich: »Ich bin aus Ganfield. Ich suche hier Zuflucht. Helfen Sie mir!«

Die Maschine hat mich erreicht. Sie nimmt eine fragende Haltung ein, und ich sage: »Das ist mein Bruder, der mir das Recht der Zuflucht bietet. Frag ihn! Frag ihn!«

»Ist das wahr?« fragt die Maschine.

Der Rotbart spuckt und murmelt ohne ein Lächeln: »Mein Bruder, ja. Ein politischer Flüchtling. Ich bürge für ihn. Ich übernehme die Verantwortung. Laß ihn in Ruhe.«

Die Maschine klickt, summt, verarbeitet. Zu mir sagt sie: »Sie melden sich binnen zwölf Stunden als Flüchtling mit Bürgen oder verlassen Hawk Nest.« Wortlos rollt sie davon.

Ich will mich bei meinem unverhofften Retter herzlich bedanken. Er macht ein finsteres Gesicht, schüttelt den Kopf, spuckt wieder.

»Wir schulden einander nichts«, sagt er brüsk und geht davon.

9

In Hawk Nest ist die Natur der Kunst gefolgt. Der Name hatte früher, wie ich gehört habe, ganz neutrale Bedeutungen: das übertriebene Schlagwort irgendeines Bauunternehmers, mehr nicht. Trotzdem hat er den Charakter des Distrikts bestimmt, denn mit der Zeit wurde Hawk Nest das Heim von Raubgierigen, das es heute darstellt, wo alle Menschen Fremde sind, wo jeder seines Bruders Feind ist.

Andere Distrikte haben ihre Slums. Hawk Nest *ist* ein Slum. Ich habe gehört, daß man hier von Plündern, Betrügen, Erpressen und Manipulieren lebt. Ein seltsames wirtschaftliches Fundament für eine ganze Stadt, aber vielleicht lohnt es sich hier. Die Atmosphäre ist bedrohlich. Die einzigen Polizeimaschinen, die man sieht, scheinen die an der Grenze zu sein. Ich spürte Ausstrahlungen von Gewalt gleich außerhalb des Augenwinkels: Vergewaltigungen und Erdrosselungen in dunklen Gassen, blitzende Messer und dumpfe Schreie, heimliche Kannibalenfeste. Vielleicht arbeitet meine Phantasie zu stark. Bis jetzt bin ich gewiß nicht bedroht worden; diejenigen, die ich auf der Straße sehe, achten nicht auf mich, wollen nicht einmal meine Blicke erwidern. Trotzdem halte ich die Hitze-Pistole bereit, während ich durch diese schäbigen, verfallenen Randsiedlungen gehe. Werde ich, wenn ich überfallen werde, schießen müssen, um mich zu verteidigen? Gott erspare es mir, das beantworten zu müssen.

10

Warum gibt es in dieser Stadt des Mordes, des Schutts und des Verfalls eine Buchhandlung? Hier ist die Box Street, und hier, in einem schmierigen Winkel von Ersatzteillagern und Imbißstuben ist Nate und Holly Bordens Laden. Fünfmal so tief wie breit, staubig, nur schwach beleuchtet, die Regale überquellend von alten Büchern und Heften: ein unfaßbarer Vorposten des neunzehnten Jahrhunderts, auf irgendeine Weise in diese Zeit versetzt. Niemand hält sich hier auf als eine große, ausdruckslose Frau an einer Theke, dick, aufgedunsenes Gesicht, regungslos. Ihre Augen, seltsam bohrend, glitzern wie Glasscheiben in quellendem Teig. Sie betrachtet mich ohne Neugier.

»Ich suche Holly Borden«, sage ich.

»Sie haben sie gefunden«, erwidert sie mit tiefer Baritonstimme.

»Ich bin über Conning Town aus Ganfield gekommen.«

Sie reagiert nicht darauf.

Ich fahre fort: »Ich bin ohne Paß unterwegs. Man hat ihn in Conning Town beschlagnahmt, und ich bin über die Grenze gelaufen.«

Sie nickt. Und wartet. Kein Interesse bekundend.

»Ich möchte wissen, ob Sie mir ein Exemplar von ›Walden Drei‹ verkaufen können«, sage ich.

Nun regt sie sich ein wenig.

»Warum wollen Sie es?«

»Ich bin neugierig. In Ganfield kann man es nicht bekommen.«

»Woher wissen Sie, daß ich eines habe?«

»Ist in Hawk Nest irgend etwas illegal?«

Sie scheint sich darüber zu ärgern, daß ich eine Frage mit einer Frage beantwortet habe.

»Woher wissen Sie, daß *ich* ein Exemplar von dem Buch habe?«

»Ein Buchhändler in Conning Town meinte, Sie hätten vielleicht eines.«

Eine Pause.

»Na gut. Angenommen, ich habe es. Sind Sie den ganzen Weg von Ganfield hergekommen, nur um ein Buch zu kaufen?« Plötzlich beugt sie sich vor und lächelt – ein warmes, starkes, durchdringendes Lächeln, das ihr Gesicht völlig verwandelt: jetzt ist sie wach, aufmerksam, klug, herrisch. »Was wollen Sie?« fragt sie.

»Was ich will?«

»Was suchen Sie hier? Worauf wollen Sie hinaus?«

Es ist der Augenblick für völlige Offenheit.

»Ich suche eine Frau namens Silena Ruiz aus Ganfield. Haben Sie von ihr gehört?«

»Ja. Sie ist nicht in Hawk Nest.«

»Ich glaube, sie ist in Kingston. Ich möchte sie finden.«

»Warum? Um sie zu verhaften?«

»Nur, um mit ihr zu reden. Ich habe viel mit ihr zu besprechen. Sie war meine Monats-Frau, als sie Ganfield verließ.«

»Der Monat muß fast vorbei sein«, sagt Holly Borden.

»Trotzdem«, antworte ich. »Können Sie mir helfen, sie zu finden?«

»Weshalb sollte ich Ihnen trauen?«

»Weshalb nicht?«

Sie denkt kurze Zeit nach. Sie studiert mein Gesicht. Ich spüre die Hitze ihrer Prüfung. Schließlich sagt sie: »Ich werde bald nach Kingston reisen. Ich könnte Sie ja mitnehmen.«

11

Sie öffnet eine Falltür; ich steige in einen Raum unter der Buchhandlung hinunter. Nach vielen Stunden bringt mir ein magerer, grauhaariger Mann ein Tablett mit Essen.

»Nennen Sie mich Nate«, sagt er.

Über mir höre ich undeutliche Gespräche, Gelächter, das Poltern von Stiefeln auf dem Holzboden. In Ganfield wird jetzt vielleicht eine Hungersnot einsetzen. Ratten werden Ganfield Hold umtanzen. Wie lange werden sie mich hier festhalten? Bin ich ein Gefangener? Zwei Tage. Drei. Nate beantwortet keine Fragen. Ich habe Bücher, ein Feldbett, ein Waschbecken, ein Trinkglas. Am dritten Tag öffnet sich die Falltür. Holly Borden schaut herunter.

»Wir können gehen«, sagt sie.

Die Expedition besteht nur aus uns beiden. Sie will nach Kingston, um Bücher zu kaufen, und reist mit einem Handelspaß, der einen Gehilfen vorsieht. Nate führt uns am Nachmittag zur U-Bahn. Es kommt mir nicht mehr ungewöhnlich vor, daß ich von Distrikt zu Distrikt ziehe; sie sind keine solch fremdartigen und feindseligen Orte, nur verschieden von dem Ort, den ich kenne. Ich sehe mich auf einer Odyssee, die mich durch Hunderte von Distrikten führt, sogar durch Tausende, das ganze wilde Flickwerk unserer Welt. Warum nach Ganfield zurückkehren? Warum nicht immer weiterziehen, immer nach Osten, zum großen Ozean und weiter, zu den unvorstellbaren Fremdheiten auf der anderen Seite?

Wir sind in Kingston. Ein alter Distrikt, einer der ältesten. Wir sind die einzigen, die heute von Hawk Nest aus hinfahren. Die Pässe werden nur oberflächlich geprüft. Die Polizeimaschinen von Kingston sind groß, mit langen Armen und geriffelten Leibern, die rote und grüne Streifen tragen: ein fröhliches Bild. Ich werde Experte für die Verschiedenheiten von Polizeimaschinen. Kingston selbst ist ein Distrikt mit niedrigen, pastellfarbenen Gebäuden, in speichenartigen Straßen angeordnet, die von der berühmten Universität, seinem Hauptunternehmen, ausgehen. In meiner Erinnerung ist niemand aus Ganfield in diese Universität aufgenommen worden.

Holly erwartet, daß Freunde sie abholen, aber sie sind nicht gekommen. Wir warten fünfzehn Minuten.

»Macht nichts«, sagt sie. »Wir gehen zu Fuß.«

Ich trage das Gepäck. Die Luft ist sanft und mild; die Sonne, Richtung Folkstone und Budleigh wandernd, steht noch hoch am Himmel. Es ist, als hätte ich eine göttliche Absicht erkannt, einen überragenden Plan in der Struktur unserer Gesellschaft, in unserer riesigen Stadt der vielen Städte, unserem Geflecht von Stahl und Beton, das sich wie ein Schuppenpanzer um die Haut unseres Planeten legt. Aber was ist die Absicht? Wie sieht der Plan aus? Sein Wesen entzieht sich mir; ich begreife nur, daß es ihn geben muß. Ein ermunternder Wahn.

Fünfzig Schritte nach der Station werden wir plötzlich umzingelt von einem Dutzend oder mehr lebhaften jungen Männern, die aus einer Nebenstraße gekommen sind. Sie sind nackt bis auf grüne Lendenschurze; ihre Haare und Bärte sind ungeschnitten und ungepflegt; sie haben ein wildes, barbarisches Aussehen. Mehrere tragen lange, blanke Messer am Gürtel. Sie umkreisen uns wild, lachen und tippen uns mit den Fingerspitzen an.

»Das ist ein heiliger Distrikt!« schreien sie. »Wir brauchen keine lästerlichen Fremden! Weshalb müßt ihr bei uns eindringen?«

»Was wollen sie?« flüstere ich. »Sind wir in Gefahr?«

»Das ist eine Priesterbande«, sagt Holly. »Tun Sie, was sie sagen, und es wird uns nichts geschehen.«

Sie drängen heran. Springend und tanzend bespritzen sie uns mit Schweißtropfen.

»Wo kommt ihr her?« rufen sie.

»Aus Ganfield«, sage ich.

»Aus Hawk Nest«, sagt Holly.

Sie wirken verspielt und doch gefährlich. Mit einer Reihe kurzer Rempeleien leeren sie, mich umdrängend, meine Taschen: ich verliere meine Hitze-Pistole, meine Stadtpläne, meine nutzlosen Einführungsbriefe, mein Geld in verschiedenen Währungen, alles, sogar meine Selbstmordkapsel. Diese Dinge reichen sie einander weiter und bestaunen sie; dann gibt man mir die Hitze-Pistole und einen Teil des Geldes zurück.

»Ganfield«, murmeln sie. »Hawk Nest!« Ihre Stimmen klingen angewidert. »Schmutzige Orte«, sagen sie. »Orte, die Gott verachtet«, sagen sie. Sie packen uns an den Händen und schleudern uns herum, daß uns schwindlig wird. Die schwerfällige Holly ist überraschend gewandt und verfällt in einen stampfenden Tanz, der sie verwundert Bcifall spenden läßt.

Einer, der Größte in der Gruppe, ergreift unsere Handgelenke und sagt: »Was wollt ihr in Kingston?«

»Ich bin hergekommen, um Bücher zu kaufen«, erklärt Holly.

»Ich bin hergekommen, um meine Monats-Frau Silena zu finden«, sage ich.

»Silena! Silena! Silena!« Ihr Name wird ein jubelnder Schrei auf ihren Lippen. »Seine Monats-Frau! Silena! Seine Monats-Frau! Silena! Silena! Silena!«

Der Hochgewachsene schiebt sein Gesicht an meines und sagt: »Wir bieten euch eine Wahl. Kommt und betet mit uns, oder sterbt auf der Stelle.«

»Wir beten lieber«, erwidere ich.

Sie zerren an unseren Armen und treiben uns ungeduldig vorwärts. Straße um Straße hinunter, bis wir endlich heiligen Boden erreichen: ein Gartengrundstück, klein, bepflanzt mit fremden Sträuchern und Blumen, mit offenkundiger Sorgfalt gepflegt. Sie stoßen uns hinein.

»Kniet nieder«, sagen sie.

»Küßt die heilige Erde.«

»Betet die Dinge an, die auf ihr wachsen, Fremde.«

»Dankt Gott für den Atemzug, den ihr eben getan habt.«

»Und für den Atemzug, den ihr jetzt tun werdet.«

»Singt!«

»Weint!«

»Lacht!«

»Berührt die Erde!«

»Betet an!«

12

Silenas Zimmer ist kühl und still, im oberen Stockwerk eines Wohngebäudes über dem Gelände der Universität. Sie trägt ein grünes Kleid aus grobem Stoff, keinen Schmuck, keine Schminke. Ihre Haltung ist ruhig und selbstsicher. Ich hatte die Zartheit ihrer Züge vergessen, das kühle, maliziöse Funkeln ihrer dunklen Augen.

»Das Hauptprogramm?« sagt sie lächelnd. »Ich habe es vernichtet!«

Die Tiefe meiner Liebe zu ihr entmannt mich. Ich stehe vor ihr und spüre, wie meine Knie zu Wasser werden. In meinen Augen ist sie von einer glitzernden Aura der Sinnlichkeit umgeben. Ich mühe mich um Beherrschung.

»Du hast nichts vernichtet«, sage ich. »Deine Stimme verrät die Lüge.«

»Du glaubst, daß ich das Programm noch habe?«

»Ich weiß es.«

»Nun, ja«, gibt sie kühl zu, »ich habe es.«

Meine Finger zittern. Meine Kehle trocknet aus. Eine Halbwüchsigentorheit sucht mich zu verschlingen.

»Warum hast du es gestohlen?« frage ich.

»Aus Lust, Unheil anzurichten.«

»Ich sehe die Lüge in deinem Lächeln. Was war der wahre Grund?«

»Kommt es darauf an?«

»Der Distrikt ist gelähmt, Silena. Tausende von Menschen leiden. Wir sind Räubern aus benachbarten Distrikten ausgeliefert. Viele sind schon an der Hitze, am Gestank des Mülls, am Versagen der Krankenhausanlagen gestorben. Warum hast du das Programm mitgenommen?«

»Vielleicht hatte ich politische Gründe.«

»Welche?«

»Den Leuten von Ganfield zu zeigen, wie völlig abhängig sie von diesen Maschinen geworden sind.«

»Das wußten wir schon«, sage ich. »Wenn du nur unsere Schwächen hast aufzeigen wollen, bist du auf das Selbstverständliche verfallen. Was hatte es für einen Sinn, uns zu ruinieren? Was konntest du dabei gewinnen?«

»Belustigung?«

»Mehr als das. So seicht bist du nicht, Silena.«

»Dann mehr als das. Wenn ich Ganfield lahmlege, helfe ich, die Dinge zu verändern. Das ist der Zweck jeder politischen Handlung. Die Notwendigkeit der Veränderung zu zeigen, damit sie sich einstellt.«

»Es genügt nicht, die Notwendigkeit nur zu zeigen.«

»Es ist ein Anfang.«

»Hast du geglaubt, unser Programm zu stehlen, sei ein rationaler Weg, einen Wandel herbeizuführen, Silena?«

»Bist du glücklich?« gibt sie zurück. »Ist das die Art von Welt, die du willst?«

»Es ist die Welt, in der wir leben müssen, ob es und gefällt oder nicht. Und wir brauchen das Programm, um durchhalten zu können. Ohne es stürzen wir ins Chaos.«

»Gut. Laß das Chaos kommen. Laß alles zerfallen, damit wir es wieder aufbauen können.«

»Leicht gesagt, Silena. Was ist aber mit den unschuldigen Opfern deines revolutionären Eifers, Silena?«

Sie zuckt die Achseln.

»Bei jeder Revolution gibt es unschuldige Opfer.« Mit einer biegsamen Bewegung steht sie auf und geht auf mich zu. Die Nähe ihres Körpers ist verwirrend und verlockend. Mit übertriebener Lüsternheit säuselt sie: »Bleib hier. Vergiß Ganfield. Das Leben ist schön hier. Diese Leute bauen etwas auf, das zu besitzen sich lohnt.«

»Gib mir das Programm«, sage ich.

»Man muß es inzwischen ersetzt haben.«

»Das geht nicht. Das Programm ist für Ganfield lebenswichtig, Silena. Gib es mir.«

Sie lacht eisig.

»Ich bitte dich, Silena.«

»Wie langweilig du bist!«

»Ich liebe dich.«

»Du liebst nichts als den Status quo. Der Stand der Dinge, wie er ist, verschafft dir Freude. Du hast die Seele eines Bürokraten.«

»Wenn du mich immer schon so verachtet hast, warum bist du dann meine Monats-Frau geworden?«

Sie lacht wieder.

»Vielleicht zum Spaß.«

Ihre Worte sind wie Messer. Plötzlich richte ich, zu meiner eigenen Überraschung, die Hitze-Pistole auf sie.

»Gib mir das Programm, oder ich töte dich!« schreie ich.

Sie ist belustigt.

»Nur zu. Schieß. Kannst du das Programm von einer toten Silena bekommen?«

»Gib es mir.«

»Wie albern du mit dieser Pistole aussiehst!«

»Ich brauche dich nicht zu töten«, sage ich. »Ich kann dich auch nur verwunden. Die Pistole kann Lichtverbrennungen hervorrufen, die Narben hinterlassen. Soll ich dir Narben beibringen, Silena?«

»Was immer du willst. Ich bin dir ausgeliefert.«

Ich richte die Pistole auf ihren Schenkel. Silenas Gesicht bleibt ausdruckslos. Mein Arm wird steif und beginnt zu zittern. Ich kämpfe mit den rebellierenden Muskeln, aber es gelingt mir nur für einen Augenblick, ruhig zu zielen, bevor das Zittern wiederkehrt. Ein triumphierendes Funkeln erscheint in ihren Augen. Die Röte der Erregung breitet sich auf ihrem Gesicht aus.

»Schieß«, sagt sie trotzig. »Warum schießt du denn nicht?«

Sie kennt mich zu gut. Wir stehen einen endlosen Augenblick außerhalb der Zeit – eine Minute, eine Stunde, eine Sekunde? –, erstarrt, dann sinkt mein Arm herab. Ich stecke die Pistole ein. Es wäre mir nie möglich gewesen, abzudrücken. Ein mächtiges Gefühl, durch einen heimlichen Höhepunkt gegangen zu sein, überfällt mich: von hier an wird es nur bergab für mich gehen, und wir wissen es beide. Schweiß läuft an mir hinunter. Ich fühle mich besiegt, zerbrochen.

Silenas Züge verraten heftige Verachtung. Sie hat in diesen vergangenen Monaten eine exaltierte Bewußtseinsstufe erlangt, wo alle Handlungen willkürlich werden, wo Liebe und Haß und Revolution und Verrat und Treue ununterscheidbar voneinander sind. Sie lächelt das Lächeln eines Menschen, der in einem Spiel, dessen Regeln mir nie mitgeteilt werden, den Gewinnpunkt erzielt hat.

»Du kleiner Bürokrat«, sagt sie ruhig. »Da!«

Sie holt aus dem Schrank ein kleines Paket, das sie mir verächtlich zuwirft. Es enthält eine Spule Computerfilm.

»Das Programm?« sage ich. »Das muß ein Witz sein. Du würdest es mir niemals geben, Silena.«

»Du hältst das Hauptprogramm von Ganfield in der Hand.«

»Wirklich?«

»Wirklich wirklich«, sagt sie. »Ganz authentisch. Los. Geh. Verschwinde. Rette dein stinkendes Ganfield.«

»Silena –«

»Geh.«

13

Der Rest ist langweilig, aber einfach. Ich finde Holly Borden, die eine Ladung Bücher gekauft hat. Ich helfe ihr damit, und wir kehren mit der Untergrundbahn zurück nach Hawk Nest. Dort suche ich wieder unter der Buchhandlung Zuflucht, während ein Anruf über Old Grove, Parley Close, die Mill und vermutlich noch andere Distrikte geleitet wird, zum Distriktsvorsteher von Ganfield. Es dauert zwei Tage, die Schaltung herzustellen, weil die Distriktsrivalitäten Umwege erforderlich machen. Endlich bin ich verbunden und teile die gute Nachricht mit: Ich habe das Programm, auch wenn ich meinen Paß verloren habe und Conning Town nicht durchqueren darf. Durch diplomatische Kanäle wird mir einige Tage später ein neuer Paß zugestellt, und ich fahre auf Umwegen heim, über Budleigh, Cedar Mall und Morton Court. Ganfield sieht entsetzlich aus, ganz Schmutz und Unordnung, dem Punkt nicht mehr umkehrbaren Zusammenbruchs sehr nah. Die Bürger des Distrikts sind in eine tödliche Erstarrung verfallen und erwarten ruhig ihren Untergang. Aber ich bin mit dem Programm zurückgekommen.

Der Vorsteher preist meinen Heroismus. Ich werde belohnt werden, sagt er. Ich werde zum höchsten Beamtenrang befördert, mit der Aussicht, in den Distriktsrat aufzusteigen.

Aber ich ziehe wenig Freude aus seinen Worten. Silenas Verachtung beherrscht meine Gedanken immer noch. *Bürokrat. Bürokrat.*

14

Aber Ganfield ist gerettet. Die Polizeimaschinen sind wieder in Bewegung.

ENDE

Goldmann SCIENCE FICTION

T. J. Bass
Die Ameisenkultur
Utopisch-technischer Roman
192 Seiten. Band 0163.

Tief unten in den Schachtstädten leben drei Trillionen menschenähnlicher Wesen. Sie nennen sich zwar ›Homo sapiens‹, aber sie sind zu kleinen, der Umwelt angepaßten Geschöpfen mutiert. Bis eines Tages das ›perfekte‹ System ihrer automatischen Kultur nicht mehr funktioniert . . .

Brian N. Ball
Die Nacht der Roboter
Utopisch-technischer Roman
160 Seiten. Band 0164.

Die Erde ist längst zu einem verwüsteten Museumsstück für Besucher von anderen Planeten geworden. Eine Gruppe von Touristen besieht sich die alten Befestigungen und gerät in die Tiefen der Roboterbunker. Das Raumschiff der Besucher wird vernichtet. Die Armee der Roboter erwacht und beginnt den Kampf gegen das Universum . . .

Christopher Priest
Transplantationen
Utopisch-technische Erzählungen
160 Seiten. Band 0165.

Mit ein paar Strichen gelingt es dem bekannten Autor, die Veränderungen und Möglichkeiten einer nahen Zukunft aufzuzeigen. Fesselnde Erzählungen, die aus den Gegebenheiten unserer Zeit heraus das Morgen auszuloten versuchen!

WILHELM GOLDMANN VERLAG MÜNCHEN

Goldmann SCIENCE FICTION

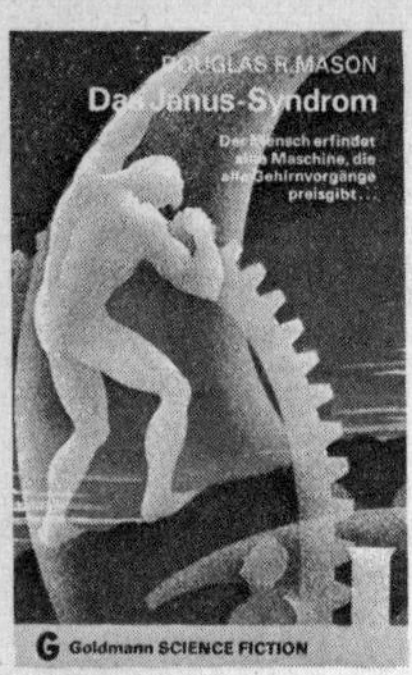

Douglas R. Mason
Das Janus-Syndrom
Utopisch-technischer Roman
160 Seiten. Band 0166.

Der Wissenschaftler Dr. Mark Brant wird durch den terrestrischen Geheimdienst gezwungen, in dessen Auftrag auf dem Planeten Lados zu spionieren. Ein Auftrag, der zum Scheitern verurteilt scheint, denn dort hat man einen Apparat erfunden, der alle Gehirnvorgänge wiedergeben kann – auch die eines Spions ...

Robert Sheckley
Der grüne Jademond
Utopisch-technische Erzählungen
160 Seiten. Band 0167.

Bizarre Schlaglichter auf eine mögliche oder auch unmögliche Zukunft – ungewöhnliche Erzählungen des bekannten Autors, der das im deutschen Fernsehen berühmt gewordene ›Millionenspiel‹ erdachte!

Lester del Rey
Psi-patt
Utopisch-technischer Roman
160 Seiten. Band 0168.

Harry Bronston, Ingenieur und Erfinder, stellt mit Entsetzen fest, daß er über die Gabe außersinnlicher Wahrnehmungen verfügt. Mit Entsetzen, denn er ahnt, daß er darüber wahnsinnig werden muß ... Oder gibt es für ihn einen Weg, diese dunklen Kräfte zu beherrschen? Gewinnt er den Kampf gegen sein eigenes, zukünftiges Ich?

WILHELM GOLDMANN VERLAG MÜNCHEN